#推しが幸せならOKです

常世かくり

富士見L文庫

#CONTENTS

#人気俳優とトップアイドル

花金にお酒とつまみを買い込んで、テレビのチャンネルを金曜ロードショーに合わせる。

社会人二年目のOLの生活なんてこんなもんで百二十点である。

冬のボーナスは引っ越し代に消え、二十四にもなると新年に感動もない。むしろ一月といえば冷え性の大敵であり、新年早々購入した炬燵《こたつ》が日々の相棒となりつつある。

——そして仕事で疲れた心を〝推し〟に癒やしてもらう。それこそが生き甲斐《がい》だ。

私の推しである柊《ひいらぎ》美聖《みさと》は、大手ムーンプロダクション所属の俳優。二十六歳。身長百八十三㎝、七月二十日生まれ、A型《エーがた》、東京都出身。好きな食べ物は豆類。

仕事や勉学の覚えは悪いが、推しについてなら空で言える。なぜなら好きだから。

今宵《こよい》の金曜ロードショーは、柊美聖主演のミステリーものだ。テレビの画面いっぱいに、雨に打たれた男の美しい顔が映る。

「はあー……やっぱ顔の治安良すぎだわ」

酒を片手に独り言が零《こぼ》れ落ちる。美男を愛《め》でながら呑《の》む酒の美味さたるや。

どの分野においても人は美しいものを目の当たりにすると、心の穢《けが》れが祓《はら》われる。そういった意味では、柊美聖の存在は芸術作品に等しい。どの角度から見ても整いすぎた顔は、国宝級イケメンの殿堂入りを果たし、どんな役も完璧に熟《こな》す演技力は幅広い世代を魅了する。

そんな彼の眉目秀麗な顔立ちと演技力を讃《たた》えるように、いつからか彼は『国民の王子』と呼ばれるようになった。

柊美聖の迫真の演技に吸い込まれていたが、突如、映画には不釣り合いな音が割り込む。意識をそちらに引っ張られ、テレビ画面の上部に現れた【ニュース速報】のテロップが目に入る。地震速報か政治家の問題かと、眉を顰《ひそ》めてその文字を目で追って、私は固まる。

【ニュース速報】ムーンプロダクション所属の『coc9tail《カクテル》』が年内解散を発表

「えっ」

思わず悲鳴が上がる。それから慌てて空となった酒の缶をテーブルに投げ捨て、スマホを手に取る。そのまま慣れた手つきでSNSでフォローしている柊美聖のアカウントへと飛ぶ。

〈俺はもう年を越さないし、時間という概念を信じない〉

「病んでる……」

数秒前の彼の投稿は、物凄《ものすご》い勢いで拡散され、懸命なフォロワーのリプライが続いている。

ＳＮＳのトレンド一位が〈coc9tail 解散〉になり、二位に〈王子大丈夫か〉の文言が続く。

そう。何を隠そう、国民の王子な超人気俳優には、もうひとつの顔がある。

〈coc9tail 解散なのありえないし、何より王子が心配〉

〈カクテル解散で真っ先に柊美聖の生死確認しに行ったの俺だけじゃないと思う〉

〈推しを失う痛みは死ぬほどわかるから美聖くんはまず呼吸してほしい〉

――とある**推しへの愛が重すぎるオタク**という一面が。

詳細を知るべくスマホの画面に表示された〈coc9tail 解散〉のニュースの通知をタップする。

すぐさま画面が切り替わり、九人組の綺麗《きれい》な女性の写真と共に記事が表示された。

彼女たちは、柊美聖と同じ、大手芸能事務所ムーンプロダクション所属の九人組ガールズグループだ。

coc9tail はデビューから実に華々しかった。事務所の先輩であり、ボーイズグループ界のトップに君臨する男性アイドルグループ『SH/KI《シキ》』の、全ての作詞作曲を担う天才、遊《ゆ》佐《さ》杏慈《あんじ》が彼女たちのデビュー曲を提供したことで大きな話題を呼んだのだ。

そして、何よりも彼女たちは他の追随を許さぬ実力で多くのファンを魅了し、女性アイドルグループのトップを走り続けてきた。

その coc9tail の中でも一番の人気を博し、あの国民の王子である柊美聖の心をも射止めた女性が、黛《まゆずみ》 息吹《いぶき》である。彼女は私と同じ二十四歳なのだが、今までの人生でこんな美しい同い年を、同年代を、私は見たことがない。

写真の中で微笑を湛《たた》える彼女は、凛《りん》とした目元が印象的な美人だ。小さな顔にすらりと伸びた手足、華奢《きゃしゃ》だが背は高く、真っ白な肌。アイドルになるべく生まれたような見た目。

「同じ人間とか信じられん……前世なにしたん……」

その美しさに魂を抜かれていれば、再びテレビから【ニュース速報】を知らせる独特の音が鳴る。反射的にスマホから顔を上げてテレビ画面を見やる。


【ニュース速報】『coc9tail』緊急会見

慌ててチャンネルを緊急会見の方に合わせる。美聖には申し訳ないが、既に何度も視聴済みの映画よりも、こちらの方が重要だ。

そして何より、おそらく主演の男も、緊急会見を見ているだろう。

画面の向こうでは、カメラに囲まれた美人たちが横一列に並んでいた。リーダーである瑞希《みずき》がマイクを手に記者の質問に答えている。その隣で、一際容姿の美しい息吹は毅然《きぜん》とした態度で、瑞希の言葉に頷《うなず》いている。

『皆様には急なお知らせになってしまったことをまずはお詫《わ》びいたします。申し訳ございませんでした。……私たちは皆さんのアイドルとして、coc9tailとして、最後の瞬間まで精一杯頑張ります。応援よろしくお願いいたします』

その後、記者の要望でマイクが隣の息吹に移る。

トップアイドルであるcoc9tailのセンターを飾り、アイドルだけでなくモデルとしてや舞台でも活動していた彼女への注目度はさらに高い。

『黛さんはcoc9tailが解散された後は歌手活動を続けるんですか？　それとも女優業へ？』

記者の質問に、彼女は何の躊躇《ためら》いもなく、芯のある綺麗な声で答える。

『私にとってcoc9tailが全てです。coc9tailが終わる、ということは、芸能界での黛息吹《私》も終わるということです』

記者たちがざわめく。SNSでも阿鼻叫喚《あびきょうかん》が止まらない。息吹は周囲の動揺にも表情を変えず、極めて冷静に、記者の質問に受け答えしている。

別の記者が少したじろいだ様子のまま『つまり、芸能界を引退されるということですか？』と訊《たず》ねる。彼女は形の良《い》い唇へ再びマイクを近づけ、真っ直《す》ぐに答えた。

『そうですね。芸能界から去ります』

『それは芸能界に心残りは何もないということですか?』

息吹の答えにまた他の記者からすかさず質問が上がる。息吹は記者の質問に、すぐに返事をする。その完璧な笑みはわずかなほころびさえも見せない。

『後悔をしないためにも全員で話し合って一年という時間を設けました。そこには私たちができることを全てやり切って、笑顔で皆さんに見送ってもらえるようにという思いがあります』

一般庶民の私では孤高の女王の胸中などわかるはずもない。ひとりでは動揺を抱えきれなくなった時に頼りになるのがネットだ。SNSの海へ飛び込んでみると、皆同じ気持ちなのだろう。トレンドには〈息吹引退〉〈王子心配〉がランキング入りしている。

記者たちがざわめくなか、息吹は澄んだ瞳でカメラを見つめた。その吸い込まれるような麗しさに、女の私でさえも目が奪われ、呼吸が止まる。

『リーダーからもあったように、解散まで全力で走り続けます。どうか最後まで coc9tail をよろしくお願いいたします』

息吹の挨拶を最後に coc9tail の緊急会見は終わりを告げた。

「王子、大丈夫かな……」

その後、みんなが国民の王子を心配するなか、柊美聖のアカウントが動くことはなく。

翌日、生放送の番組で泣き痕を隠しきれていない美麗な男が映し出されたことで、国民はより一層、彼を応援することになったのである。

＃

年明け早々coc9tailの解散発表があり、それでも慌ただしい日常に揉《も》まれ、多くの人が普段通りの日々に戻っているなか。

「美聖さん、気抜くとすぐ生死のわからない顔になるのそろそろやめましょうよ」

「coc9tailの年内解散まであと三百四十五日になったんだよ。もう二十日も経《た》ってしまった。時が憎い。かの有名なあのネコ型ロボットが欲しいとこんなに願ったことはないよ」

（すげえ綺麗な顔して何言ってんだこの人）

柊美聖だけは全く立ち直れていなかった。

美聖のマネージャーである片平啓介《かたひらけいすけ》は車を運転しながら、バックミラーでやたらと整った顔立ちをした男を見る。

シートに身体《からだ》を預け、窓の向こうを見る暗澹《あんたん》とした姿は、その一枚だけで十分な商品になるだろう。美聖の憂いを帯びた横顔は、見る者の心を掻《か》き乱す力がある。

（あの横顔だけでワンシーンいけるなあ……ああ、美聖さん、また泣いたな）

美聖の緻密に美しく完成された顔の、目元と高い鼻梁《びりょう》の先端が、微《かす》かに赤い。coc9tailの解散を受けて、美聖は連日泣き続けていた。

なんなら今も時折、控え室で目元を赤くしている。それでも撮影が始まると、彼は『国民の王子』である人気俳優の柊美聖になるのだ。

そんな彼が解散発表後、初めてcoc9tailの握手会へ行くと知り、片平はいてもたってもいられず、送迎を買って出た。純粋な彼への労《ねぎら》いもあったが、もしも、万が一、血迷って『死』でも選ばれたら困る。そう思ったのだ。それぐらい、最近の美聖は側から見てもやられていた。

「僕、coc9tailのマネージャーと同期なんですよ。今回のこともありますし、美聖さんのために時間作れるよう口利きしましょうか」

片平なりに気を遣ったつもりだった。

だが、バックミラー越しに交わった美聖の視線は不快げに細められていた。美しい人の冷たい表情は、相手を凍りつかせるものがある。びくついた片平に、美聖はすぐに窓の向こうへ視線を戻して口を開く。その哀愁漂う横顔はやっぱりどうしたって絵になる。

「遠慮するよ。それじゃファン失格になる。俺は自分の力だけで彼女たちを、息吹さんを応援したいんだ」

絵画のように美しい男の唇から放たれる言葉にしては、オタク度数がやたらと高いが。

「な、なるほど。でも、美聖さんの力があれば大抵のことできると思いますけど、」

「うん。だから、今回の握手会だって自分の力でチケットを手に入れた。正真正銘の自引きだからね」

（芸能界トップの俳優がガチトーンで何言ってるんだろう……）

片平の困惑した顔に、美聖は気がつかない。窓の向こうを見つめて、物思いに耽《ふけ》り、悲しみに暮れたように「どうやったら時間って止められるかな」と苦々しげに溢《こぼ》している。

そして、車が橋に差し掛かった時、美しい横顔を窓に向けたまま、ふと、美聖が片平に言う。

「俺が飛び降りそうになったら止めて」

「全力で」

片平は力強く答える。美聖がバックミラー越しに片平の顔を見て、「助かる」と笑った。

その笑顔がやっぱり弱々しくて、ぐらりと、男の片平の胸にもくる。

片平はそんな美聖になんとか笑い返しつつも、ハンドルを握る手には力がこもった。

握手会場はふたつの意味で沸いていた。

ひとつめの正規ルートの盛り上がりは、ファンが作り出す行列の終着点にいる九人の美女に。そしてもうひとつの非正規ルートといえば。

「ちょ待っ、マジで柊美聖なんだけど。やば。顔ちっっっさ。私の拳ぐらいしかないマジで」

「列の中でひとりだけ完全に浮いてるじゃん。どう考えても握手される側じゃん」

「待って本当にいた美聖くん。えぐ。え、でもなんか可愛《かわい》い。めっちゃ前しか見てない」

「ほんとそれ。息吹しか見えてないの草」

言わずもがな、柊美聖の存在である。

黒いキャップを深く被《かぶ》り、サングラスとマスクをつけて、息吹の握手券を握りしめる姿はまさに不審者兼オタクだが、なにせ圧倒的な芸能人オーラが隠しきれていない。

列に並ぶ子たちの視線は忙《せわ》しない。新規ファンの子達は彼への凝視が止まらないが、かたや、coc9tail古参の面々は美聖に優しい眼差《まなざ》しを向けている。

coc9tailはガールズグループでありながら、ファンの男女比が四：六と、女性人気の方が高い。彼女たちは女性が憧れる女性であり、キュートもガールクラッシュも自由自在だ。そこに全員のビジュアルの良さも相まって、センターの息吹に関しては『最も美しい女性』で二年連続一位に輝くほどの逸材である。

つまり、小柄な女の子たちが多い会場で、百八十を優に超える長身の柊美聖はキラキラオーラも重なって異様に目立つのである。

「そちらの国民の王子、元気してる？」

マネージャーの片平は、遠目で美聖の動きを確認しつつ、仕事の合間を縫って声をかけてきた隣の木村多恵《きむらたえ》のからかうような顔を睨《にら》みつける。

「ご覧の通りキラッキラの死体ですよ」

木村は同じムーンプロダクションで働く片平の同期だ。芸能マネージャーでも片平は俳優部門へ配属され、木村はアイドル部門へ配属された。そして現在、木村はcoc9tailの担当である。

ふたりで裏方のすぐそばに立って、声を潜めて話す。

「うちの王子を笑うなよ……まあお前も解散とか色々大変だろうけど」

「そんな簡単に大変って言わないでよ。そんな安いもんじゃない」

「そりゃあ僕だって今もし美聖さんに『引退する』って言われたら靴の底舐《な》めてでも縋《すが》るよ」

「私だってそうだったわよ」

はあ、と木村が溜息《ためいき》を零《こぼ》す。連日の疲れからか、目の下には隈《くま》ができている。

ムーンプロダクションほど事務所が大きいと、部門ごとではっきりと仕事が分かれてしまうため、他の部門の情報が遅れてやってくることもままあることだ。

片平は風の噂《うわさ》で耳にしたそれを、思い切って木村に尋ねる。今、柊美聖のマネージャーを務める彼が最も危惧していることだ。

「……あのさ、ぶっちゃけ、あの噂って本当《ガチ》なの？」

片平の潜められた声と険しい表情に、木村はすぐにその意図を察し、くたびれた顔をする。それから、木村は化粧気のない額に手を添えて、素っ気なく答えた。

「――それは極秘だから」

片平は、彼女の答えに、歯切れ悪く「そうか」と返事をするのが精一杯だった。泳がせた片平の視線は自然と美聖へ向かう。サングラスやマスクや帽子で隠されてもなお、推しに会える喜びが滲《にじ》み出ている美聖を見ては、さらに胸を痛めた。

列が動く度に、会場中に啜《すす》り泣きの声が増える。coc9tailの握手会を終えて、会場の出口へ向かう子たちの多くが泣いていた。

もちろん、今までもファンが本物の彼女たちに会って涙することはあった。

でも、今回だけは、いや、今回からは、その涙は違う感情を意味する。

もう、これで最後なのだ。その想《おも》いが涙となって零れ落ちている。

列に並びながら、そんなファンたちを横目に、美聖の涙腺もすでに崩壊していた。

「……ねえ待って、美聖くん泣いてない？」

「え？　あっ、えぇ、ちょっとやだあ、つられるんだけど、やだあ、涙出てきた……」

美聖の涙が他のファンたちの涙を誘って、彼付近だけ、本物に会う前から啜り泣きが始まっている。coc9tailのファンは民度が高いと有名で、美聖が会場に現れても声をかけないのが暗黙のルールだ。もちろん、全員が全員ではないので美聖も声をかけられることはあるが、基本は見て見ぬふりをしてくれる。

だが、今回ばかりは美聖の涙に耐えきれなかったのだろう。

美聖の前に並んでいたファンが耐えきれず、美聖にポケットティッシュを渡す。

「あの、これ、よかったら使ってください」

駅から会場に来るまでに貰《もら》ったであろう、コンタクトレンズの広告が入ったティッシュを、美聖はありがたく受け取る。

「ありがとう……」

涙を含んだその柔らかな声に、美聖の周りの涙腺がさらに決壊する。

美聖はファンの優しさに微笑《ほほえ》んだまま、サングラスとマスクを外し、涙で濡《ぬ》れた頰を拭う。

急に現れた国宝級の美形の素顔に、会場中がどよめく。泣き声や黄色い声が入り交じってまさに異空間だ。

美聖が無意識に会場をざわつかせているうちに、とうとう彼に順番が回ってくる。

「オッ、お次の方っ、ドゥゾッ！」

誘導のスタッフも美聖の存在に動揺を隠しきれない様子だ。彼は涙をしっかり拭い、深呼吸をして、『息吹推しの柊美聖』として、息吹が待つ仕切りの中へ、進む。

「こんにちは」

美聖が足を踏み入れた途端、白い仕切りの中で、女神が微笑んで手を振っていた。途端に、美聖の呼吸は「ヒュッ」と音を立てたきり、止まる。

息吹の、透き通るような白い肌に、大きな二重のまぶたに、それを縁取る長い睫毛《まつげ》。真っ黒で艶《つや》やかな長い髪。細くすらりと伸びた手足。

彼女の美しい上に芯の通った強さが、オーラとして滲み出ていた。

その存在感に、その場で立ち止まってしまった美聖に、息吹は柔らかな笑みを見せて言う。

「そこじゃ握手できないですよ」

「ソウデスヨネ！　マッタクボクッタラ！」

美聖は早口で答えると、ぎこちない動きで彼女の元までなんとかたどり着く、が。

「すみません直視できません」と言うや否や目を閉じた。

一時間以上並び、三十秒程の握手に目を閉じる男、それが柊美聖である。昨年、主演男優賞を受賞した男と同じ人物だとは思えない姿だった。

美聖は目を瞑《つむ》って硬直し続ける。姿勢良く気をつけをしていた美聖の手が、不意に、ふわりと柔らかな温《ぬく》もりに包まれた。

驚きで美聖が目を開けた先には、彼の手を両手で包み込む息吹がいた。人形のように整った顔が、宝石のように輝く瞳が、美聖を見つめている。息吹は、美聖が何度握手会やハイタッチ会に訪れても、彼を俳優の柊美聖として扱うことはない。他のファンと同じようにする。

美聖はそんな彼女に会いに行くことが活力になり、癒やしだった。

「今日は来てくれてありがとうございます」

鈴のように柔らかな声の中に、凛《りん》とした強さもある。吸い込まれるような美しさは、彼女の完璧な容姿と、完璧なアイドル像だからこそ実現できる賜物《たまもの》だ。

美聖は彼女の瞳を見つめ返し、実感する。

もう、この姿を、追いかけられなくなる日がくる。それは刻一刻と迫っている。

「……ファンです、ずっと……」

息吹の前に立つためにと拭った涙が、再び瞳から零れ落ちる。

映画のワンシーンかと思うような美聖の麗しい涙に、息吹の後ろにいたスタッフたちが思わず息を呑《の》んだ。

「……息吹さんの、ファンです……」

溢《あふ》れ出した先で、喉の奥に詰まったように、繰り返し、ファンだと告げる美聖は、切実だった。息吹は握手をしたまま、柔らかく頷《うなず》く。それから、しっかりと美聖の瞳を見つめ返して言う。

「最後までその期待に応えさせて」

息吹の力強い言葉に、美聖が弾《はじ》かれたように顔を上げる。

目が合うと、彼女は綺麗《きれい》な顔を優美に緩ませた。

「どうか泣かないで。私はファンを笑顔にするためのアイドルだから」

ね、と微笑む息吹に、美聖は涙を零しながらも懸命に、うん、と頷く。

もうすぐ交代の時間だ。それを美聖に告げなければならないスタッフたちは、あまりにも美しすぎる空間に、足を踏み入れるのも憚《はばか》られていた。

「ありがとう」と美聖が眉を垂らして笑う。

(うっわ生王子《リアル》えぐっ)

(息吹と美聖の絵面やばい……)

周りが美聖の微笑みに心臓を撃ち抜かれているなか、息吹は決してアイドルの立場を揺るがせなかった。

「またね」

「またね」

美聖と息吹が手を振り合う。その微笑ましい光景は、その日のうちに十一回続いた。

つまり、美聖は最も倍率の高い息吹との握手券を十一枚も手に入れたのである。これでも美聖曰《いわ》く、他のファンに申し訳ないからそれ以上の入手は踏みとどまったらしい。

帰りの車の中、美聖は恍惚《こうこつ》とした表情で、自身の右手を見つめながら言う。

「片平さん、俺はもう手を洗わないよ」

「オタクみたいなこと言わないでくださいよ」

「やだな。俺は現在進行形でオタクだよ」

「あなた自分の顔の価値自覚してますか。オタクされる側ですよ。まあ、元気が出たみたいでよかったです」

「うん。本格的にネコ型ロボットを探そうと思う」

「……見つかるといいですね」

「うん」

（……マジでこの人息吹さんのことになると頭おかしいんだよな）

片平は運転しながら、バックミラー越しに見える美しい男のちぐはぐさに笑ってしまった。

＃

彗星《すいせい》の如《ごと》く芸能界に現れた柊美聖の俳優デビューは、実に煌《きら》びやかなものだった。

無名ながらに、名監督の映画『罪人は笑う』の主演に大抜擢《だいばってき》され、その美しい容貌と、観《み》る者をその世界に引き摺《ず》り込む演技力で、柊美聖は十九歳で日本アカデミー賞新人俳優賞を受賞した。

どれだけ話題になっても当の本人は、映画の告知にもテレビにも出演しなかった。そんな彼が初めてメディアの前に姿を見せることになった授賞式では、彼の素性を我先に摑《つか》もうと、どこも躍起になっていた。

『日本アカデミー賞新人俳優賞は――……『罪人は笑う』柊美聖さんです！　おめでとうございます。柊さんはご登壇ください』

拍手に包まれたレッドカーペットの上を歩く美聖の姿は、照明の下でさらに輝きを増す。

美聖は、前回新人俳優賞を受賞した俳優からトロフィーを受け取ると、マイクに向かって挨拶する。

『この度は新人俳優賞という輝かしい賞を頂き、とにかく感謝の気持ちで胸がいっぱいです。本当に、ありがとうございます。監督をはじめ、共演者の皆様、スタッフの皆様、撮影に携わる全ての方がいてくださったからこそ得られた賞です。この素晴らしい場所に立たせてもらえたのも、皆様のおかげです』

そう言ってにこやかに微笑む美聖には非の打ち所がない。今か今かと煌めく大型新人のネタを探す記者の目が光る。美聖の挨拶が終わり、司会者が食い気味で彼へ質問をする。

『たくさん感謝の言葉が出ていた柊さんですが、今、一番感謝を伝えたい相手は誰ですか？』

司会者の質問に、美聖は端整な顔を少しだけ当惑させて、それから、まるで子供みたいに笑う。

『一番、ですか』

美聖は『一番』と再度呟《つぶや》く。スーツでしっかりと決めた姿に似つかわしくない笑みに、会場中は期待で満ちる。美聖は、少しだけ内容を選ぶように瞳を数度瞬きさせたが、観念したように薄い桃色の唇を開いた。静寂な空間に、美聖の声が通る。

『……coc9tail の黛息吹さん、です』

マイク越しに響いた美聖の声は会場中の全員に届いているのに、その予想だにしていなかった人物の名前に、会場は一瞬静まり返る。誰もがその名前を呑み込むのに時間がかかったようだった。

司会者も例外なく呆気《あっけ》に取られていた。だが、慌てて我に返るとぎこちない笑みで言う。

『な、なるほど。黛息吹さんとは今回の撮影で何かご交流があったんでしょうか？』

そんなのあるわけがない。会場中のツッコミが無言の圧で入る。

『罪人は笑う』に息吹が出演していないのは疎《おろ》か、主題歌を担当したわけでも、アイドルの彼女を参考に要する作品でもない。

司会者もそんなことは百も承知だったが、咄嗟《とっさ》に出た受け答えがそれしかなかったのだ。

黛息吹は確かにアイドルとして音楽業界のトップを走り続けているだけでなく、舞台俳優やCMタレントとしても活躍している。

その一縷《いちる》の望みにかけた司会者の切り返しに、美聖はひとり呑気《のんき》に微笑を浮かべたまま首を横に振った。

『いえ、全く』

きっぱりとした否定に、司会者はあからさまに動揺を見せる。

『そ、それでは何か他に理由が……？』

司会者の言葉に、柊美聖だけは平然と、優美な笑みを混えたまま答えた。

『僕がただのファンなだけです。彼女ほど、真っ直《す》ぐでひたむきな方を僕は知りません。というよりも息吹さんは存在自体が唯一無二ですよね。黛息吹という名がすでにその美しさを物語っているように……すみません熱くなってしまって、息吹さんの尊さなんて皆さんがご存じの通りだっていうのについ、』

静まり返る会場に、美聖の饒舌《じょうぜつ》に語る声と、カメラのフラッシュ音だけが、やたらと響いた。実に華々しいデビューを飾った柊美聖の初めて知る素性は『黛息吹のファン』ということだった。

《若手俳優・柊美聖はcoc9tail息吹の大ファン！　授賞式での珍回答に会場は唖然《あぜん》》

そうして、美聖の息吹ファン発言は、ニュースのトップ記事を飾った。

もともと素性の知れない、突如現れた国宝級のイケメンに興味津々だった国民は、急に露《あら》わになった彼の人間味に沸きに沸いた。

〈柊美聖なんか見覚えあるなってずっと思ってたんだけど、息吹ファンって知って何気なく幻のMV観返したらいたわ。完全にいたわ〉

そんな時、coc9tailのデビュー曲の初回生産限定盤の特典である特別版MVに柊美聖が出演していることが古参ファンに掘り当てられ、ネットを中心に大きな話題を呼んだ。

〈噂のMVの情報を知ってカクテル古参の友達に見せてもらったらマジだった……やばかった当時から顔面強すぎ……しかも多分リアル高校生の時の柊美聖……〉

MVの映像は、ほとんどが横顔やカーテン越しのもの、斜めのアングルのものでガッツリと正面から撮られた映像はない。それでも美聖が元来併せ持っている、繊細で儚《はかな》い美しさがより際立つ演出となっており、古参ファンの間では一時期、『謎の美青年』として界隈《わい》を賑《にぎ》わせていたのだ。

〈幻のMV観た過ぎてネットオークション覗《のぞ》いたらとんでもねえ金額でやりとりされてて泣いた〉

〈coc9tail の古参ファン羨ましすぎる。美聖くん観たいんだけど。再販して欲しすぎる〉

〈coc9tail（主に息吹ファン）と美聖ファンがあのMVの鑑賞会開いてると知ってにわかも参加したいと言えずに今〉

〈ちょっと待って。今気づいたんだけど、美聖くんがMV撮影で息吹に沼ってたら、もしや彼が coc9tail の最古参なのでは……？〉

すでに世には出回っていない幻のMVを求めて、世間はまた沸き、柊美聖は素性の知れぬ謎の美青年から、息吹ファンということだけが突出する個性になった。

〈始めました。今日は coc9tail のデビュー二周年ですね。おめでとうございます〉

@ibukiVenusfan3310
そして映像以外では常にその存在をひた隠しにされていた柊美聖が、ついにSNSを始めた。とは言っても最初はそのアカウントが柊美聖本人のものだと誰も気づかなかった。それもそのはず。柊美聖のオフィシャルアカウントの初めての動きが、coc9tail のデビュー二周年目のお祝いで、それに加え、アイコンも『息吹推し』と書かれた画像、IDもただのオタクで、本人の自己紹介すらしていないのだ。

そこでもともと存在していた柊美聖スタッフアカウントが慌てて、引用リプで彼の紹介と新ドラマの宣伝をしていた始末だ。ようやくそれが柊美聖のオフィシャルアカウントだと認知され、フォロワーが一気に増え、〈王子オタク〉がトレンド入りした。

いよいよ本格的にメディアにも出演するようになった彼は、その美しさに惚《ほ》れ惚《ぼ》れされながらも、最終的には息吹ファンとしていじられていた。

ドラマの番宣で出演したスポーツバラエティでは、元弓道部の腕を披露して会場を沸かせ、その後、息吹ファンムーブで盛大に笑いをかっ攫《さら》う。

『なんや美聖くんはアイドルの息吹さんの大ファンなんやってな？』

『僕、大ファンって、名乗っても大丈夫なのかな……愛しかないんですけど』

『充分過ぎるやろ！』

『きみのSNSほとんどカクテルについてしか話さないよね』

『俳優さんって職業柄自撮りのものとか多いじゃないですか。なのに柊さんのアカウント見ると、息吹さんのうちわとかポスターとか買ったCDとかばっかりなんですよ』

『見てくれてありがとうございます。知らず知らず布教できてるなんてなんかちょっと嬉《うれ》しいです。これからも頑張ります』

『そこ照れるとこやないねん！　あと仕事の宣伝頑張れや』

ちなみに美聖本人は至って真面目で、それがさらに笑いを誘っているのだ。

デビューから引っ張りだこの美聖は、映画、連ドラ、CM、雑誌、ラジオ、写真集、また映画にドラマと、多忙な一年を過ごし、国民も彼を見ない日はないというほどだった。

『息吹さんとは今まで共演は？』

『僕が初めてのお仕事で、coc9tailさんのMVに出演させていただいた一回きりですね』

『あの幻のMVですね。有名ですよ。私も友達と観ました。これ聞いていいのかわかんないんですけど、ぶっちゃけ、息吹さんと共演持ちかけられたりとかってありますよね？』

『……まあ、そう、ですね。ただ、僕が勝手にファンをさせてもらってるだけなので、とにかく相手の女神には迷惑をかけたくない一心で日々生きてます。温かく見守って頂けたら』

ある番組で零《こぼ》した美聖の言葉に、国民は美聖のファンの姿勢を買いつつ、ここまできたらもはや息吹と共演して欲しいという思いも積もりに積もっていた。

デビューから一年で人気俳優へと上り詰めた美聖は、もちろん年末の紅白歌合戦の審査員を務めるのは確実だと予想されていた。

だが、国民の予想を裏切り、紅白審査員一覧には彼の名前はなかった。

そして、大晦日《おおみそか》当日、デビューから毎年出場しているcoc9tailのパフォーマンス後に、客席で女神に祈りを捧《ささ》げるように泣いている美聖がカメラに抜かれたのである。

《紅白審査員を断った国民の王子・柊美聖は客席で号泣！》

そんな記事が速攻で抜かれ、その中で『問答無用でcoc9tailのいる紅組の方に投票してしまうから』と審査員を断った美聖の裏事情を知ると、国民はもう、彼の健気《けなげ》さに虜《とりこ》になってしまったのである。

#

木村が事務所の練習室に赴くと、一番奥の部屋だけ明かりが点《とも》っていた。静まり返った空間に、微《かす》かに聴こえてくるcoc9tailの曲と、キュ、とシューズの裏が床に擦れる音がする。

二月の夜はかなり冷え込む。室内にもかかわらずあまりの寒さに木村は思わず身を竦《すく》める。

木村がガラス張りの扉から部屋を覗けば、動きやすさを重視した薄着のダンスウェア姿の息吹がいた。

（……まったく）

息吹は全面鏡の前でひとり、ただただ徹底的に踊っている。彼女のストイックさに、木村はcoc9tailのマネージャーになった当初からずっと驚きと尊敬と、心配を抱いていた。

力強い眼差《まなざ》しで鏡を見つめ、激しいダンスを繰り返し繰り返し踊る。

木村から見れば、すでに完璧に思える振りも、彼女にとっては及第点に及ばないのだろう。

メンバー全員での打ち合わせは十四時には終えていた。現時刻は二十三時過ぎ。彼女はいったい、いつからここで練習していたのだろう。

「……ふー……よしっ」

スマホで撮影していた自分の振り付けを確認してから、息吹は疲労を隠すようにして気合いを入れ直す。ステージでは汗すら見せない彼女は今、額に汗を光らせている。

天性の美しさもセンスもある。それでもなお息吹は、誰よりも努力を惜しまない。

ファンの前では常に笑顔で余裕のある息吹の裏側は、満身創痍《そうい》だ。

木村は居てもたってもいられず、ガラス張りの扉を開ける。それでもダンスに集中しきっている息吹は気がつかない。

「息吹、帰るよ」

木村の声に息吹がぴたりとダンスをやめて振り返る。

鏡を見つめてプロの表情になっていた彼女が、驚いたように木村を見て、そして、花が咲くように笑う。

「はーい。木村さん、あと一回だけ振り確認していい？」

「だめ。メイが今夜はみんなで焼肉って約束したのに息吹が来ないって泣いてるよ」

「メイ、昨日も焼肉食べてたよ」

「メイは毎日焼肉がいいんだもの」

思わずふたりで笑う。一見、人間離れした美しさゆえに孤高の女王に見える息吹だが、実は誰よりもメンバーを溺愛している。そんな息吹のギャップにファンは悶《もだ》えに悶えている。

練習室の戸締りをして、着替えから戻ってきた息吹を送るために車に乗り込む。息吹は後部座席でスマホを見つめる。

「メイが泣いてる動画送ってきてる。明日、美味《おい》しい焼肉ご馳走《ちそう》してあげなきゃな」

「甘やかさないでよ。今日は莉奈《りな》にお肉食べさせてもらってたんだから、あの子」

「え？　そうなの？　もう、メイってば」

あははっと白い歯を見せて楽しそうに笑う息吹は、先程まで練習室で踊っていた彼女とは別人のようだ。その楚々《そそ》とした雰囲気も美しいことには変わりないけれど。

木村は、デビュー時からcoc9tailが暮らす事務所所有のマンションへ車を走らせる。

バックミラー越しで見た息吹は、スモークガラスの向こうの景色を眺めている。

真っ白な肌は陶器のように美しく、高く筋の通った小さな鼻に、ふっくらとした柔らかな唇。そして何よりもその大きくて力強い黒目がちの瞳が、彼女の魅力だ。

上向きにカーブした長い睫毛《まつげ》の下、暗闇の中でも輝きを失わない瞳は、ときどき、とても泣きそうな色になる。

coc9tail の解散は、木村にとっても突然の知らせだった。

事務所の上層部と彼女たちだけで密《ひそ》かに進められていた話らしく、木村自身は決定が下ってから解散のお告げを受けた。——とある秘密と共に。

「息吹」

木村は赤信号で車を止めたところで、息吹に声をかける。窓の向こうを眺めていた息吹は、運転席に座る木村をミラー越しに見つめてくる。毎日見ても飽きることのない美しさ。

「どうしたの？」

口元に笑みを浮かべたまま息吹が小首を傾《かし》げる。艶《つや》やかな黒髪がさらりと揺れる。

「息吹はいいの？」

木村の一言に、察しのいい彼女は、すぐに何の話か悟る。だが、柔らかな笑みは変わらない。……変化がないからこそ、木村の方が心配になるのだ。

美しさは実に短命だ。尊ぶほどの耽美《たんび》さは、目を離した隙にふと消えてしまう危うさも兼ね備えていて、木村は息吹を見ていると、時々どうしようもなく不安に駆られる。

「何も完全に芸能界を引退する必要はないと思うわ。もちろん息吹の意志を尊重するけど、誰よりもアイドルの素質があるのに」

木村の言葉に息吹の視線が、少しだけ伏せられる。長い睫毛が白い頬に影を差す。

「息吹は、アイドルっていう括《くく》りを自分で厳しくし過ぎなんじゃない？　例えば恋愛禁止だってデビューから二年でもう解けてるのをファンだって知ってる。そういう意味でも、もう、前よりも易しくなってるのよ」

息吹は何も言わない。肯定も否定もしない。

木村は本音を言えば、息吹が輝かしい世界からいなくなることを望んでいなかった。ファンと同じように、彼女にはどんな形ででも、自分たちを魅了し続けて欲しかった。

信号が青になり、再び車が走り出す。すでに街は眠り、等間隔で置かれた街灯の明かりが車の上を滑っていく。

「SH/KIの遊佐だって、結婚したって今も男性トップアイドルとして最前線で活動してる。他のメンバーどころか本人さえ何の影響もない。持っていき方さえ誤らなければ、そういうものなのよ」

やり方さえ間違わなければ。ファンへのアプローチの仕方さえ誤らなければ。

いや、息吹なら、その存在なら、解散後の活動に何の影響もないはずだ。

coc9tailの解散を木村がメンバーから打ち明けられた時、号泣するメンバーたちと違って、息吹はしっかりと地に足をつけていた。

……彼女の涙を、木村はまだ一度も見たことがない。

そして、息吹の本音を、おそらく木村は一度も聞いたことがない。

「息吹、少しは力を抜いて、広い目でこの先を考えてみるのもいいと思うわ。本当にやり残したことはないのかもう一度ゆっくり考えてみるのもありよ。まだ時間はあるんだから」

そう言いながら時間なんて全然ないことを、木村も息吹もわかっていた。すでにcoc9tail は解散まで、あと一年を切っている。

「……うん」

息吹は窓の向こうを眺めながら、小さく頷《うなず》くだけだった。

#

片平はようやく見つけたその姿に、溜息《ためいき》を零しながら近づいた。スマホでcoc9tail のMVを繰り返し観《み》ていた美聖は、片平にイヤフォンを引き抜かれ、驚いたように顔を上げる。

「台本も読まず、共演者と話に花を咲かせるわけでもなく、ひとり何してるんですか、自販機の隣で。新種の人形《ひとがた》自販機かと思いましたよ」

片平はそう言いながら、顔を上げた美聖の顔を見てギョッとする。

「また泣いてるんですか！」

「え、嘘《うそ》、俺泣いてる？」

「鏡を見なくてもわかる量ですよ」

澄んだ瞳から綺麗《きれい》な雫《しずく》が、幾つも頬を伝っている。美聖の後ろの、葉の落ちた木々の侘《わび》しい背景も相まって、美聖の哀愁が片平にも伝わってくる。

美聖は撮影の衣装の上にダウンコートを着ていて、その袖で涙を拭おうとしたので、片平は咄嗟《とっさ》にティッシュを差し出す。

「赤くなっちゃうじゃないですか。撮影に影響します」

「ごめんね。ありがとう」

ティッシュで丁寧に涙を拭った美聖は、ぐす、と洟を啜《すす》る。少し離れた撮影場所では、移動カフェのコーヒーワゴンにスタッフたちが談笑しながら並んでいる。座長の美聖が「寒いので少しでも」と現場に差し入れたのだ。

スタッフや共演者には気を遣うくせに、自分は自販機横でひとり泣いている。いったいどんな人気俳優だ、顔を見てみたい、と片平は内心で突っ込みながら目の前の美聖を睨《にら》む。

「厳しいこと言わせてもらいますけど、休憩明けに泣くシーンあるんですよ。今泗らさないでください。あと相手役の翠《みどり》さんがずっと美聖さんのこと捜してますよ。息吹さんロスなのはわかりますが、ちゃんと仲良くしてください」

「ごめん」

素直に謝ってくる美聖に、片平は胸がちくりとする。涙の痕を残した顔というのもずるい。

本当はもう少しどやしてやりたかったが、子犬のような美聖を見たらもう何も言えなくなってしまう。

ふたりで現場に戻ると、美聖と同じダウンコートを着てキョロキョロしていた翠が、嬉《うれ》しそうにふたりへ手を振ってくる。いや、美聖限定に、だ。

「柊さん！　どこにいたんですか？　めちゃくちゃ捜したんですよ」

「ごめんね」

寒さをものともしない快活な翠に、美聖は穏やかで落ち着き払った微笑を浮かべる。美聖の目尻の垂れた甘い微笑は、芸能界ではささやかに『女性キラー』として有名だ。翠も案の定、美聖の微笑《ほほえ》みに胸を突かれたようで「いえ、全然」と頬を赤らめた。

「柊さんの差し入れの珈琲凄《すご》く美味しいですね。ご馳走様です」

「喜んでもらえてよかったです」

和やかな雰囲気に、片平はホッとしながらふたりから少しだけ距離を置く。

それでもマネージャーにしては近すぎる距離だろうが、気づかぬうちに美聖が再び人形自販機になってしまったら困るので致し方ない。

「あたしが差し入れしたクッキー食べてくれました？　オーツミルク使ってるやつなんですよ」

翠は健康的な小麦色の肌にくっきりとした顔立ちの、女性雑誌モデル出身の女優だ。つい先日二十歳になったばかりの彼女だが、バラエティでも活躍しており、事務所の猛プッシュで最近は演技にも力を入れている。

嬉しそうにはしゃぐ翠に、美聖は笑って相槌《あいづち》を打つ。今回はこのふたりが主演の学園恋愛ドラマだ。まだ演技には不慣れも多い翠のリード役に抜擢《ばってき》されたのが美聖だったのだ。

「ていうかさっきから思ってたんですけど、柊さん目赤くありません？　泣きました？」

「あー……練習でちょっとね」

「ふーん。さすが実力派俳優ですね。あたしまだ目薬ないと無理です」

翠に促されて美聖は休憩用の椅子に座り、彼女もその隣に座る。話の流れのまま自然と翠は美聖の頬に爪の長い指先を滑らせた。

「翠さんならきっとすぐに目薬なくても泣けるようになるよ」

女性の指先が自身の頬に触れても何の反応も示さずに会話を続ける美聖に、翠は少しつまらなそうな顔をする。わかりやすい子だな、と片平は無言でその光景を見つめた。

「泣く練習なんてしてたら本番で涙涸れちゃってません？」

翠は、指をぱっと離してなんでもないように、けらけらと笑う。そんな彼女に、美聖は椅子の肘掛に頬杖《ほおづえ》をついて、弱ったように笑みを返す。その綺麗な男の弱々しい姿に、女性の母性はいとも容易《たやす》くやられてしまうのだ。

「最近は、あることを思い出すだけで、泣く気がなくても涙が止まらないよ」

少しでも美聖を知っている者ならすぐにわかる話だ。coc9tailの解散のことだと。

息吹との握手会を終えてから、美聖は確かに泣く回数は減ったが、それでも時々抑えきれないのか、ひとり隠れて泣くようになった。

翠はつけまつ毛の下、カラコンの入った茶色の瞳で隣の美聖を見つめて言う。

「あたし知ってますよ。coc9tailが解散しちゃうからでしょ」

遠慮のない翠の言葉は、片平が制止する前にさらに美聖の心臓を抉《えぐ》りにいく。

「プラス、息吹さんが引退しちゃうからだ」

はっとして片平が美聖を見ると、彼は微笑みを固めたまま動かない。まるで仏像のようだ。まずい。心肺停止してるかもしれない。AEDを本気で探す片平に対して、翠は容赦がない。

「柊さんって、息吹さんのファンって有名ですけど、それって崇拝的な感じですよね？」

クッキーを食べながら、翠は続ける。あけすけな態度で、無意識なのか意図的なのか、美聖の傷口に塩を塗り込む彼女に、片平は奥歯を嚙《か》み締める。

(やめろ、うちの俳優の心は子犬なんだぞ！)

喉から出かかった声も彼女には届く訳もなく、翠は美聖の内側を土足で侵食していく。

「柊さんが息吹ファンなのは周知の事実ですけど、逆に息吹さんが柊さんの名前出したことってないですよね。あったら絶対ニュースになってるだろうし」

翠は、一見陽気なだけの女の子に見えて、女性雑誌のモデルという戦場で常に勝ち続けてきた猛者である。彼女の言葉尻は常にテキトウなのに、その核は確実に捉えて離さない。

「でも、柊さんも別にそれを気にしてないっぽいのは、やっぱりファンなだけであって、恋愛ではないってことですよね？」

翠は畳み掛けるように言うと、珈琲をひとくち飲む。横目でちらりと美聖を見る視線は獲物を捕らえる時の肉食獣のそれに似ていて、片平はぞっとする。

美聖はいつの間にか平静を取り戻し、翠の猛追に構うことなく微笑みを作っていた。

「そこまで深く考えたことなかったな。翠さんはすごいね、深いところまで考えてて」

今まで散々深追いされた中で、彼なりに編み出した逃避術。美聖ほどの容貌であれば、芸能界の中でも女性に人気があるのは当然だ。

だが、美聖は一切靡《なび》かない。揺るがず、必ず、息吹のファンで在り続ける。

それが面白くない女性たちもいるのは必然だ。自信がある子たちが集まっている芸能界ならなおのこと。

はぐらかされたことに気がついた翠は、「そっか」なんて笑いながら、珈琲をテーブルの上に置いた。

それから翠は、「そういえば」となんでもない風を装った最後の爆弾を、美聖に仕掛けた。

「ちなみに噂《うわさ》って本当なんですか？　coc9tail解散するのってメンバーの誰かが結婚するからだって」

「……え？」

「あれ、息吹ファンの柊さんの耳にもう入ってるのかと」

見事に被爆してしまった美聖に、片平は思わず顔を手で覆った。

#

『coc9tail解散するのってメンバーの誰かが結婚するからだって』

一晩寝たら少しは整理できるかと思っていた美聖だが、息吹が見知らぬ男と結婚式を挙げている夢で目覚め、虚無のまま一日を迎えた。

迎えに来た片平は、美聖の顔を見た途端、気の毒そうに眉根を寄せる。

『あれ、息吹ファンの柊さんの耳にもう入ってるのかと』

「……はあ」

きっつ、と呟《つぶや》いた美聖は、そのまま窓に頭をもたせかけ、そっと目を閉じた。

その日は、まず事務所で美聖の約一年ぶりとなる写真集についての打ち合わせだった。

美聖とマネージャーと、版元の担当と、専属カメラマンとアシスタントで顔合わせを含め、今後のスケジュールについて話し合う。

「いやあーそれにしても本当にかっこいいですね、柊さん」

カメラマンが正面に座る美聖を見ながら言う。職業柄、相手を褒めるスキルは高いカメラマンの言葉だが、その瞳は早く美聖をカメラに収めたいと言わんばかりに輝いている。目は口ほどに物を言う。美聖の隣で片平が満足げに大きく頷いている。

美聖は白い歯をわずかに覗《のぞ》かせて柔らかな微笑でカメラマンに言う。

「恐縮です。ありがとうございます」

片平がちらりと隣の美聖を見る。美聖は彼の視線の意味を察し、微笑を崩さぬまま言う。

「楽しみだね」

片平が「そうですね」と相槌を打つ。美聖がいつも通り何の不備もなく、きちんと仕事をこなしている様子に、片平はそれ以上深入りしてくることはなかった。

先日、現場で翠に爆弾を投下されたあとも、撮影が始まれば美聖は役にのめり込んだ。カットがかかっても止まらない涙が、唯一の美聖の本音だっただけで。

「それでは、再来週から本格的に動き出すということで」

「はい。よろしくお願いいたします」

打ち合わせが終わり、部屋に美聖と片平のふたりだけになった途端、美聖はテーブルの上に顔面から突っ伏した。

ゴン、という鈍い音に片平は慌てる。

「だっ、大丈夫ですか」

そう言いながら片平がまず確認するのは、美聖の国宝級の顔に傷ができていないかどうかだ。美聖はへらりと力なく笑って椅子から立ち上がる。先ほどの打ち合わせの時と打って変わって弱々しい美聖に、片平の表情が困惑した色に染まる。

「……うん。ちょっと珈琲《コーヒー》買ってくる」

「僕が行きますよ」

「ううん。大丈夫。少し外の空気も吸いたいから」

片平は美聖の苦しみが伝染したような表情を、ぐっと引き締めた。それから鞄《かばん》に常備してある鏡を取り出すと美聖に向けて差し出す。そこに映し出された美聖の額はほんのりと赤くなっている。撮影の為《ため》に前髪がセンター分けになっているから尚更《なおさら》その赤みが目立つ。

「くれぐれも気をつけてください。美聖さんはあなた自身が商売道具なんですから」

片平のマネージャーとしての助言に、美聖は「うん」と答えて、ひょいと鏡の後ろにいる片平を見る。

「心配かけてごめんね。ありがとう」

美聖の笑みに、片平は素っ気なく「仕事ですから」と答える。だが、彼の瞳は純粋に美聖を思いやる優しさに満ちていた。

　美聖は、部屋を出て事務所の廊下を歩く。窓から差し込む日に目を眇《すが》める。その燦々《さんさん》とした眩《まばゆ》さに季節を通り越したかと錯覚するが、外を歩く人たちの厚手のコートにマフラーという格好に春はまだ先だと知る。ただ自然は一足先に準備を始めたようで、木の先にはわずかだが蕾《つぼみ》が芽吹いている。

　気がつけばcoc9tailが年内解散を発表してから、二ヶ月が経《た》っていた。

（片平さんにめちゃくちゃ心配かけちゃってるな……）

　美聖は無意識に下唇を噛みそうになって、片平に注意された商売道具の言葉を思い出し、溜息《ためいき》へと切り替える。

　事務所の廊下のいたるところにはドラマや映画、全国ツアーライブのポスターが貼り巡らされている。今回、会議室に使用した部屋からは、美聖が所属している俳優部門よりも『coc9tail』や『SH/KI』が所属するアイドル部門の方が近い。

　美聖は気を紛らわせるように、壁に貼られたポスターを眺めながら歩く。その時、廊下の向こうから緩い会話が聞こえてきた。

「こないだの打ち上げ、杏慈が来なかったってみんな泣いてたよ」

「知るかよ。家に帰る方が大事だろ」

「まったくお前はさあ」

向こうの廊下の角から、すらりとした長身の男ふたりが現れる。ふたりのうちのひとり、アッシュブラウンの髪の男は、スマホの画面を連打しては、舌打ちを零《こぼ》す。「妃夏《きっか》が電話に出ねえ」と苛立《いらだ》ったようなハスキーな声がなんとも魅惑的だ。

美しい男が再びスマホを耳に当てると、隣にいた男がその肩に腕を回す。優しい顔立ちに泣きぼくろが三つ連なった男。ムーンプロダクションの中でも絶対的存在であるSH/KIの遊佐杏慈と黛周音《あまね》だ。

美聖は、事務所の先輩かつ男の憧れでもあるふたりに、緊張しながら会釈する。

前を歩いていた遊佐はスマホを耳に当てたまま、色素の薄い瞳でちらりと美聖を一瞥《いちべつ》する。と、片手を上げて笑みだけで挨拶を済ませ、すぐに部屋に入っていってしまう。

遊佐の後ろにいた黛は、甘い笑みを浮かべて美聖に手を振ると、

「またね、柊」

なんて、意味ありげな言葉を残して部屋に入っていく。

美聖は黛の言葉の意味を摑《つか》めず、扉が閉まるのをじっと見つめていた。

再び自販機に向かって歩き出した美聖は、意味もなく少し遠回りをする。事務所内には社員全員が無料で利用できるカフェや食堂があるので、自販機はあまり使われていない。

だが、今は極力ひとりでいたい美聖は敢《あ》えて自販機へ赴いた。

辿《たど》り着いた自販機前で少し逡巡《しゅんじゅん》してから、ホットコーヒーを買おうとして、指先をボ

タンに添えかけた時、――何の前触れもなく後ろから伸びてきた指が、違うボタンを押した。

「え？」

美聖の驚いた声は、ガコン、と飲み物が取出口に落下した音に、掻《か》き消される。

伸びた細く白い指先を、無意識のうちに辿った。それはするりと下へ流れて、自販機の取出口の奥へ滑り込む。……さらりと揺れる鴉の濡羽色の髪、今にも折れそうな華奢《きゃしゃ》な身体《からだ》、爪の先まで完璧に整えられた指が、飲み物を取り出して、ゆっくりと身体を起こした。

「疲れてる時には珈琲よりホットレモンの方がいいですよ」

そう言って美聖にホットレモンの缶を差し出したのは――息吹だった。

彼女は目深に被《かぶ》った帽子の下で、ふわりと微笑《ほほえ》んだ。

美聖は、彼女の姿を見つめ、それから無言で後ずさり、差し出された缶からも遠ざかり、するすると音もなく、自販機の横に隠れる。

「えっ？」

息吹の驚いた声にも反応できず、美聖は自販機の横に隠れて、息吹の顔を見るわけでもなく、ただ、数秒後、そっと声を上げた。

「本物だ……っ」

息吹は訝《いぶか》しげな表情で、美聖が隠れた自販機横へ歩み寄る。美聖は、覗き込むような彼女と目が合うと、綺麗《きれい》な顔を驚かせて、そのまま俯《うつむ》いてしまう。

息吹はあたたかいホットレモンを握りしめ、小さく息を吐き出す。

「勝手にボタン押してごめんなさい」

息吹はヒールを鳴らして、さらに一歩、美聖の方へ近寄る。そんな息吹に、美聖は野生動物の如《ごと》く逃亡しようとする。野生動物の場合は命の危機による警戒心だが、美聖の場合は推しが突然目の前に現れたことによる、自我の喪失及び受け止めきれない現実からの逃避だ。

だが、逃亡は失敗に終わる。

「待って」

息吹がそう言ったからだ。美聖の動きはぴたりと止まり、息吹に腕を掴まれてしまってはもうだめだった。推しの言葉に、脳は考えるより先に服従を選ぶ。

息吹のどこか必死な声と美聖の腕を掴む力に、美聖は意を決して彼女を見下ろして。

(まっぶしッ!)

その眩《まぶ》しさに失明しかけた。

息吹は、美聖の腕を掴んだまま真剣な眼差《まなざ》しで彼を見つめている。

二月なのにコートも何も羽織らず、シンプルなタートルネックのカットソーはその身体のラインにぴったりとしていて息吹の細さを強調する。

スキニーパンツも腰の細さが目立ち、すらりと長い足にヒールがセットでもはや芸術と化す。

「助けて欲しいの」

「助けて……？」

息吹の切実な声に、美聖は瞬きをする。

彼女は美聖の腕を掴んだまま、駐車場に繋《つな》がる扉をちらりと大きな瞳で見やる。

その小さな仕草にさえ、美聖は思わず見惚《みと》れてしまう。

「外にタクシーを待たせてるのに、記者の目があって出られないの」

美聖も駐車場に繋がる扉の奥を見てみる。息吹のように確実にその目があることはわからないものの、美聖も微《かす》かに嫌な気配を感じる。芸能界に入ってから得た力のひとつだ。

息吹は桃色のふっくらとした唇から細く息を吐き出す。

それから少しだけ目を細めて、眉間にシワを寄せた。

（……あ、）

息吹のその表情に、美聖は見覚えがあった。彼女の静かな憤り。表では絶対に見せない顔。そして、美聖が初めて見惚れた表情。

「もうタクシーが待ってるのに。こうなったら一枚も撮られたくないし」

負けず嫌いの顔。美聖はそんな彼女を見下ろして、ふ、と笑う。

(彼女はいつも真っ直《す》ぐだ)

息吹は扉の奥を悔しそうに睨《ね》めつけ、下唇を噛《か》んでいる。その時、片平の言葉が美聖の脳裏を過る。気がつけば美聖は、息吹の下唇に親指を添えて、優しく諭すように下唇を噛むのをやめさせていた。その不意打ちに呆気《あっけ》に取られる息吹の前で、美聖は自分が羽織っていた大きなコートを脱ぐ。

息吹が彼の動きに視線を寄せ、意図が摑めない行動に、細い首を傾けた。

「何してるんですか？」

息吹の問いに、美聖は「えっと」と考えて、それから、いきなりコートを彼女の頭の上から被せた。

「えっ」

息吹の小さな驚きが、コートの内側に包み込まれる。美聖のコートにすっぽりと隠れてしまった息吹を見て、美聖はなぜか実家のグランドピアノを思い出した。母が演奏する時以外はカバーがかけられたピアノは、常に輝きを維持していた。

「見せた方が早いです」

大切なものには埃《ほこり》が被ってしまわないように、いつまでもその美しさを保ってもらえるように。彼女が来たるべき場所でその輝きを発揮できるように。

「いや、あの、ちょっと」

コートの中で隠れて戸惑う息吹に、美聖は笑いかけ、それからいきなり息吹を抱き上げた。

「わっ」と息吹の驚いた声がコートの中からくぐもって聞こえてくる。

「すみませんちょっとヒールがコートに引っ掛かっちゃうので、預かりますね」

美聖が彼女を抱き上げた先で、わずかに飛び出す息吹のハイヒールをそっと脱がせる。

ストッキングの下、綺麗にネイルまで施された彼女の足には、いくつもの絆創膏《ばんそうこう》。

（……嗚呼《ああ》、本当に、敵《かな》わないなあ）

美聖はコートで彼女の全身を隠し、「行きますね」と告げる。「え、あ、お願いします」と中から再びくぐもった声が届く。

コートにすっぽりと隠れた彼女を、しっかりと抱きかかえた美聖は、傍《はた》から見れば謎のものを運ぶ人間になっている。同じ人間とは思えぬ軽さの息吹に、美聖の胸が苦しくなる。この小さな身体で、彼女はどれだけの期待を受け止めてきたのだろう。

駐車場に停《と》まっていた一台のタクシーまで走り、運転手に「幕張《まくはり》指定ですか」と訊《たず》ねる。

美聖はcoc9tailのイベントは全て把握済みだ。今日、ハイタッチ会が幕張で行われる事も。

後部座席が開き、美聖は駐車場のアスファルトの上に跪《ひざまず》き、できる限り丁寧に息吹をそこへ座らせる。

コートの中からはらりと彼女が姿を現す。

帽子が傾いて、艶《つや》やかな髪が静電気を帯びて乱れ、分厚いコートの中で息苦しかったのか、彼女の頬が微かに赤らんでいる。

(女神がぐしゃぐしゃに……！　それさえも美しいけれどあぁぁぁぁぁああ！)

美聖はその姿を見て、自分の不甲斐《ふがい》なさに歯嚙《はが》みし、絶句する。

「――あはっ」

だが、息吹は髪をぐしゃぐしゃにしたまま声を立てて笑った。楽しそうに笑う彼女に、美聖は呆気に取られる。そんな美聖に、息吹は笑みを浮かべたまま言う。

「ありがとうございます」

花が咲いたような息吹の笑顔に、美聖は目が離せない。息吹は自分を包んでいた美聖のコートを手早く畳み、手にしていたホットレモンを美聖の前へ差し出す。

「ちゃんと寝てくださいね」

美聖の目の下にうっすらとできた隈《くま》に、彼女は最初から気づいていた。

自分の乱れた髪を直すよりも先に、それを差し出す。

美聖は気がついたら、息吹に差し出されたコートとホットレモンを、彼女の胸の前に押し返していた。

息吹が、驚いたように目を丸くする。

「俺よりも息吹さんの方が必要ですよ」

美聖はすぐに視線を下に落とし、裸足《はだし》の彼女に、ハイヒールを履かせる。小さな頃に観《み》たシンデレラを思い出す。

絆創膏だらけの小さな足がこんなにも愛おしい。

両足とも履かせ終わり、ゆっくりと視線を上げる。息吹が美聖を見つめている。

芯があって、強くて、真っ直ぐな彼女の瞳に、吸い込まれる。

「ファンなので、わかります」

美聖は照れくさくなって笑う。

乱れた髪を指で梳《す》いて直してあげられるようなスマートさは持っていないけれど、だったらせめて、細く冷たい彼女の身体があたたまることを願う。

息吹は無言で美聖の笑みをしばらく見つめ、それから、運転手に声をかける。

美聖は立ち上がり、少し離れて息吹を見守る。

「ありがとう」

息吹が微笑む。美聖も笑い返す。

タクシーまで全力で走って、風に逆らった美聖の髪もおかしな向きに曲がっていることに、彼自身は気がついていない。扉が閉まる直前、息吹が美聖を見上げた。

「またね、美聖くん」

息吹の綺麗な声が、エンジン音が響くその直前に、美聖の耳に滑り込んだ。

「……名前、」

タクシーの姿が見えなくなっても、美聖はしばらくその場を動けずにいた。

#

「お疲れな柊さん、お昼寝中でーす」

翠が手持ちカメラを美聖に向けながらやってくる。

美聖は、現場で用意された椅子に腰掛け、午後の陽光に微睡《まどろ》むようにうつらうつらとしていたが、翠の声に目を覚ます。

前日の写真集の撮影が夜中まで長引いた美聖は、二時間しか睡眠を取っていない。元気な翠にふにゃりと柔らかな笑みを見せながら「おはようございます」と呟《つぶや》く。

「寝起きの柊さんにカイロのプレゼントです」

翠は冗談っぽく言うと、ダウンコートのポケットから取り出したカイロを美聖に手渡す。現場入りした時に全員に配られるカイロだが、美聖は嬉《うれ》しそうに「ありがとう」と受け取る。そんな美聖にご満悦そうな翠は、当たり前のように彼の隣の椅子に座る。

「皆さんおはようございまーす」

「おはようございます」

カメラに向かって手を振る翠に倣って、美聖も手を振る。おそらくDVD化した際に特典の映像にでも使われるのだろう。

「休憩中はこうやってあたしが柊さんのことをからかいに行きます」

「そんなことないよ。やめてよ。翠さんはいつも優しいです」

「また上手《うま》いことを。柊さんは優しいので何でも言う事聞いてくれます。こないだなんてあっち向いてホイを休憩中ずっと一緒にしてくれました。楽しかったですよね」

「翠さん凄《すご》い強かったね」

「柊さんが弱いんですよ」

暖かな日差しのなか、制服の衣装の上から黒のダウンコートを羽織った美男美女が笑って話している。それだけで撮れ高は良し、だ。

翠はカメラを向けたまま、愛嬌《あいきょう》を振りまく。

その奥で微笑《ほほえ》みながらも少し眠たそうな美聖は、カメラから視線を外し、現場を眺める。

美聖の視線の変化に気が付き、翠が「柊さーん」と呼ぶ。ふたりの間をすり抜けた冷たい風に彼は首を竦《すく》めつつ「ん？」と翠へと視線を戻す。翠はニコニコと笑いながら言う。

「柊さんも愛嬌を振りまいてください」

「愛嬌？」

「そう。アイドルみたいに可愛《かわい》い顔してください」

「ええー。そういうの俺は見る専だと思うんだけど」

美聖が目尻を垂らして困ったように笑うその顔で、十分可愛いのだが、翠は年上の彼を何の躊躇《ためら》いもなくいじる。

「アイドルオタクの根性見せてください」

美聖が「ええ」なんて戸惑っているうちに、翠は彼にカメラを押しつけ、逃げられない状況に追い込む。緊張した面持ちの美聖は「せーのっ」と謎の掛け声をしてから、整いすぎた顔をくしゃっと笑みでいっぱいにして、指でハートを作った。

これだけでも国民の王子ファンである庶民は大騒ぎするだろう。美聖がこんな風に愛嬌を振りまくなんてほぼない。が、さすがはバラエティでも引っ張りだこの翠である。

すぐさま「カワイーカワイー」と棒読みで美聖をあしらった。

彼は恥ずかしさを誤魔化すように照れ笑いしながら「おい、翠」と冗談混じりに突っ込む。

「あ、今のはきましたね」

「え？」

「いきなり呼び捨てはずるいです」

「ほんとこの子よくわかんないなあ」

小首を傾《かし》げる美聖に、その隣で「キュンですね」と翠はけらけら笑う。

そこで翠が手にする手持ちカメラの電源が落とされる。翠はカメラを膝の上に置くと、慌ただしくセットを整えている現場を眺める。

「柊さん、あたしのこと翠って呼んでくださいよ」

「呼んでるよ」

「さん付けじゃなくて。さっきあたしがキュンときた方で」

美聖はダウンコートのポケットに手を突っ込んで、ほんの少し間を置いてから柔らかな声で答える。

「きみは人気者だからなあ」

遠回しな断りに、翠は不服そうに眉根を寄せた。

些細《ささい》な情報も種として拾われれば、記者に追いかけ回される。ドラマの打ち上げも、他のスタッフを写真から切り抜いてスキャンダルとして仕立て上げられてしまうのが、この世界だ。

「あたし、別に柊さんとならいいのに」

翠が棘《とげ》のある声で告げる。

雲ひとつない青空は、緑のない木々に濃い影を生み出す。澄んだ空気は肺に流し込むとひんやりと冷たい。暖かな日差しと冷たい空気が混在している。

「あたし、実はずっと柊さんのファンでした」

過去形を強められて、美聖はどう切り返していいのかわからず、無言で彼女を見つめる。

翠は椅子から立ち上がると、くるりと振り返って美聖を見下ろす。

「でも好きなので。だからもうファンじゃないんで」

「ん？」

「わからないですよね。わかって欲しいけど、一生そのままでもいいって思います」

メイクの下で、どこか幼さの残る表情に見合わず、翠の心は大人びている。まだ二十歳になったばかりの彼女は、六つ上の美聖よりずっと大人だと、彼は身に染みる。

「あたしは芸能界からいなくならないから」

そう言い捨てて翠は現場へと戻って行った。

その背中を見つめ、美聖は自分の口から吐き出される白い息に、目を細めた。

「……わかんないよ」

#

ドラマの撮影は午後から機材にトラブルが生じ、かなり押した。美聖が息を切らして会場に入ると、すでにオープニングが始まっていた。暗闇の中、ステージ上のスクリーンに映像が流れている。そこにcoc9tailのメンバーが出る度に観客から歓声が沸き起こる。

スタッフに案内されて座席に辿《たど》り着いた美聖は、身を屈《かが》めてファンたちの前を通る。

「すみません、本当にすみません」

美聖が通り過ぎる度に「えっ」と黄色く跳ねた声があちこちで起きる。

「美聖くんじゃない？」

「え？　え！　マジだ」

「なんか良い匂《にお》いした」

「フェロモンか？」

「待って待って息吹のグッズめっちゃ持ってる。初めて生で見たんだけど、うける、さすが」女性ファンの多い会場で、毎度のこと美聖付近だけどよめきが起きる。

遠くの席の観客たちが、そのどよめきをメンバーが出てきたのかと勘違いし、また沸く。

美聖はなるべく身体《からだ》を小さくして存在を消す。今回はファンクラブ限定で行われるcoc9tailのファンミーティングだ。様々な催しもあるため、ファンとメンバーの距離が近く感じられる上に、ライブ初出しの曲も歌ってくれる。つまり、美聖に行かないという選択肢はない。

美聖の席はメインステージとセンターステージを繋《つな》ぐ、花道の一番近く。

（神席！　神様ありがとうございます！）

帽子とサングラスとマスクを外しながら、美聖は内心絶叫する。変装道具をしまいながら、代わりにペンライトとライブタオルを身につける。

「ガチで柊美聖じゃん」

「ペンラ紫ってことはマジで息吹推しなんだ」

「ひとりで参戦してるのなんか可愛いね」

「古参ファンの間では美聖くんのライブ参戦はもはや裏イベントになってるらしいよ」

「それはなるわ」

コソコソと美聖に関する言葉が囁《ささや》かれているが、当の本人は自分の身長による背後への弊害は気にしつつも、オープニングでスクリーンに映る息吹に夢中だった。

coc9tailはその名に因《ちな》んで、各メンバーにカクテルの名前でメンバーカラーが決められている。

センターでメインボーカルを務める息吹のメンバーカラーは、バイオレット《紫》フィズだ。美聖は息吹を推すようになってから、いつの間にか日用品にも紫が自然と増えていた。スマートフォンも紫色だ。好きな色も自動的に紫だ。

会場が急に暗くなり、ファンが歓声を上げる。リーダーの瑞希の声が、マイク越しに響く。

「準備はいい？」

一斉にステージ上の照明が点《とも》る。そこに九人の美女が煌《きら》びやかな衣装を身に纏《まと》い、立っている。黄色い歓声が会場中に響き渡る。重低音が床に響く。心臓にリズムが鳴る。

センターの息吹は紫を基調とした衣装を身につけ、片手を高くあげる。スクリーンに映る息吹はどこまでも美しい。

「Here we go!」

彼女の一言によって最初の曲がスタートする。

歓声が地響きのように会場を突き上げる。会場のボルテージが一気に最高潮になる。

美聖も睡眠二時間などものともせず、息吹に、彼女たちに心酔する。

幸せな時間ほど時の流れは速い。歌だけでなく、ファンによる質問箱や、伝言ゲーム、SH/KIのカバー曲などを堪能《たんのう》し、気がつけばラストの曲になっていて、ファンミーティング限定のグッズパーカーやTシャツを着たcoc9tailがステージ上に再登場する。

あちこち歩き回ってファンサービスをしながら歌う彼女たちに、きゃあきゃあと黄色い声と、メンバーの名前を必死で呼ぶファンの悲鳴が続く。

息吹がメインステージからセンターステージに移るために花道を歩いてくる。

「息吹ー！」と悲鳴が沸き起こる。

（本物だ。本物の女神だ……）

美聖は名前を呼ぶことすらできずに、ひとりほろほろと泣く。息吹はファンサをしながら、外れたイヤモニをつけ直している。

そうして息吹の視線が斜め下に落ちた時、美聖と視線が重なる。びくぅ、と身体を硬直させた美聖に、息吹は微笑みを崩さずに。

指でハートマークを作って、ウィンクをしながら愛嬌を振りまく。

美聖の心臓はあっけなく破裂した。胸を押さえて溢《あふ》れそうになる悶《もだ》えに耐える。

(本家の愛嬌レベチッ)

美聖の近くにいた息吹推しがこぞって絶叫する。そう。そうなのだ。

息吹は決して美聖にだけファンサをしたわけじゃないのだ。

そんなこと、美聖も重々承知している。それなのに、まずい。これは、大変まずい。

それなのに、どうしてこうも、期待してしまう。

(……何に、期待、してるんだ?)

美聖の心臓の音は、いつの間にか不可解なものへと移り変わっていた。

coc9tail のファンミーティングは無事終わり、美聖は coc9tail ファンから求められる握手やサインに応えながらライブ会場を後にする。

そこでスマホを確認すると、マネージャーの片平からメールが入っていた。

〈お疲れ様です。coc9tail のマネージャーの木村から伝言預かりました。ライブ後に控え室に来て欲しいとのことです。木村の電話番号もお伝えしておきますので、何かあれば直接電話してください。あと、今日はなるべく早く寝てくださいね〉

美聖は、片平のメールに目を通し、再びライブ会場へと足を戻す。すれ違うファンたちに騒がれつつ、スタッフに案内してもらって関係者用入口から中へ入る。

「お疲れ様でーす」

「お疲れ様です」

疲労と安堵《あんど》の顔色を並行させたスタッフたちに挨拶されながら、奥へと進む。同じ事務所の者が裏方にいるのに慣れきった様子だ。

華やかな表会場とは違い、機材や板が並ぶ舞台裏は常に忙《せわ》しなく動き回っている。

階段を下り、地下通路まで行くとそこに控え室が並んでいる。

片平から送られてきた木村の番号に電話をかけようと美聖がスマホに視線を落とした時。

「あっ、きたきた」

柔らかな声に釣られて、美聖は視線を持ち上げる。声のした方へ目を向ければ、そこにはしっかりと美聖の姿を捉え、手を振っている人物がいた。……美聖の、本当の本当に、心の奥底にまで沈め込んだ淡い期待は、そこで音もなく散りゆく。

美聖のそばにやってきた人物は、顔には出さなかった彼の表情の、その奥を見透かしたように、口元を緩めた。

「ごめんね、兄の方で」

その低い声は鼓膜に甘く響く。美聖の目の前にいるのは、『SH/KI』の黛周音だった。

周音の冗談のように柔らかな口調にも、美聖は慌てて首を横に振る。

「お会いできて光栄です。もしかして、木村さんに伝言したのって」

「うん。そ。おれ」

周音の爽やかな笑みは、目尻の下に並ぶ涙ぼくろで甘みが増す。

美聖はなぜ周音に呼ばれたのかわからず戸惑う。周音はそんな美聖を気に留めた様子もなく、コートのポケットから何か取り出すと「はい」と彼の胸の前にそれを突き出す。美聖は、周音の手の中にある物の見当がつかず、さらに戸惑いが募る。

「急に呼び出しちゃったからさ、お詫《わ》び」

「え、いや」

「いいからいいから」

周音のゆったりとしたペースに呑《の》まれ、彼の手の下に美聖は両の手のひらで受け皿を作った。そこに、ふわり、とそれが落とされる。

「えっ、これはっ、まさか……っ、」

「説明する前に気づくんだ。さすが息吹のファンだなあ」

「こ、これって、こ、これは、あ、きょ、えっ、まっ、ほん、もの、えっ」

「うん。そう。会場限定の息吹デザインのシュシュ。んで、アンコールの時に息吹が実際に使ってたやつ」

「ふぁあぁ……っ」

(面白い子だなあ)

美聖はその事実に突然、手が震え始める。

今、手のひらにあるのは、ほんの少し前まで息吹が実際に身につけていた代物なのだ。

こんなの、百代先まで柊家の家宝になるのは確定だ。国の天然記念物に指定されるかもしれない。いやされるだろう。美聖が国になり指定する。してみせる。

美聖は、震える手と一瞬止まった心臓を整えるために、なるべく大きく深呼吸をする。

そして、微《かす》かに震えを残す手のひらを、周音の方へ差し出した。

「とても嬉《うれ》しいですが、これは、受け取れません……」

「え？　どうして？　あ、推し変？　息吹はもう最推しじゃない感じ？」

「一生推しです。いや死んでも推しです。こんな、こんな、もしかしたら息吹さんのDNA《デオキシリボ核酸》が検出されるかもしれない宝をっ……でも、っく、だ、だからこそ、これは、貰《もら》えません」

「きみ、噂《うわさ》以上のガチファンなんだね。実は名前売るためのキャラ作りかもとか思ってごめん」

「これが闇のオークションとかで出回りかけたら全財産掛けてでも手に入れますけど、でもこんな、一人勝ちはやっぱりずるいというか、」

(……ずっとシュシュ見て喋《しゃべ》ってるし、おれにディスられてんの気づいてない)

本当は、喉から手が出て内臓も出て、なんなら脳みそを出し切っても欲しい息吹のシュシュを、美聖は周音の手に戻しながら言う。

「非公式でこれを受け取っちゃったら、俺は、その、ファン失格になるような気がして」

美聖の歯切れの悪さは、やっぱり欲しいという欲があるからだ。それでも、言ってしまえばもう引き返せない。要らないと言っておきながら、悔しそうに綺麗《きれい》な顔を歪《ゆが》める美聖に、ずっと黙っていた周音が突然声を立てて笑う。

「あはっ、今どきこんな生粋のファンも珍しいね。面白いなあ、ははっ」

美聖は思わず周音の顔を見つめてしまう。

垂れ目がちで、口元はいつも緩く笑みを浮かべている。滲《にじ》み出る優しげな雰囲気。

美聖は、周音を見つめながら、先程までステージの上でキラキラ輝いていた息吹を思い浮かべる。

(あんまり、似てないんだよな)

SH/KIの黛周音とcoc9tailの黛息吹が兄妹《きょうだい》なのは、アイドルに疎い人でも認知しているほど有名な話である。

デビュー当初の息吹は、記事に【『SH/KI』周音の妹】という書かれ方をした。SH/KIの人気と妹という話題性にあやかるような閲覧数稼ぎに利用されていたのだ。

息吹は決して何も言わなかったが、その代わりに痺《しび》れを切らしたのは周音の方だった。

息吹がデビューしたことで、美形兄妹と大きな話題を呼び、当時、SH/KIの新CMでのインタビューで、とある記者が空気を読まず、周音に対して息吹のことを訊《たず》ねたのである。

『周音さんといえば、今話題のcoc9tailの息吹さんのお兄さんですが、兄視点で彼女の魅力をお伺いしてもよろしいでしょうか？』

SH/KIのリーダーとしていつも温厚で天然、朗らかな周音が唯一メディアに刃向かった瞬間だと有名な事件である。

『今の質問っておれたちのCMに何か関係ありますか？　おれと息吹は兄妹以前にひとりの人間ですし、ひとりのアイドルなので、部外者に兄妹兄妹と紐付《ひもづ》けされるのは窮屈ですね』

微笑《ほほえ》んでいるのに周音の瞳は凍《い》てつくように冷たく、その場が静まり返る。

周音の隣にいた遊佐が、特に表情を変えることもなく、

『もう二度とこの話題は出すなってことですね』

そう言ってインタビューの時間を半分以上残し、ブチ切れたSH/KIが帰ってしまった

という事件である。その後、黛兄妹の話題をメディアから出すことは禁止となった。お互いのファンからは密《ひそ》やかに兄の気遣いだと囁かれている。

下手すれば評判が落ちるかもしれないのに、周音は堂々としていた。

すごいなあ、と美聖があの事件を思い出していれば、いつの間にか笑いを収めていた周音が「ねえねえ」と間延びした声で話しかけてくる。

すでに息吹のシュシュは、周音のコートのポケットの中へ戻っていた。それでいいのだ、と美聖は聖書を読み上げるように何度も自分に言い聞かせる。

「国民の王子、写真撮ろ。暖太《ひなた》がね、あ、『SH/KI』のメンバーなんだけど、あ、知ってるか。隠してるんだけどあの子、柊のファンなんだよね。今やってるドラマもネット配信で必死に追ってるんだよ、あの、ほら、モデル出身の翠ちゃんと出てるやつ」

歳《とし》が大きく離れているわけでもないのに、美聖にとって周音は昔から画面の向こうの人だった。息吹とはまた違った緊張で身体《からだ》が硬直する。

周音は美聖と顔を寄せあって撮った写真を「SH/KI のインスタに上げてもいい？」と楽しそうに確認してくる。首肯した美聖を横目で見やり、周音は「やった。ありがと」と笑いながらスマホを操作し始める。

マイペースな彼に翻弄され、美聖は、自分が呼ばれた真意を摑《つか》めずにいる。

周音は指先でスマホをタップして「できた」と満足気に笑う。

「それでさ、本題なんだけど」

そして、周音は最初からこの不意打ちを用意していたかのように、その軽やかに浮かべられた微笑を崩すことなく、ただし、無防備な美聖を、猛禽《もうきん》類のような眼光で射貫いた。

「息吹は本当に芸能界《このせかい》からいなくなると思う？」

突然提示された彼女の話題に、美聖の喉がつっかえる。

「え」と零《こぼ》したまま、何も言えずに口をパクパクさせるだけの美聖を、周音は黒目がちの瞳で見つめ続ける。その力強い目は、先程までずっと見ていたものと同じ。

（ああ、そっくりだ。周音さんは普段はそれを裏側に隠してるだけで）

長身の美聖は普段から相手の目線が下にくることが多い。でも目の前の周音との目線はほぼ平行だ。

周音もアイドル活動だけでなく、役者としても活躍している。美聖はまだ共演したことはないが、役者としての彼も尊敬しているし、何度も参考にした。

そして本人を目の前にして、彼が、紛れもなく『アイドル』なのだと実感する。

アイドルの由来であるidolは「偶像」という意味を持つ。人々の崇敬や羨望を一身に集める存在。――ある種、人間らしくない存在。

「普段、息吹のライブを観に行くことなんてしないんだけどね、ほら、あいつ、引退するらしいから」

他人事《ひとごと》のように言葉を並べながら、周音は廊下の壁に寄りかかる。

地下の控え室が並ぶそこは静まり返っている分、彼の声は、しっとりと美聖の耳に張り付いていく。階段の上から微かに舞台の片付けに勤《いそ》しむ声や音が響いてくるが、美聖にとってはどこか離れた世界の音に聞こえた。

「息吹って、おれにも本音を見せないんだよね」

唇の片方だけを持ち上げて、ゆるりと笑ってみせた周音の中に、特に悲しみの感情は見受けられない。美聖に読ませていないだけかもしれないが。

周音は、小さく息を吐き出すと、垂れ目がちの瞳をゆったりと一度瞼《まぶた》で覆ってから、再び持ち上げる。美しい姿がスローモーションのように、美聖の視界で揺れ動く。

「coc9tail の解散理由は、SH/KI《おれたち》にも知らされてない。息吹も絶対に口を割らない。あいつは多分、一度成された約束は、解散まで、下手したら墓場まで持ってくようなやつだから」

周音は壁に寄りかかったまま、両腕を身体の前で組む。

向かいの壁を見つめた周音の視線が、不意に濁りを見せた。

「ただ、噂は耳に流れ込んでくる」

ふ、と嘲笑するかのように目を細めて笑う周音は、先程までインカメではしゃいでいた人物とは似ても似つかない。

美聖は、周音を役者としては憑依型《ひょうい》だと思い込んでいた。それはとんだ勘違いだ。

「もしかして、の可能性も潰せずにいるから、今日は直接確かめにきたんだ」

複数の人格の型が存在している。

ひとつの身体で、自由自在に、その時に必要な中身を出し入れできる。

周音が右足の裏で壁を軽く蹴る。その反動で彼の身体が壁から離れる。革靴の先が、美聖へ向く。たったそれだけのことだが、美聖は彼に貫かれた気分になる。

「その噂って、息吹のことで、」

蛇が獲物に近づくように、周音が美聖との距離を詰める。

真正面から瞳を射貫かれて、美聖は、見つめ返すのに精一杯だ。逸《そ》らしてはならないと、必死に本能が告げていた。

彼の白い指が、白い蚕の糸のように、するり、と、美聖の細く長い首に這《は》う。

指が肌に吸い付き、首に浮き出た血管を潰すように、その指がわずかに力を込めた。

「その相手って、もしかしてさ、」

周音は、美聖に、笑みを浮かべたまま訊ねる。それはむしろ脅しに近い。

「──お前？」

声は唸《うな》るように低いのに、やたらと甘い響きを残して、美聖の思考回路を破壊させる。

皆目見当もつかない話に、美聖は、戸惑うことしかできない。

周音は鋭く光る瞳の奥で、美聖の小さな機微にも探りを入れていたが、彼が『白』だと悟った瞬間、ふいと、アイドルの黛周音に戻った。

「あ。違うんだ。そっか、柊は本当にただの国民の王子なんだね」

全然わからないという顔をする美聖に、周音は柔らかな笑みを浮かべたまま、「ごめんね」と言って、美聖の首に張り付けていた指を解く。

美聖の身体から強張《こわば》っていた力が抜け落ちる。恐怖で滞っていた血液が一気に流れ出し、パイプ役の心臓が激しく脈打つ。

周音は、コートのポケットに両手を突っ込んで「うーん」と何とも言えない曖昧な声色を零す。しかし、その表情は微笑のままで止まっているので、なお一層、感情が読み取れない。

周音は「やっぱりさ」と言いながら、再び一歩、美聖へ歩み寄り、今度は優しい微笑みのまま、彼の柔らかな髪の毛へと両手を伸ばす。

「これは、柊にあげるよ」

そう言って、周音は一度受け取りを断られたシュシュで、美聖の前髪を束ねた。

「似合ってる」なんて笑いながらスマホで美聖を写真に収める。

「柊の一途《いちず》さって割と気に入ってたんだけどな。……おれに似てて」

スマホを向けたまま周音は、水たまりに雨が落ちるような、ささやかな声で言った。

反応の遅れた美聖に、周音は目尻を垂らした笑みで牽制《けんせい》すると、美聖の肩をぽん、と叩《たた》いて踵《きびす》を返す。

「忙しいのに時間取らせてごめんね。じゃあね、ただのファン」

自由奔放な周音の後ろ姿に、美聖は混乱した脳内のまま、慌てて頭を下げた。

#天才と凡人

美聖《みさと》がドラマの撮影を無事クランクアップした頃、世間はお花見シーズンに突入していた。美聖も送迎の車内からなんとはなしに桜を見つけはしたが、芸能人である彼が気軽にお花見できるわけもなく、ぼんやりとガラス越しに季節を感じるだけだった。

その日、周音《あまね》の時と同じく、マネージャー同士のやり取りから事務所のカフェに呼び出された美聖は、すっかり気を緩めていた。

期待するとその分、落胆が大きい。coc9tail《カクテル》のチケット当落の時だってそうではないか。

「あ、お疲れ様です」

だから、美聖は、息吹《本物》が待っていたことに、頭が追いつかなかった。

いつかの日と同じように踵を返してどこかに隠れようとする美聖を、息吹《いぶき》は走ってすぐさま捕まえる。

「なんですぐ逃げようとするんですか」

「たっ、太陽は直視できないようにできてるんです」

「え？ いやあの、会話のキャッチボールって知ってます？」

「太陽と人が会話しますか？」

「は？」

「え？」

美聖は、話の中心が息吹になると基本的に嚙《か》み合わなくなる。

息吹は訝《いぶか》しげな顔で彼を見上げていたが、その端整な顔は至って真剣なので、先に諦めたのは息吹だった。

「まあいいです。今日はお礼を言いたかっただけなので」

「いや、あの、息吹さんの存在に感謝してるのは俺の方です」

「待って、ちょっと一回待ってください。話をややこしくしないでください」

「はい」

真っ黒な髪を巻いている息吹は、先日タクシーまで運んだ時のラフな格好とは違い、丈の短いブランドのワンピースを身にまとい、耳には、大きな宝石のあしらわれたピアスをつけている。

先日よりも高さのあるヒールは、線の細いデザインになっていて、一際目立つ。

個性の強い服も、息吹が着れば、彼女のために拵《こしら》えられた物のように落ち着いてしまう。

あまりにも綺麗《きれい》な息吹を眺め、美聖は感嘆の息を吐き出すと共に心の声が漏れる。

「……ほんとに可愛《かわい》い」

「ありがとう。っじゃなくて、ちょっと、もう！　本当に口にチャックしてください」

「はい」

可愛い、といわれて条件反射のようにアイドルの笑みで返す息吹は、お礼を言ったあとに我に返り、その小さな顔がむくれる。

そんな顔さえも可愛い。美聖は、このまま時を止めてしまいたくなる。

彼女はそんな美聖の心の内など知る由もなく、手にしていた紙袋を彼へと差し出す。

首を傾《かし》げた美聖を見上げ、息吹が言う。

「この間タクシーまで抱えて運んでくれたお礼です。コートはちゃんとクリーニング出しましたから」

「いや、どうせならクリーニングしないで欲しかったかもしれないです」

「美聖さんってどうして会話をねじ曲げてくるんですかっ」

「えっ」

「三回目ですよ！」と困惑する息吹に、美聖も困惑する。

彼女のこんな、完璧から少しはみ出していて、目を回しかけている表情など、滅多にお目にかかれない。息吹は宙ぶらりんになっている紙袋を、美聖の胸へと押し付ける。

美聖は、反射的にそれを受け取る形になる。息吹は紙袋を押し付けたまま、独り言のように呟《つぶや》く。

「助けてくれてありがとうございましたって言うだけなのに、なんでこんな驚かれなきゃならないんですか」

もう、と付け足す息吹は口調とは裏腹に怒っている様子はない。それどころか、ほんの少しだけ笑いを堪えているようにも見える。息吹のその愛らしい表情に、美聖は目を逸らせなくなる。

眺める先に映る息吹は、何よりも美聖の気持ちを揺るがす。

『じゃあね、ただのファン』

周音の言葉を思い出す。胸の側面に、引っ掻《か》き傷のような痛みが走る。

息吹の甘い唇が美聖を誘《いざな》う。無垢《むく》で力強い瞳が、美聖を見つめる。彼女の髪が動きに合わせて揺れる。その時に、彼女の唇に髪がくっつく。

（……ただのファンでいなきゃ、だめだろ）

だって、彼女にとって、俺は、ただのファンなのだから。

美聖は無言のまま、息吹の唇にひっかかる髪を指先で払う。その髪を頬の輪郭をなぞるように掬《すく》いあげ、大ぶりなピアスのついた耳の後ろにかける。

少し驚いたように、息吹の大きな瞳がさらに見開かれる。黒真珠を埋め込んだような瞳は、溜息《ためいき》をつくほど美しい。

美聖は、彼女の髪を耳にかけたその指を、そのまま髪の隙間に通す。

毛先に流れていくにつれて、緩く巻かれた髪は、美聖の指が通るところだけ真っ直《す》ぐになっては、またすぐに元に戻る。

その美しい曲線を見下ろしたまま、美聖は口を開いた。

「俺は、あなたに出逢《であ》えてよかった。息吹さんを好きでよかった」

ただのファンである美聖が息吹に言えることは、彼女を引き止めることでも、困らせることでもない。ただ、ただ、好きでいることだ。

優しく真っ直ぐと紡がれた美聖の言葉に、息吹の動きがわずかに止まる。

息吹が美聖を見上げ、その力強い瞳の奥をわずかに揺らし、唇を開きかける。息吹の髪を梳《す》いていた美聖は、彼女の唇の動きに気がつくはずもなく、彼女よりも先に口を開いた。

「あなたのファンでよかった」

ふたりの間の空気が揺れる。先に動いたのは息吹だった。

彼女は一歩下がり、独りでしっかりと立つと、美聖と対峙《たいじ》するように瞳の色を強める。

「ファンの美聖さんに訊《き》いてみたいことがあったの」

息吹は、今まで美聖が指を通していた髪を鬱陶しそうに後ろへ流すと、完璧な笑みで美聖を見据える。

「……はい。俺でよければ」

息吹の華奢《きゃしゃ》な身体《からだ》からは、誰も寄せ付けない絶大なオーラが放たれている。先ほどまで表情豊かに感情を表現していた、どこか幼げだった彼女はどこにもいない。

「推しが結婚するとなったらファンはどう思うの？」

腕を組んだ息吹は、鋭い視線を美聖へ送る。そんな視線さえも甘美で、美聖は酔いしれて立ちくらみが起きかける。

でも、今の美聖の目眩《めまい》は、確実に違う方向から殴られたからだった。

――推しが結婚するとなったら、
あちこちで散々殴られた話題を、ついに当の本人にも提示され、殴られる。無意識のうちに歪《ゆが》みかける表情を、美聖は俳優の意地でもって何とか押し殺す。

美聖は「えっと」と考えるふりをして、息吹の眼光から逃げるように視線を逸らす。

「……衝撃、ですね」

記憶から引きずり出した他人の言葉が、口から零《こぼ》れ落ちる。人の醜いところは、追い込まれた時ほど頭の回転が速くなることだ。ただその回転で導き出した言葉の正当性は低い。

少し前、とある女優の電撃結婚の報道に対して、街頭インタビューで名前も知らぬ男性が言っていた。ああ、そうだ。思い出した。

記憶の中の男性の口の動きを、美聖の形の良《い》い唇が真似《まね》ていく。

「……でも、推しが幸せになるのはファンが何よりも望むことだから、祝福しますよ」

あの男性は笑っていた。優しい顔で。美聖は、言葉の後に、彼の表情さえも真似た。美聖は、役者だ。

祈りを込めた柔らかな美聖の笑みに対して、息吹の眉根は寄る。大きな瞳が最後まで彼の真意を探るように、その表情を睨《ね》めつける。

息吹は美聖の表情ばかり気にしていたせいで、彼の紙袋を抱えていない方の指が、手のひらに食い込んで赤を超えて白くなるほど力が込められていることに、気がつかなかった。

そしてそれは、美聖自身も、無意識だった。

しばらく美聖を見つめていた息吹は、ふ、と力が抜けたように目を細めてから、口を開く。

「……ああ、そう」

そうして息吹は美聖から静かに視線を逸《そ》らし、考えの読めない顔で、そっと下唇を噛む。

それから、不意に、きゅっと口角を上げると、画面の向こうで見せる笑顔で、美聖を見据えた。

「それを聞いて安心しました」

息吹は高貴な姫のように強気な笑みで言う。そうして、右足の爪先を一歩、美聖の方へクロスになるように差し出す。その動きに美聖は彼女の足元へ視線を導かれる。

「この間のお礼はもう済んだ。ファンがアイドルの幸せを願うように、アイドルもファンの幸せを願ってるの。一定の距離を保ちながらね」

息吹はそう言いながら、斜め前に差し出した足を横一直線に引いていく。ブランドのハイヒールがはっきりと、美聖と息吹の間に境界線を引く。その動きでさえ美しい。

美聖は慌てて顔を上げる。彼女の爪先で描かれる一線は、どんな境界線よりも強固だ。

「息吹さん、」

反射的に声を上げた美聖の言葉は、息吹の声によって遮られる。

「ここから先はプライベート。ファンは立ち入り禁止」

だが、すでに境界線は引かれてしまった後だった。

息吹の表情に笑みはない。不愉快そうに眉根を寄せて下唇を噛んだ息吹が、アイドルらしくない顔のまま言う。

「安易に触れてファンの一線を越えないで」

そう言って彼女は美聖の返事も待たずに、くるりと背中を向けると、ヒールを鳴らして行ってしまう。

美聖はその姿が見えなくなったところで、俯《うつむ》く。その先に、息吹に押し付けられた紙袋の中身が見える。クリーニングに出されたコートと、その上にまた小さな紙袋。

その小さな袋を取り出せば、美聖が好きなアロマ専門店のものだった。

「……あ」

そのアロマ専門店の袋の中には、似つかわしくないものがひとつ。

『疲れてる時には珈琲《コーヒー》よりホットレモンの方がいいですよ』

ぬるくなったホットレモンが入っていた。ただひたすらに軋《きし》む胸を抑え込むように、美聖は紙袋を抱きしめる。

「――やり直したい」

思わずこぼれ落ちた美聖の独り言は、情けなく床に落ちる。戻ったところで、どの台詞《せりふ》が正解だったのか、美聖にはわからない。それでも思わず願ってしまうのは、美聖が息吹に突き放されたのが、二度目のことだったからだ。

一度目は、きっと彼女も覚えていないほど、もうずっと昔の話だけれど。

#

柊《ひいらぎ》美聖、十八歳。黛《まゆずみ》息吹、十六歳。それは、遡ること八年前の話。

「いやあ、忙しいのにごめんね。こないだ事務所ですれ違ったディレクターが柊くんのことえらく気に入っちゃったみたいで」

年下の美聖に媚《こ》びへつらうように笑うのは、マネージャー二年目の岩井《いわい》という男だった。

彼の運転する車に乗った美聖は「はあ」と気の抜けた返事をして、後部座席に寄りかかった。すでに葉桜になった街路樹の間を車が走っていく。

美聖の曖昧な反応に、岩井は気まずそうにへらへらと笑ったままだ。

「そのクールなところも俳優には大事な素質のひとつだよ」

美聖は冷めた目で、そののっぺりとした岩井の顔を一瞥《いちべつ》すると、窓の向こうへと目を逸らした。彼に興味などなかったのだ。いや、彼にだけでなく、ほとんど全てに、だ。

スモークガラスの窓の向こうに広がる空が青々としている。穏やかな気候が日々を流し込む。だが、その爽やかな晴天とは違い、美聖の心は暗く濁っていた。

気がつけば美聖は、高校三年になっていた。中学の時には弓道部に入っていたが高校にはなかったので帰宅部になった。仲の良い友達と遊び、緩い学校生活を程良く楽しみ、ぬるい環境に浸《つ》かりきっていたところに突如、進路という大きな壁が立ちはだかった。

『え？　もう進路決まってるの？』

『おれは手堅く公務員かなー。高卒も考えてるけど、よくよくのこと考えたら大学は行っとこうかなとか、まあ、そんな感じ』

『私は看護師。美聖くん入院する時は私の職場に来てね。愛をこめて点滴してあげる』

『誰よりもガサツな女が言ってんなよ。美聖、殺されるからやめとけ。え？　俺？　俺は割と英語好きだから英文科進んで留学行きてえかなあ』

『オレも海外行きてー！　けどオレは姉貴と同じ美容師目指してるからなー。お前らのことは強制的に練習台にするからよろ。で、美聖は？』

よく一緒にいた友達と、話の流れでなんとなく進路の話になった。そして、ぬるま湯に浸かっていたのは自分だけだと、美聖は気がついた。

えっと、と誤魔化すように笑う美聖に、友達たちは笑い返してきた。だが、その笑いは、悪意なく美聖の心を抉《えぐ》る。

『美聖はいいよな、内申もいいし教師にも気に入られてるから焦らんでも色々有利だろ』

『美聖くんいっそ芸能人になっちゃえばいいのに』

『あーあ、そろそろマジで本腰入れて勉強しねえとなあ』

『オレ進路決まったら即効車の免許取るから卒業旅行行こうぜ』

『お前の運転なんてやだよ。夢叶《かな》える前に死ぬわ』

げらげら笑う友達の輪の中で、美聖はひとり取り残されていた。

ゴールデンウィークが明けてからそれは顕著に現れて、周りが卒業したくないと嘆きながらも、微《かす》かに未来へ期待を寄せる眼差《まなざ》しを見つけてしまってから、美聖はもうだめだった。

『あの、お仕事中すみません。もうどこかの芸能事務所に所属されていらっしゃいますか？』

そんな時、映画館のバイト中に、試写会に来たムーンプロダクションの人間にスカウトされた。

『私《わたくし》、芸能事務所ムーンプロダクションの林田《はやしだ》と申します』

スカウトはこれが初めてなわけではなかったが、林田という、見るからに仕事の出来そうな、射貫くような瞳の強さを持った大人に、美聖はなんとなく、地盤の固まらない将来を委ねてみようかと思った。そして何よりも周りがどんどん先へ進む中、何もせずにいるのも気が引けて、名刺を受け取った。――それだけだった。

（……あーミスったな。早く帰りたい）

そして気がつけば、そのムーンなんたらという事務所のマネージャーである岩井に引っ張りだされて車に押し込まれている。

美聖は昔から物事のコツを摑《つか》むセンスがあったせいか、勉強も運動もある程度やればそれなりにできた。でも、決して一番ではなかった。周りが美聖を評価するとき、常に容姿が一番についてきた。美聖を肯定するときは『格好よくて頭も良い』で、否定するときは『格好いいのにだめなんだね』と、必ず美聖の外見からはじまった。そのうち、美聖は何かをがむしゃらに頑張ることをやめた。

美聖は、何かに夢中になるという経験をしたことがなかった。

だから、やりたいことなんてなかったし、なりたいものなんてもちろんなかった。

それを一番恥じているのは、苛立《いらだ》っているのは、美聖自身だ。誰にも言えないまま、日々焦燥ばかりが肥大化していく。

（……あー、だる。もうなんも考えたくない）

現実から逃れるように美聖は目を閉じたが、いつの間にか眠りに落ちていた。岩井に起こされ、寝ぼけ眼《まなこ》のまま撮影現場のスタジオに向かう。

「おはようございます。よろしくお願いしまーす」

「はよざいまーす」

「はざまーす。お願いしまーす」

慌ただしく動き回るスタッフたちが、美聖と岩井を見かけては挨拶をしてくる。

美聖は「おはようございます」と相手に聞こえるかもわからない声で返事をしつつ、岩井の後ろをついていく。

美聖が事前に知らされていたのは、この度、満を持してムーンプロダクションからデビューする女性ガールズグループのMVの撮影だということだけだった。

そして、美聖の芸能界での初仕事は、彼女たちのMVに出演すること。ただ、MVといっても、美聖が出演する方のものは、特典映像の特別版になるため、ネット上で公開されるのは彼女たちだけのMVだ。その話を聞かされた時、美聖は内心安堵《あんど》していた。

一際カメラや人の多いそこから監督の声が飛んでくる。

「いいねいいね、じゃあ次はその林檎《りんご》に手を伸ばして」

スタッフが忙しなく動き回るその先、美術セットと煌《きら》びやかなスポットの真ん中で、ひとりの女の子がカメラに向かって流れるような動きを見せる。

……美聖は目を奪われていた。気づいた時には彼女から視線を逸らせずにいた。

真っ黒で艶《つや》やかな髪を揺らし、透き通るような真っ白な四肢を自在に操り、小さな顔に大きな瞳が、林檎を口元に運びながら、カメラに向かって微笑《ほほえ》んでいる。

「そのまま、息吹、もう少しゆっくり溜《た》めるように」

監督の指示で、息吹と呼ばれた女の子の動きが一瞬にして変わる。

圧倒的な存在感の中に、彼女だけにしか表現できない小さな表情の変化で、見るものを惹《ひ》き込んで離さない。

可愛いも綺麗《きれい》も、楽しいも移ろいゆく感情の全ては彼女自身のもので、魅せられた側も思わずその感情に呑み込まれる。

「うん、いいね。このまま反転バージョン行こうか」

監督の声に、息吹が頷《うなず》く。いくつかの指示を受けて、ライトの色が先程よりも青みが強くなる。音楽がかかってカメラが回った瞬間、息吹の全てががらりと色を変える。

可愛《かわい》い彼女はどこにもいない。

同じ衣装なのに、今度の彼女は可愛いを捻《ひね》り潰すほどの魅惑の瞳でカメラを睨《にら》みつけている。手にしている林檎も今はまるで毒入りのようだ。

その強さに、美聖の中に濁流が押し寄せる。

心拍数が跳ね上がり、手に汗が滲《にじ》む。呼吸が浅くなる。足の感覚を失い、平衡感覚が鈍る。視界が遠のく。

（………最悪だ）

なんとなく、ただなんとなくここに来た。

相手がデビュー前のグループときいて、きっと美聖は心のどこかで安堵していた。

まだプロじゃない、と。カメラにもどぎまぎしているぐらいかもしれない、と。美聖の身近にいる、可愛いと言われて嬉《うれ》しそうに喜ぶ普通の女の子たちと重ねていたのかもしれない。

（ああ、帰りたい）

スカウトされたからって生きていける世界なわけがない。ましてや、やりたいことがないからって飛び込む世界だなんてお門違いもいいところだ。

美聖は冷たくなった指先を握りしめる力さえもなかった。

美聖の憂鬱を呑み込むように、現場は温かかった。

美聖の見た目を気に入った監督のおかげもあるが、何よりもひとりずつ美聖とのシーンがあるcoc9tailのメンバーが社交的で優しかったのである。

「はい！　瑞希《みずき》さんオッケーです。お疲れ様でした」

「ありがとうございましたー！　緊張したぁっ！」

八人目にリーダーである瑞希とのシーンを終えて、美聖はなんとか今日を乗り切れるかもしれないと、平静を取り戻しつつあった。溜息《ためいき》を溢《こぼ》す美聖と違い、眩《まばゆ》い笑みを浮かべた瑞希が話しかけてくる。

「柊くんありがとうございました。俳優志望なんだってね。ドラマ出たら絶対観《み》るよ！」

「あ……、はい、ありがとうございます」

キラキラとお日様みたいに笑う瑞希に、美聖が本当のことなど言えるわけがない。実を言えば志望するものなどなくて、林田に『俳優』と勝手に決められてしまっただけなんです、なんて。アイドルデビュー間近の輝かしい彼女に、美聖は苦笑いで誤魔化す。

メンバーの入れ替わりの間にメイクスタッフに髪を整えられる。

カメラが回らなくなった途端、疲労がどっと身体《からだ》に現れる。彼女たちに比べれば、美聖の撮影時間など鼻で笑ってしまう程度だというのに。

（やっぱり俺には無理だな）

そう思いながら脳裏を掠《かす》めるのは、現場で最初に目にした息吹の姿だ。胸の中に今まで感じ得なかったものが流れ込んできて、下唇を噛《か》む。自分の中で、また苛立ちが募る。

「息吹さん入りまーす」

「よろしくお願いします」

凛《りん》とした声で現場に入ってきた息吹に、今までとは違う緊張感が美聖の全身を駆け巡る。最初に見た衣装とは違い、制服姿の息吹に美聖は不自然に目を逸《そ》らしてしまう。

自分が異性に対してこんなに気持ちを掻《か》き乱されるのは初めてで、動揺の整え方がわからなくて焦る。激しくなる鼓動に浅くなる呼吸に気がつかないふりをするので精一杯だ。

ふたりにスタッフの指示が入り、監督の声でカメラが回る。

息吹と見つめ合う形になり、美聖は途端に彼女の瞳に引き込まれてしまう。

セットされた窓枠越しに、彼女のすらりとした細い手が伸びてくる。美聖はその指先に自身の指先を重ねなければならないのに、思うように身体が動かない。

「はいカット。美聖くん大丈夫かな？　もっかい確認しようか」

「……すみません」

耳の裏から熱がせり上がってくる。何度も美聖だけが失敗を繰り返し、羞恥心と、自暴自棄が積み重なる。情けない自分を認めたくなくて、強がりが裏目に出てはまた失敗する。

「んーオッケ。一回休憩ね。十分休憩入れよう」

見兼ねた監督の一声で現場がまた新しく動き始める。諦めたように目を伏せる美聖から、息吹は目を逸らさなかった。

岩井の必死なフォローも無視して美聖は現場から遠く離れる。音が聞こえなくなるところまでひたすらに突き進み、階段の踊り場にある窓から外を見下ろした。

　やりたくもないことに、なんでこんな必死になってんだ。

　強がりは進んではいけない方向へと進んでいた。

　美聖は素直な弱音を吐いたら悔しさで泣きそうになるのを自覚していた。

「帰りてー……」

　呟《つぶや》く。自分は平気だと。いつも通りだと言い聞かせる。

　なんとなくしか生きてきていない『いつも通り』に戻ったところで、美聖は役立たずのままだということもわかっていた。

　それでも、とにかくいつも通りに戻ろうした。

「だったら帰れば？」

　と美聖の背中に返事がきたことで、その時、初めて誰かに聞かれていたのだと気がつく。

　美聖が慌てて振り向いた先には——息吹がいた。

　息吹はスポットライトなどなくても異彩を放っていた。しかし、今、美聖の前に立つ彼女は、カメラに向ける笑みなど一切なく、ただひたすらに不機嫌そうに苛立ちを滲ませていた。

「なんでこの仕事受けたの？」

　息吹の鋭い声が美聖に突き刺さる。目を逸らしかける美聖を逃すまいと、彼女の声が続く。

「私たちの邪魔するつもりなら許さないから」

息吹は何も言い返さずに押し黙る一方の美聖に、怒りと呆《あき》れを混ぜ込んだような溜息を零《こぼ》す。そして、ぐっと美聖へと近づくと、その端整な顔を歪《ゆが》ませ、低い声で言い放つ。

「この世界で生きる覚悟がないなら、早いうちに諦めた方が自分のためだと私は思う」

息吹は振り返るとさっさと行ってしまう。脱力した美聖の後頭部が窓にもたれかかる。

はあ、と長い溜息が天井に消えゆく。年下の女の子に酷《ひど》い言われようだ。

そして、その女の子の瞳の中に映る自分が一番酷い顔をしていた。

休憩明け、監督の気遣いで美聖の姿はカーテンにすっかりと隠れることになり、主に息吹を映すだけに変更された。

「初めてだったのに、みんな大絶賛だったよ。いやあ、さすがだね、うちのスカウトマンは原石を見つける天才なんだ」

(磨いても光らない石を原石とは言わないだろ)

帰りの車内、やたらと励ましの言葉を投げかけてくる岩井に、美聖は耳を塞ぎたくなる。

息吹との撮影を終えた後、最後は美聖だけのシーンになった。彼女たちはすでに次の撮影のため、現場を離れていた。

美聖のラストはMVのエピローグ部分だ。失望と虚無に満ちた人を演じる美聖が、coc9tailという唯一無二である彼女たちの希望に触れて「再生」へと導かれるシーン。

〝微笑みながら泣く〟……たったそれだけだ。だが、その微笑と涙は、過去から解き放たれて、未来への再生を予期させるものでなければならなかった。

そして、美聖はそれが全くできなかった。

目薬で濡《ぬ》らした瞳で、向けられたカメラに笑みのひとつも作れず、時間を浪費させる。

「……しかたない。ぼかして何とかするか」

ぼそりと監督が隣のアシスタントに呟いたのが、やけにはっきりと聞こえた。

美聖はその刹那、嘲笑すら覚えた。

「でも今後の事務所看板間違いなしのcoc9tailのMVに出たってなったら、それだけで柊くんは新人の中では話題勝ちだよ」

ひとり運転席で饒舌《じょうぜつ》な岩井に、美聖は初めて言葉を返す。

「彼女たちってデビュー前からそんな期待されてるんですか？」

「え？　ああ、それはもちろん！　SH/KI《シキ》の遊佐《ゆさ》さんが楽曲提供っていうのもインパクトあるし、センターの息吹さんはSH/KIの黛周音さんの妹だからね」

「……サラブレッドじゃん」

美聖は思わず鼻で笑う。自分とは生まれた環境も育った環境も違う。

「ははっ、確かに。息吹さんはcoc9tailの中でも特殊だからね。周音さんと同じダンススクールからうちに引き抜かれて、十歳の時からうちでアイドルの卵として育て上げてきた子だから」

何故《なぜ》か自分の事のように誇らしく話す岩井の説明を聞きつつ、美聖はようやく平静を取り戻していた。

アイドルになるべくしてなったような彼女と、肩を並べること自体が間違いだったのだ。

事務所に大事にされて、兄の後を順調に追いかけ、持って生まれた美しさをふんだんに使いこなし、平凡なことになど頭を悩ませない。

まさに住む世界が違う人間。

(何も俺がわざわざ違う世界に住む必要なんてない)

カメラの前で、理想に描いた自分とかけ離れた自分にうんざりして奥歯を噛み締めるなんて、選ばれた人間がすることだ。

美聖は言い訳を連ねて今日の出来事に蓋をする。

誰に言い訳しているのか、それは美聖自身が一番わからなかった。

帰り際、岩井にスカウトを正式に断ることを伝えると、二年目の彼ではその決定権を持っていないらしく、美聖は後日改めて事務所へ足を運ぶこととなった。

「……あれ」

三度目の訪問でも、巨大な事務所の中で美聖は迷子になる。前回の記憶を頼りに進んでみたものの、どうやらどこかで道を誤ったらしい。

「ここ、どこだ」

誰かに道を尋ねようにも時間が時間なのか、そのフロアだからなのか、人気がない。

勘を頼りに進むと、廊下の奥から微《かす》かに音楽が聴こえてきた。

それがこのあいだの撮影でひたすら流れていたcoc9tailの曲だとわかった途端、美聖の身体が一瞬強張《こわば》る。ただ進む足は正直で、その音楽に引き寄せられるように歩みは進んでいた。

音が大きくなる。ガラス張りの扉から電気のついた部屋の中を見渡す。

「――あ、」

全面鏡が備え付けられた部屋に、ひとりの女の子がいた。

スマホで何度も音楽をかけ直し、同じ振り付けを繰り返し繰り返し練習する。

撮影の時も美聖には完璧に見えたダンスを、彼女は何度も頼み込んで撮り直ししていた。

その美しい動きに引き込まれる。鏡越しで見る彼女の魅せる表情に目を奪われる。

美聖の中の時が止まる。それに反して心はぐらりと揺れる。

「……違う、全然違う」

鏡の前で息吹は悔しそうに呟くと、振り付けをピタリと止めて、流れ続ける音楽を止める。彼女は無音のまま何度か同じ振り付けをゆっくりと確認する。ダンスは完璧なはずだ。彼女はその先にある表現に悩んでいるのだろうか。どちらにせよ美聖にはさっぱりわからない。

息吹が急に床の上に座り込む。

鏡に映る彼女は、思い詰めるように額に手を当て、悔しそうに下唇を噛み締める。ただ、思考は止まっていない。彼女の力強い瞳は考え続けている。

(——……なにが、サラブレッド、だ)

息吹は、歌を口ずさみながらリズムを取る。突如その声が震えたかと思えば、彼女が天井を見上げた。端整な顔は悔しそうに歪められ、唇はきつく結ばれている。

絶対零さぬようにと、上を向いた彼女の瞳の縁から、耐えきれなくなったように透明な雫《しずく》が白い肌を伝う。

「あーもうっ、泣くな泣くな泣くな泣くなッ」

息吹が言い聞かせるように繰り返す。その涙声が、苦しそうに喉の奥で時折つっかえる。

「泣くぐらいならちゃんとやれ」

大きくて澄んでいて、光しか見たことのないような強い瞳から、涙が溢れ落ちていく。

(……なにが、住む世界が違う人間、だよ)

ガラス張りの扉越しに、息吹を見ているだけの美聖の目頭が熱くなる。苦しくて、思わず美聖も下唇を強く嚙《か》み締める。

息吹は涙を拭うと、その手で、ばちんと頬を叩《たた》く。大きく深呼吸をして立ち上がると、練習を再開する。その目には涙の名残はあっても、弱さなどなかった。言い訳もなかった。ただひたすらに、ひたむきだった。

美聖の目に映る彼女はどうしようもなく美しかった。

『私たちの邪魔するつもりなら許さないから』

美聖は踵《きびす》を返すと走り出す。

（ああ、ださい。情けない。今までそのことに気づけなかったのが一番かっこわるい）

でも、もう、言い訳はしたくない。

近くを通りかかったスタッフに道を聞き、なんとか美聖を説得しようと待ち構えていた林田に、全力で頭を下げた。

「coc9tailのMV、エピローグの部分、もう一度やらせてもらえないでしょうか」

やりたいことが何かなんてわからない。

「無理を承知なのはわかってます。でも、どうしてもやりたいんです。あのままじゃ、悔しいんです。お願いします！」

ただ、今は、彼女に少しでも追いつきたい。

美聖の熱意に林田がなんとか監督に掛け合い、「だったら試しにワンテイクだけ」という条件のもと、既に崩されたセットの代わりにバルコニーで撮影された。

――そしてその後、そのMVは人気俳優、柊美聖の幻のMVと呼ばれる代物となったのである。

#オタクと推し

　会社の昼休憩に、スマホで美聖《みさと》のアカウントに動きがないか確認する。そのついでにスタッフ運営のアカウントに飛んで、美聖の国宝級の美しさを見て、午前の疲れを癒やす。

「カクテルが年内解散ってなっても、美聖って相変わらず息吹《いぶき》推しだよね」

「最近特に凄《すご》くない？　美聖くんのアカウント九割カクテル関連だし」

　同僚はサブレの袋の封を切りながら言う。私がGWに旅行先で買ってきたお土産だ。

「それな。やっぱあれかな、年内解散しちゃうからかな」

「息吹が引退したら美聖くんどうするんだろうね」

　全国の至る所でおそらく繰り広げられているであろうこの会話。美聖のアカウントのフォロワー数を見て、きっととんでもない人達が似たような会話を今日もしているのだろう、という想像に行き着く。同僚がサブレを齧《かじ》りながら言う。

「あー休憩終わるー帰りたい」

「明日も仕事だと思うとしんどいよね。てか明日といえば美聖くんの映画始まるじゃん」

「あ、そうじゃん。また翠《みどり》とダブル主演だよね」

「多いよねえ。お似合いだけど、なんか腑《ふ》に落ちない」

「その気持ちめっちゃわかる。まあでも、美聖は息吹だから」

「そうなんだよね。ね、明日の夜、暇？　仕事終わったら観に行かない？」

「え！　行きたい！　席予約しとくわ。うわー仕事頑張れる」

仕事で忙殺される日々の中に、絶え間なく潤いを与えてくれる柊《ひいらぎ》美聖という尊い存在に感謝しながら、会社員のふたりは休憩明けの仕事に取り掛かった。

#

「柊さん最近顔死んでません？」

翠の遠慮のない物言いに、美聖は「そんなことないよ」と感情を押し殺して笑った。

「嘘《うそ》だ。絶対なんかありましたよね。こないだから元気ないですよ」

「本当に元気だけどな。翠さんは人をよく見てるんだね」

「柊さんだから、ですよ」

翠の真っ直《す》ぐな言葉が、美聖にはとても眩《まぶ》しい。どうしてそんなに躊躇《ため》らいなく直線で進めるのだろう。

美聖は、俳優である自分の存在が大きくなる度に、ただの柊美聖という自分が心もとなくなっていくのを感じている。

『アイドルもファンの幸せを願ってるの。一定の距離を保ちながらね』

猫のように大きな瞳が、鮮やかな色のハイヒールが、ふとした時に美聖の胸を締め付ける。

その日、翠と美聖は、明日公開の映画番宣のためテレビ局に赴いていた。

翠はレギュラーとして出演している番組なので、正式にゲストとして招かれるのは美聖だけだ。

「あたし今日絶対いじられるんで、柊さん助けてくださいね」

「俺の助けなんてなくても、翠さんの頭の回転の速さなら大丈夫なの知ってるよ」

「無理にでも助けてもらいますから」

「精進します」

ふたりで話しながら各々の楽屋に向かうまでの道を歩く。すれ違うスタッフや芸能人は、テレビ局だけあって幅広い。

「柊さん、今日Jack《ジャック》の撮影ありました？」

翠の急な問いに、美聖は驚きながらも首肯する。Jackとは芸能界で活躍するイケメンを集めた情報誌だ。美聖も随分とお世話になっているところで、今回は映画のインタビューも兼ねて撮影があった。衣装も髪型も、撮影でやってもらったままだ。翠は美聖の予定など知る由もない。驚く美聖をよそに、翠は特別表情を変えることなく言う。

「あたしが専属モデルやってるとこのスタイリストがJackと一緒なんですよ。お気に入りの人にはブランドでバチバチに固めて決めるって有名ですからね、すぐにわかりました」

美聖はずばり言い当てた翠に「すごいね」と感心しながらも、あの瞬間からいつまでも、さざ波のように打ち寄せる息吹の言葉が、視線が、線引きが、忘れられずにいた。

普段通りを装ってみても、いつも通りになれない美聖は、マネージャーの片平《かたひら》はもちろん、翠や他のスタッフにもなんとはなしに気を遣われているのがわかってしまう。

「柊さんってバラエティでも人気なのに、あんまり出ないですよね」

「用意されてない台詞《せりふ》には滅法弱いから」

「そんなことないのに」

俳優業を始めて、美聖は台本が好きだと思った。

用意された言葉たちを、どこまで自分の力で伝えきれるか、その言葉の意味を、どうすれば最大限に表現しきれるか考えるのは難しいけれど、楽しかった。自分が思い描く演技を、監督の意図を汲《く》んだ上でうまく表現しきれた瞬間はなんともいえない喜びが胸を覆う。

熟考することには長《た》けてきたというのに、それに反して直感に関しては、立場が邪魔で身動きが取れない。

美聖が通路を曲がりかけた時、斜め向かいにある自動販売機の並ぶ簡易休憩所に、その後ろ姿を見つけた。

（息吹さんだ）

彼女も今日は美聖と同じ局《きょく》で音楽番組の収録予定だ。たとえcoc9tail《カクテル》のアカウントでその告知がなかったとしても、美聖はその後ろ姿ですぐに息吹だと気づくだろう。

「息吹ちゃんってハモりほんと上手《うま》いよなあ」

そんな男の声がした。美聖の場所からは壁が死角になって見えない。だが、その死角から伸びてきた筋肉質な腕が、隣の息吹の細い肩に触れた。

「は？」

美聖の口から低い声が漏れる。隣を歩いていた翠が驚いたように美聖を見て固まるほどには、美聖の声はらしくなかった。

美聖の足がぴたりと止まる。こめかみのあたりが、ぴくりと不自然に動く。

息吹は男の腕を振り払うこともなく、彼の方へ顔を向けて笑っている。

『記者の目があって外に出られないの』

ひとりの時も警戒しているような息吹が、人の入れ替えが激しいテレビ局で、男相手に笑っている。

「息吹ちゃんっていつ寝てるの？　寝る暇なくない？」

「私、寝るの大好きですよ。どこでも寝られます」

「めっちゃドヤるじゃん。可愛《かわい》いな」

美聖が見つめる先、息吹は決して彼には気がつかない。隣の男と楽しそうに笑って話している。トップアイドルとして息吹が今までスキャンダルをすっぱ抜かれたことは、ただの一度もない。……だからきっと、どこかで、安心していた。

『coc9tail解散するのってメンバーの誰かが結婚するからだって』

噂《うわさ》は、ただの噂に過ぎないと。九人もいるうちの、最もアイドルとして完全体の息吹が、噂の対象なはずがないと、勝手に思い込んでいた。

『息吹は本当に芸能界からいなくなると思う？』

（……嗚呼《ああ》、嫌だな）

ああ、嫌だ。でも、本当に嫌なのって、この世界から彼女が消えることよりも、俺の前から君が消えることだ。

『ここから先はプライベート。ファンは立ち入り禁止』

美聖は、気がついてしまった。

自分が息吹のファンでいる限り、今、息吹の肩に触れる男の腕への、黒い感情は消せない。

『推しが結婚するとなったらファンはどう思うの？』

『でも、推しが幸せになるのはファンが何よりも望むことだから、祝福しますよ』

そして、息吹が触れていいと思うのは、美聖よりも、向こうなのだ。

『それを聞いて安心しました』

（……安心なんてしないでほしい）

いつもと違う美聖の雰囲気に、翠が困惑した顔で彼に声をかける。

「柊さん？」

美聖に翠の声は届いていない。息吹だけを見つめている。色素の薄い綺麗《きれい》な双眸《そうぼう》が切なげに揺れる。翠も彼の視線の先を追いかける。彼女もすぐに息吹を見つけ、眉根を寄せる。

「柊さん、行きましょう」

翠が美聖の腕を掴《つか》む。そこで初めて美聖が翠を見下ろす。その目は、息吹を見つめる時ほど熱を帯びていない。

美聖は静かに翠の手を自身の腕から引き剝がす。

「……ごめん、先行ってて」

美聖の言葉に翠の顔が、苦虫を嚙《か》み潰したように歪《ゆが》む。

「俺、やっぱり最近死んでたかも。でも原因がわかったからもう大丈夫。心配かけてごめんね」

「柊さん、」

美聖は戸惑う翠へ笑みを残し、息吹のもとへ歩き出す。一歩ずつ、確実に。

美聖がふたりのもとまであと五歩になったところで、男の方を向いていた息吹が、美聖に気がつく。美聖を見て驚いたような顔をする。

『安易に触れてファンの一線を越えないで』

境界線を引かれる前に、美聖は息吹に手を伸ばす。

「息吹さん！」

美聖は、息吹を男から遠ざけるために、彼女の華奢《きゃしゃ》な肩に腕を回し、ぐ、と自分の方へ引き寄せる。

「え？」と、息吹がもともと大きな瞳をさらに見開いて、美聖を見上げる。

美聖はそんな彼女を抱き寄せたまま言った。

「ファンの一線、越えてもいいですか」

美聖は再び息吹に線を引かれてしまう前にと、駄々を捏《こ》ねる子どものように懇願する。

「というか、今、越えました。だからもう、線なんて引かないでください」

美聖は人目も憚《はばか》らず、ぎゅう、と息吹を抱きしめたまま、自身の頭を彼女の頭へ擦り寄せる。息吹から薫る花のような香りに、美聖の胸がキュと苦しくなる。

「お願いだから。俺からあなたを取らないで」

息吹を絶対に離すまいときつく抱きしめる美聖に、息吹も、そしてその隣にいたアイドルの三輪《みわ》も驚いていた。

特に三輪に関しては、憧れである柊美聖との初対面がこれで、頭が混乱しているようだ。

息吹は、自分の身体《からだ》に巻き付く美聖の腕を、とんとん、と何度か叩《たた》いてみるも、それはさらにきつく息吹を縛り付けるだけ。

「……三輪さん、ごめんなさい。少し休憩ください」

「あ、うん。もちろん、ごゆっくり」

三輪は、好奇心を隠しきれずに、息吹を抱きしめる美聖をちらちらと見ながらも、その場を後にした。

「美聖さん」

息吹の頭に顔を埋めたままの美聖に、息吹の凛《りん》とした声がやってくる。美聖はじわりじわりと徐々に襲いくる、自分がしでかした現実に、身体が硬直して動けない。

「はい」と返事だけを何とかするものの、息吹はそんな美聖に追い討ちをかける。

「この格好じゃ話せるものも話せないので、一旦離れてもらっていいですか？」

「嫌です。というよりちょっと無理です。俺、いま我に返ってとんでもないことしたと気づきました。今日息吹さんが音楽番組で三輪さんと特別デュエット組むことも知ってたのに、さっき、そのことも全部頭から抜け落ちてて、取られたくなくて、」

思いを口にすると、その言葉は途端に現実味を帯びる。美聖は自分の口から紡がれた言葉に、改めてその思いが実感となり形を成すのを感じた。息吹の身体に回していた腕に、力が籠もる。

「つい、暴走してしまいました。ごめんなさい」

弱々しい美聖の言葉に、息吹が小さく息を吐き出したのを、触れる先から感じる。推しに幻滅されたらと、想像しただけで美聖の心が焼け爛《ただ》れた野原と化す。

「わかりました。それはそれとして、こんな状況じゃ話もできないので離れてください」

「だめです」

咄嗟《とっさ》に拒否した美聖の言葉を、息吹は訝《いぶか》しげな声で「だめ?」と繰り返す。

美聖は「だめです」ともう一度繰り返してから、その理由を告げる。

「恥ずかしくて今の顔、息吹さんに見せられない」

美聖の言葉に、息吹からの返答はない。美聖は、顔だけに留まらず、首まで熱を溜《た》め込んだ自身を、息吹の前に晒《さら》すことなどできず、彼女の頭に顔を埋める形のまま沈黙を通す。

廊下に反響してぼんやりと輪郭を歪めた形で、誰かの挨拶と笑い声が静寂の中に混ざる。時折、自動販売機からジーという音がする。

静かな時間を不意に破ったのは息吹だった。彼女はいきなり「痛い」と苦しげな声と共に、美聖に抱きしめられた状態のままわずかに身体を前屈《まえかが》みにする。

痛い、という単語に、美聖は慌てて息吹から離れては、彼女の前に回り込む。そのままさりげなく息吹を椅子に座らせて、自分は床に膝をついて、息吹の顔を覗《のぞ》き込む。

「息吹さん大丈夫ですか？　救急車！　お医者さん！　く、薬、点滴も、お巡りさん！」

推しの痛みに過剰反応して動揺しまくる美聖の耳に、ふふ、と堪えきれなかったような息吹の笑い声が届く。

「お巡りさんは違うんじゃないですか？」

息吹の楽しげな声は、痛がっている人のものとは思えない。きょとんとした美聖の目には、息吹のどこまでも美しく、そして、いたずらな笑みが映る。

「ごめんなさい。こうでもしないと美聖さんとちゃんとお話しできないと思って、嘘《うそ》吐いちゃいました」

「え？　い、痛いのは」

美聖は思わず尋ねる。息吹の言葉はもちろん呑《の》み込めているものの、咄嗟に息吹を思う気持ちが口を衝いて出てしまった。

息吹は美聖の問いかけに、目を瞬《まばた》かせてから、ふわりと柔らかな笑みで応える。

「美聖さんの顔見たら治りました」

鈴を鳴らすような優しい息吹の声に、美聖はようやく安堵《あんど》の息をつく。それから、彼女には悉《ことごと》く振り回されっぱなしだと改めて実感して、思わず眉根を下げて笑ってしまう。

その笑みを困惑と受け取ったのか、息吹は肩をすくめて小さく頭を下げる。

「騙《だま》すようなことしてごめんなさい」

椅子に腰掛けた息吹の前に跪《ひざまず》いたまま、美聖は目尻を垂らして笑った。

「息吹さんが何ともなくてよかった」

美聖の言葉に、息吹は大きな目を瞠《みは》る。彼女の目の下に施されたステージ用のメイクストーンがきらりと光る。その輝かしさに美聖は目を細めてから、自動販売機へと視線を移す。

「念の為《ため》なにか温かいものでも飲みますか？」

美聖の問いに「大丈夫です」と答えた息吹は、立ち上がった美聖を見上げ、とんとんと自分が座る椅子の隣を細い指先で叩く。美聖はごくりと緊張したように喉を鳴らしてから、

「お隣失礼いたします……」

と、息吹の隣に座った。勢い余って息吹を抱きしめてしまった時とは違い、正気を保ったまま推しの隣に座るのは、生半可な心持ちではできない。

頭の中で滝修行を始めた美聖を知るよしもなく、息吹が不意に口を開く。

「美聖さんはこの業界ではあまりにも優しすぎる方ですよね。業界かかわらず、かもしれませんが」

そう言った息吹の横顔からは言葉の真意は摑めない。単純な賞賛とも取れるが、逆にいえば、彼女の周りでは厳しい世界が凝縮されているとも取れる。

　息吹は伏し目がちのまま、独り言のように言葉を紡ぐ。

「……たとえ血の滲《にじ》むような努力をしても一番は確約されていないし、表が華やかであればあるほど裏では打算とか権力とか、理不尽が罷《まか》り通っても、素知らぬ顔をしなくちゃいけない時がある、でしょう？」

　美聖が見つめる先で、息吹の横顔は未《いま》だに感情が削《そ》ぎ落とされた人形のようだ。その黒真珠のような瞳から、不意に光が消えてしまう気がして、美聖は気がつけば口を開いていた。

「あなたがいるから。俺には息吹さんがいるから、頑張れるんです。息吹さんにふさわしい人間でありたいと思えるから」

　息吹が弾《はじ》かれたように美聖を見る。その瞳の奥が微《かす》かに揺れている。

　この華奢な身体の内側に、ファンには見せない苦しさが凝縮され、押し込まれている。

　そう思うと、完璧な息吹の中の、無垢《むく》な健気《けなげ》さが垣間《かいま》見えて、美聖の胸が締め付けられる。

　美聖は、彼女を抱きしめてしまいそうな衝動を堪えながら続ける。

「きっと、それは俺だけじゃなくて、息吹さんを応援してる誰もが同じだと思います。ファンが想像も及ばないほど、きっとアイドルの世界は大変だけど、息吹さんは絶対に俺たちに真っ直《す》ぐな笑顔を届けてくれるし、信じて推せる人だって、みんなわかってるから、だから、推しに恥じないファンであろうと、みんなもみんなの中の世界と戦えるんですよ」

うまく言葉にできない歯痒《はがゆ》さに美聖は「もっと、こう、あの、本当に」と悔しさから身振り手振りが大きくなっていく。

その思いの先は、息吹に安心して欲しい、たったそれだけだった。

呻《うめ》き声を上げながら歯嚙《はが》みする美聖の隣で、息吹が「ふふ」と噴き出すように笑った。

ステージの上で見せる笑顔とは違い、声を上げて笑う息吹の顔は年相応の少女のようだ。

彼女は、甘く引かれたピンクのグロスを引き立たせるような笑みで美聖を見つめる。

「……国民の王子かあ。確かにそのブランドの服を着て躊躇《ためら》いもなく人の為に跪けるのは、王子様くらいですよね」

吸い込まれそうなほど魅惑的な息吹に、美聖は「あ、いや、ただの国民です」と答えながら脳内に溢《あふ》れかえる言葉をひったくって口から放つ。

「あ、あの、こないだはアロマとホットレモンありがとうございました。凄《すご》くよく眠れました。ホットレモンは勿体《もったい》無くて、ちょっとずつしか飲めなくて、冷めちゃったんですけど」

息吹と今度会えた時には伝えようと思っていた言葉が、このタイミングで飛び出してしまった。とんだ文脈違いだったが、息吹は特に気に留めた様子もなく蠱惑《こわく》的な笑顔で美聖を見つめ続けてから、そっと、美聖の顔に手を伸ばした。

何の前触れもなく息吹の細く冷たい手が、美聖の顔を包み込む。

美聖は、反射的に彼女を見るも、声は驚きで出ない。心臓は跳ね上がる。

「い、息吹さん？」

なんとか絞り出した美聖の声は、おそらく息吹には届いていない。

彼女は、憂いを帯びたように潤んだ瞳で、美聖を見ている。その瞳は、美聖越しにもっと奥深く、その先を見据えている。

冬の早朝のように透き通るような息吹の儚《はかな》い美しさに、美聖は思わず息を呑む。

息吹は美聖の頬を優しく包み込んだまま、呟《つぶや》いた。

「ねぇ、ファンの一線を越えるってどういうこと？」

「えっ？　あ、えっと、」

勢いで告げた言葉に、美聖は今更ながら慌てる。あのとき咄嗟に出てきた言葉に嘘はない、けれど、だからといって、息吹を困らせたいわけじゃない。

言葉に詰まる美聖に、息吹の瞳が、徐々に冬の陽射《ひざ》しを帯びて、雪解けの中で、目の前の美聖を映し出す。

「それって、付き合うってこと？」

「はッ、エッ、いや！　そ、それは」

「シー、美聖さん、シー。声、抑えてください」

「あっ、すみません」

美聖の頬を包み込んでいた息吹の片方の手が、人差し指を立てて、美聖の薄い唇に押し当てられる。美聖はもうすでにキャパを超えている。今にも失神しそうだ。それでも息吹はそんな美聖を解放してはくれない。さんざん逃げたツケだと言わんばかりだ。

「美聖さんは、私とどんな関係を望むの？」

息吹の魅惑的な声が美聖の鼓膜を震わせる。あの、一線を引かれた時と同じ、挑発的な、美聖の真意を探り込むような瞳。

もう、間違えてはいけない。

美聖の心が過ちの末に傷のついた過去を覗き込む。繰り返しはできない。時間は巻き戻せない。

息吹は美聖の視線ひとつをも逃すまいと、彼の頬を包み込んだまま見つめてくる。

真っ直ぐで、力強くて、勝気で、澄み切った、どこまでも美しい瞳。

「息吹さん」

美聖は息吹の目をしっかりと見つめ返し、彼女と同じように、そっと、震えそうになる手で、彼女の頬を包み込む。

美聖の大きな手に、彼女の小さな顔はすっぽりと包まれてしまう。

テレビ局の簡易休憩所で、今や芸能界の絶大なる人気を誇る男女が、互いの手で、互いの顔を包み込みあって、見つめあっている。

「息吹さん、俺と、」

美聖の真剣さに、息吹も瞬きひとつせず、美聖を見つめている。

美聖は、今までにない緊張で渇いた喉を無理やり動かす。

もう、間違わない。息吹と、離れたくない。そのためにファンの一線を越える。

「俺と、お友達になってください……っ！」

美聖の声は緊張のあまり音程が転んで、譜面から飛び出た不協和音のようになる。

勇気どころか臓器のふたつやみっつを出すほどの緊張と、その末にはちゃめちゃな声帯に、それを、最もかっこよく見てもらいたい息吹に見られて聞かれて、美聖は、死ぬほど恥ずかしくなって、顔中に熱が集まる。

その熱も、頬を包み込む息吹の手にバレてるのかと思うと、さらに恥ずかしい。

「うう、」と泣きそうな声が美聖の口から漏れ出る。ぎゅむ、と目を閉じる美聖に。

「ぶはっ」

噴き出すような笑い声が聞こえて、反射的に目を開けて目の前の息吹を見やる。

息吹は堪えきれなくなったようにけらけらと声を立てて笑う。そっと美聖からその手が離れて、お腹《なか》を抱えて笑う姿は、アイドルの息吹からは想像できない。

「ふふ、待って、笑いが止まらないっ、あはっ」

ツボに入ってしまったのか、息吹は時折涙を拭いながら、ずっと笑っている。笑いすぎて噎《む》せている息吹の背中を優しくさする美聖も、困惑しつつも釣られて笑いそうになる。

息吹はしばらく笑い続けて、ようやく落ち着いたところで、美聖を見る。

「はあーあっ」と息吹の呆《あき》れたような溜息《ためいき》は、楽しそうな笑みで相殺される。

「美聖さんって、本当にこの世界で生きてきたとは思えないくらいピュアなんですね」

息吹は、細い脚を組むと、その上に頬杖《ほおづえ》をつく。息吹のその黒真珠のような瞳が、ただ真っ直ぐと美聖を見上げるように射貫く。あまりの美麗さに、美聖は息が止まりかける。

それから美聖は、ふ、と視線を斜め下に移し、子どものように呟く。

「……息吹さんにだけですよ。息吹さんだから」

美聖がその言葉を告げた次の瞬間、息吹が勢いよく椅子から立ち上がる。

「息吹さん？」

美聖が驚きで見上げた先、息吹はそっぽを向いたままやたらと早口な言葉を放つ。

「私もう行かなきゃ。080-1224-——」

「え？」

「覚えました？　今の私の番号なので、後で電話ください」

「あ、は、はい！」

美聖は俳優でよかったと改めて思った。今まで鍛えた記憶力はこの日のためにあったのだと、馬鹿なことを割と本気で思った。

「それじゃ」と髪を揺らして歩き出した息吹が、数歩先で立ち止まり、くるりと振り返る。その動きひとつひとつが、優雅で美しい。

「じゃあまたね、お友達の美聖くん」

楽しそうに笑う息吹があまりにも可愛《かわい》すぎて、美聖はありもしないペンライトを思わず振って応えた。

#

「電話するならその日のうちかな、でもさ、そんな早急に連絡したらうざくないかな、一日くらい置くべきかな、二日？　三日？　いやでも、」

テレビ局からの帰り、片平の車に乗り込んだ美聖はとにかくひたすら悩み続けていた。

「あんまり時間置いてから電話したらそれはそれで失礼だよね。やっぱりすぐに掛けるべきかな。でも、」

「すぐに掛けた方がいいと思いますよ」

「そうだよね。うん。そうだよ。そう、なん、だけど、」

（息吹さんのことになるとこの人本当に……）

片平はバックミラー越しに後部座席を見る。ここ最近、何があったのか美聖は決して話さなかったがあからさまにらしくなかった。

常に顔色が悪く、笑顔も弱々しくて、いつ倒れるのかと片平は気が気ではなかった。

それでもプロ魂というのか、仕事には決して穴を空けないところは尊敬していたが、逆に言えば、この人の心休まるところなどあるのだろうか、と不安になったのも確かだ。

「よし。片平さん、俺は今から電話をするよ。神と通信します」

「神……？」

いくらなんでも崇拝し過ぎだろ、と片平は思いつつ、事務所で幾度か見かけたことのある息吹の存在の神々しさに、片平も俄《にわか》に納得してしまうあたり、美聖に侵食されているのを、彼自身気はついていない。

美聖はようやく紫色のスマホを耳に当てる。緊張は全面に出ているものの、嬉《うれ》しさが緩んだ口元から滲み出ている。

そんな美聖の姿に片平は思わず安堵《あんど》の息を零《こぼ》す。

美聖の心休まる場所などひとつしかない。——息吹だ。

ここ最近の彼が不安定だったのは、確実に息吹に関することだろう。

美聖は息吹のことで悩み、今日、息吹によって救われたのだろう。

片平はちらりとバックミラー越しに後ろの美聖を見る。緊張し過ぎて今までに見たことがないほどそわそわする美聖に、片平は、頑張れ、と念を送ることしかできなかった。

美聖のスマホに女神から折り返しがきたのは、夜だった。

片平が運転する車では、結局、息吹が電話に出ることはなかったのだ。

お風呂上がりの美聖は髪を乾かすのも忘れて、スマホに飛びつく。画面に輝く【女神黛《まゆずみ》息吹様】の文字に、全身に緊張が走る。早く出なければという思いと、心の準備が忙《せわ》しない。明らかに震える親指で、通話ボタンをタップする。

〈もしもし？　美聖くん？〉

（神がっ、俺の耳元でっ）

美聖は、感動のあまり口元を手で覆う。歓喜で溢れそうになる涙をぐ、と堪える。

きっと人類で初めて月面着陸をした人の気持ちはこんなだったのだろうな、と感慨深い気持ちを得る。

〈あれ、美聖くんだよね？　もしもし〉

「はい！　ムーンプロダクション所属の柊美聖です。よろしくお願いいたします」

〈オーディション？〉

くすくす、と息吹の笑い声が電話越しに美聖の鼓膜を優しく撫《な》でる。その優しい音が、美聖の胸をくすぐる。むず痒くて逃げ出したくなるのに、いつまでもずっとこうしていたいなんて。美聖の口元が自然と上がる。

〈ムーンプロダクション所属coc9tailの黛息吹です。よろしくお願いいたします〉

「合格です。最高です」

〈まだ挨拶しかしてないのに？〉

真剣な美聖に、息吹が楽しそうに笑う。電話越しに聞く息吹の声は、画面越しやマイク越しで聞く声よりも、少しだけ果実の甘酸っぱさを付け足したようだ。

〈電話すぐに出られなくてすみませんでした。撮影中で〉

「あ、いえ、全然。こちらこそ、すぐに電話してしまって、逆に」

〈嬉しかったですよ。ていうか、口頭で言い逃げした番号、ちゃんと覚えてるなんて凄《すご》いなと思いました〉

「覚えますよ、というか、忘れません。息吹さんの言葉は、俺の宝物ですから」

初めて投げかけられた言葉も、線引きされた言葉だって、どんな言葉も、息吹から貰《もら》った言葉なら、美聖にとっては全部全部、宝物なのだ。

「息吹さんがライブのMCで言ってた言葉とかも全部覚えてるんで」

〈それはありがとうございますなのかな〉

ふふ、と笑う息吹に、美聖も釣られて笑う。

普段、美聖は片平や他の者と電話をしている時は、通話をスピーカーにして他の作業をしながら話すのに、今は何も手が付けられない。

ただひたすら、息吹の声だけに、浸る。

美聖の暮らすマンションの一室には彼しかいないのに、それでもスピーカーにするのは、気が引ける。もったいないと感じてしまう。息吹の声を少しも零したくないと思ってしまう。

〈美聖くんって明日のスケジュールどんな感じですか？〉

「明日？　明日は、朝は生放送で映画番宣《ばんせん》三本と昼の間は少し時間空いて、夜は映画の公開記念の舞台挨拶に、その後は確か、ＣＭ撮影があります」

〈忙しいね。さすが国民の王子〉

「息吹さんのおかげです」

〈（また会話の通信が変な電波を拾った）〉

息吹と出会わなければ俳優になることもなかった、という美聖の思考回路故の発言なのだが、息吹からしてみれば意味不明である。

〈もし、美聖くんが時間があればでいいんですけど、お昼一緒に食べません？〉

「えっっっ！」

〈いきなり発声練習するのやめてもらっていいですか〉

「す、すみませんっ、い、行きます食べます美味《おい》しく！　お昼！　息吹さんと、食べます！」

嬉しくて前のめりになる美聖に、息吹はまた笑う。電話越しの息吹はよく笑う。

その笑い声はアイドルの彼女からはあまり聞きなれないもので、美聖は一体彼女がどんな表情で笑っているのか実は気になって仕方ない。

〈それじゃあ、明日また連絡しますね〉

「わかりました。ありがとうございます」

〈あ、あと〉

何気ない声色のまま息吹が続けた。

〈敬語やめませんか。私たち、お友達になったんですから〉

「はい、あ、うん、そうですね、あ、うぬ」

〈でも私、年下なので敬語の方がいいですか？〉

「いえ！　ううん！　全然好きにしてくれて大丈夫で、大丈夫だよ」

〈そっか。ありがとう〉

息吹は鈴を転がすように笑うと、〈それじゃあ〉と言う。

切り上げるような声に、美聖は、少し寂しさを覚える。ファンの一線を越えて、嬉しいことが大きくなると、その分、寂しさも大きくなる。欲しがりになる。

〈おやすみ。美聖くん〉

でも、やっぱりいつだって息吹は、美聖に嬉しい方をたくさんくれるのだ。

「うん。おやすみ、息吹さん」

その日、美聖の夢には息吹が出てきた。

#

「今日の柊さんご機嫌ですね」

「そうかな。うん。そうかもしれない」

美聖と翠は映画告知の出演番組を二本続けざまに終え、映画スタッフ込みでミニバンに乗り込み、三本目の現場に向かう。

その途中、ご機嫌な美聖の隣で、翠は朝の多忙さに疲れた顔で、欠伸《あくび》を噛《か》み殺している。翠には口が裂けても息吹と電話したなどとは言えない。なので美聖はご機嫌の理由をもうひとつのものに変換する。

「良《い》い夢を見たから」

「息吹さんですか」

「ヒョッ！　え、ま、まさかあ。違うよ、片平さんとスイーツビュッフェ行った夢」

「それ別に良い夢じゃなくないですか？」

翠の言葉に、前方に座っていた片平が振り返り、くわっと叫ぶ。

「最高でナイスでビッグな夢ですよ！　僕と美聖さんの信頼関係なめないでください」

「それとこれは別じゃないですか」

急に言い合いを始めてしまったふたりに、美聖はおろおろする。普通なら女優と他マネージャーが言い合いをするなんてありえない。しかも他事務所の女優に噛み付くマネージャーなど。

「ていうか、柊さんとスイーツの組み合わせは有りだけど、片平さんはないでしょぉ」

「僕は美聖さんのおかげで今じゃスイーツ界の神童と呼ばれてるんです」

「へえ。すごいね。誰に？」

「はい嘘《うそ》ですすみませんでしたね！　自称ですよ！」

「ぶはあっまじウケる」

だがこのふたり、割と撮影時からこのような状態なのだ。げらげら笑う翠も疲れが飛んだようだ。美聖が安堵していれば、ジャケットのポケットに入れていたスマホが震える。

《今から撮影入ります。事務所のスタジオなので、美聖くんが早めに終わったら是非遊びに来てくださいね》

敬語はなしと息吹からの提案だったのに、ショートメールで送られてきた彼女の丁寧な文面に、美聖は思わず破顔してしまう。

返信を打ち込む美聖に、翠が「柊さん」と声をかけてくる。

美聖の顔を見て、翠は彼の手元にあるスマホを見下ろす。

「なんか嬉しいお知らせでもあったんですか？　coc9tailですか？」

「んー、うん、そんなところ」

「なになに、解散取りやめとかですか」

翠が美聖のスマホの画面を覗《のぞ》き込もうとする。美聖は慌てて画面を手で覆い隠す。

「これはっ、だめ！　俺の宝物だから」

翠が不服そうに美聖の顔を見る。

「ちぇー。なんか柊さん中学生みたい」

「え？」

「好きな子と密《ひそ》かに文通してて、それが友達にバレそうになって慌てる中学生男子みたいですよ。あ、今どき文通なんてしないか」

翠の言葉に、美聖は思わずなるほどと感銘を受ける。

その美しい顔はハッとしたように頬を赤らめ、目を輝かせている。

「文通……！」と、嬉しそうに呟《つぶや》いた美聖に、翠は目を細めて言う。

「柊さん何閃《ひらめ》いたみたいな顔してるんですか」

「あ、えっ？　いや、文通ってなんか、ほら、いいなあって」

「この時代に誰とするんです?」

「……片平さんと」

「よりによってマネージャー」

翠の言葉にまた片平が「僕と美聖さんは仲良しだって言ってるでしょ!」と噛み付く。

美聖はそんなふたりの言い合いを聞きつつ、いつか息吹としたいリストの中に『文通』の二文字をそっと付け加えた。


三本目の番宣も無事終えた美聖は、片平に一言入れてタクシーに乗り込む。片平とは一旦解散で、のちほど事務所にて合流だ。

「すみません、途中で銀座寄ってもらっていいですか?」

「かしこまりました」

運転手に銀座にある店名を告げて、美聖はその間だけ少し仮眠を取る。夜からの仕事のために今寝ておかないと後々に響く。店に着き、午前のうちに電話で予約しておいたギフトボックスを受け取る。

「待って、あれ、柊美聖じゃない?」

「え? うそ、えっ」

変装しているにもかかわらず、店の前でファンに摑《つか》まり、美聖は騒ぎになる前に握手をしてタクシーへと逃げ込む。

余所者《よそ》の美聖があの至高のcoc9tailの現場に顔を出すのだ。差し入れのひとつもしなければ、美聖の何かしらが確実に死ぬ。低糖質で身体《からだ》に優しいと有名なスイーツを手に、美聖は再び事務所に着くまで目を閉じて眠りに落ちた。


coc9tailが撮影しているスタジオの扉前で、美聖は二十分佇《たたず》んでいた。

（部外者って、入っていいのかな……息吹さんに聞き忘れた……）

そんなことをかれこれ二十分考え続けていたのである。出入りのスタッフに声をかけられ、ようやく美聖はcoc9tailが撮影しているスタジオに足を踏み入れる。

「いいねいいね、そのままもう一枚」

美術セットの前で、横並びでカメラに笑顔を向ける美女が九人。全員が白を基調としたワンピースに身を包み、青空模様が背景になっているセットの前で微笑《ほほえ》んでいる。

「ああ、びっくりした。天使か」

美聖が思わず呟く。

スタジオに一緒に入ったスタッフが固まる美聖に首を傾《かし》げながら、coc9tailのマネージャーの木村《きむら》に、美聖が来たことを伝えにゆく。

美聖の視線はひたすら彼女たちに注がれる。

（天使ってたまに現世に来たりするんだなあ）

輝く九人の真ん中で、息吹が楽しそうな笑みでカメラを見つめている。撮影用に彼女に風があてがわれ、長い髪が柔らかく揺れる。

「息吹良いね。優衣《ゆい》も良い顔してるよ」

カメラマンの声と、シャッター音が、スタジオに響く。

息吹の白い肌が青い背景に映える。長い睫毛《まつげ》に大きな黒目は黒真珠のように美しい。赤いグロスは白い肌の息吹の輝きをより際立たせる。

「柊さん、わざわざありがとうございます。うちの息吹が無理言ったみたいで」

（……女神で天使で天女）

「柊さん？」

「え？　あっ、すみません」

美聖は息吹に見惚《みと》れすぎて、そばに来ていた木村に全く気が付かなかった。訝《いぶか》しげな表情の木村に、慌てて手にしていた紙袋を手渡す。

「お邪魔します。柊美聖です。あの、これ、差し入れです。皆さんで食べてください」

「こんなお気遣いまで。ありがとうございます。もう少しで休憩入るので、待っててくださいね」

「はい。ありがとうございます」

木村はまじまじと美聖の顔を見つめると「ふむ」と頷《うなず》く。

その鑑定士さながらの視線は、この業界を支える側がよく会得しているものだ。

「さすが、ムーンプロダクション俳優部門の顔ですね。片平が私たち同期に自慢して回るだけあります。毎日あの子たちを見ているせいで美的感覚がおかしくなってたけど、久しぶりに電流走りました」

木村の純粋に美聖の美貌を誉《ほ》める比率と、片平への嫉み及びcoc9tailの自慢はトントンくらいだ。片平のことはさておき、coc9tailが誉められるのはいつだって美聖にとって最上の喜びだ。

「ありがとうございます」

と、にこやかな笑みを浮かべる美聖に、木村はその場を立ち去りかけて、それから、再び美聖へと顔を戻す。美聖はそんな彼女を見下ろして、笑みは緩めずに、瞳だけで問う。

木村は、気まずそうな顔で、美聖に言う。

「あの、息吹は柊さんに、その、何か言ってました？」

「え？」

「……今後の活動について、とか」

木村の表情から美聖はすぐに察する。

coc9tailのマネージャーでありながら、息吹について赤の他人の美聖にまで聞かなければならないのは、きっと彼女にとって勇気を伴うし、何よりもプライドに傷がつく。

それでも木村は、自分よりも息吹の為《ため》を思う。

美聖は柔らかく笑い、首を小さく横に振る。

「俺は息吹さんと友達になったばかりなので」

ふたりの視線は気づけば撮影中の息吹へと向かう。その笑顔は、永遠にアイドルとして存在し続けるようで、期限付きのものとは思えない。そんな彼女を眺めながら、木村は言う。

「息吹は芸能界の中でも一目置かれる存在が故に、友達は少ないんです。あれだけ綺麗《きれい》でやることなすこと非の打ち所がないのは人間業じゃないから仕方ないのかもしれないけど」

「それ、よくわかります。息吹さんに『実は天使です』って打ち明けられても驚く気がしません。『あ！　やっぱりそうですよね』って納得すると思います」

食い気味で肯定する美聖に、木村は思わず笑いながら返事をする。

「私からすれば、柊さんも良い意味で人間離れしてますけどね。似てますよ、息吹と」

「似てる……？　俺は、普通に病院で生まれました」

「いや、息吹も病院で生まれてると思います。そういうのではなくて、瞳の輝きとか、喩えるなら息吹は太陽で柊さんは月っぽいというか、正反対に見えて、どちらもなくてはならない存在でしょう。なんだか、そういうところが」

木村の言葉に、美聖は「太陽と月」と呟くと、嬉《うれ》しそうに顔を綻ばせて木村を見た。

「息吹さんが太陽で俺が月っていうのはすごく嬉しいですね。月は太陽ありきの光ですから」

美聖の満面の笑みに、木村は驚いたように目をパチパチとさせて、それから。

「……息吹と、仲良くしてあげてください」

木村は自分でも気付かぬうちに言葉を紡いでいた。美聖は彼女を見下ろして、優しい面持ちのまま、続きを紡ごうとする彼女の言葉を静かに待つ。

「さっきも言ったけど、あの子、ファンはたくさんいるのに、友達は本当に少ないの。特に男の子の友達なんて、今まで聞いたことないから。もちろん芸能人としての節度のある付き合いで、ですけど」

木村はそれだけ告げると「それじゃ私はこれで」と、美聖の返事を待たずに慌ただしい現場の方へ行ってしまった。美聖は無言で、けれど木村の背中に向かってしっかりと頷いた。

coc9tailの休憩は、高校の休み時間に似ていた。

「美聖くんだっ！　サイン欲しい！　親戚の子がね、美聖くんのことめっちゃ好きなの」

「色紙なくない？」

「このワンピースに書いてもらう？」

「それはさすがにダメだよ。衣装だから」

「メイ、見て見て。柊さんの差し入れこないだ食べたいって言ってたやつ！」

「えー！　嬉しい」

先程までカメラに切ない顔を向けていた彼女たちは、パイプ椅子や機材が並ぶところで楽しそうにはしゃいでいる。美聖はそんな眩《まばゆ》い彼女たちにひたすら瞬きを繰り返すだけ。瞬きをするタイプの菩薩《ぼさつ》と化す。

美聖が菩薩になるのも無理はない。いつも画面越し、もしくはステージ上で見るだけの存在が、自分の傍《そば》で楽しそうにしているのだ。

(奇跡。これぞ天使の戯れ。天使流下界のお遊戯)

息吹は監督に呼ばれて、休憩明けの個人撮影について軽い打ち合わせ中だ。

美聖はcoc9tail箱推しの息吹最推しだ。

九人が揃《そろ》っていると、どうしても目で一番追ってしまうのは最推しの息吹なわけで。

「相変わらず息吹推してるね、柊くん」

「coc9tailのリーダー兼リードボーカルのみんなのお姉さんの瑞希《みずき》さんっ」

「待って。みんなに話しかけられる度にそんなメンバー紹介みたいなこと言うつもりなの？」

瑞希はびっくりした様子で笑いながらも、美聖が差し入れたスイーツを「ありがとね」と美味《おい》しそうに頬張る。瑞希はcoc9tailの最年長でリーダーを務めている。美聖がcoc9tailと初めてMVを撮影させてもらった時も一番気を遣って優しくしてくれた存在でもあった。

瑞希は、監督と真剣に話し合う息吹を見ながら言う。その横顔は聖母のように優しい。

「私たちデビュー前から事務所のマンションで一緒に暮らしててね、二年目くらいまではシェアハウスみたいな感じで、さすがに今はひとりひとり別だけど」

「シェアハウス時代にメイさんが焼肉大会をして火災報知器が鳴り響いて大変だったっていう、あのシェアハウスですか」

「え？　あはっ、そうそう、そんなこともあった！　よく覚えてるね。っていうか、なんで知ってるの？」

「一周年記念ライブツアーのMCで優衣さんが話してくれたので」

「凄《すご》すぎ」

けらけら笑う瑞希は「懐かしいー」と目を細めた。美聖はその追憶するような瞳が、表情が、羨ましかった。当事者と他人ではそのエピソードに対する温度はこんなにも違う。

「シェアハウスの名残で、同じマンションに暮らしてるとやっぱりみんなで集まっちゃうんだよね」

「いいですね」

「うん。だから、息吹の部屋が空っぽで、寂しくなる」

何気ない瑞希の笑顔は、哀《かな》しさや寂しさをひた隠しにするために作られている。

「もともと空っぽなのに、解散を発表してから、息吹は誰よりも先に荷造りまで始めてる」

瑞希の顔がにわかに歪《ゆが》む。

「息吹は優等生過ぎるところがあるから」

そう言って笑った瑞希は「実はだらしないところもたくさんあるけどね」と誤魔化すようにおちゃらけた。それから、美聖の背中をぽん、と叩《たた》く。

「今日の息吹、実はいつもより浮き足立ってるんだよ。木村さんも気づいてないけど、私たちにはわかる」

息吹が話し合いを終えて、あたりを見回し、美聖の姿を見つけると手を振ってやってくる。

美聖は、そんな息吹が可愛《かわい》すぎて純粋にびっくりする。

瑞希は、息吹しか見えていないような美聖を笑いながら、もう一度その背中を叩いて鼓舞する。

「柊くんとお昼食べる約束してるからだよねって、みんなで噂《うわさ》してたの」

瑞希は「がんばってね」と言うと、息吹と入れ替わりで監督の元に走っていった。

息吹は瑞希とすれ違いざまに抱きつかれながら楽しそうだ。その余韻を残した笑みのま
ま、美聖のもとへやってくる。

「ごめんね、忙しいなか来てくれてありがとう」

「関ヶ原の戦いの最中でも行くよ」

「うん、うん、わかった。何があっても来ようとしてくれた気持ちはよくわかりました。

どうもありがとう」

息吹は少しずつ美聖の扱い方に慣れてきたのか、笑いながら頷いている。

センター分けされた前髪に、緩くウェーブした黒髪。白いワンピースがより美しく際立
たせている。剝《む》き出しの肩は細く、陶器のように滑らかで白い。

「息吹さん、寒くない？」

「ん？　あ、うん」

美聖の問いに、息吹があたりを見回す。おそらくスタッフから羽織《はお》りものを貰《もら》おうとして
いるのだろう。だが、奔走するスタッフばかりで、向こうは息吹の様子に気がついていな
い。

美聖は自身のチャコールグレーのコートを息吹の剝き出しになった細い肩の上に、そう

っと被《かぶ》せる。驚いたように美聖を見上げる息吹に、慌てて言葉を付け足す。

「俺のでよければ着てて、ください」

その言葉を受け取るや否や、息吹は反射的にコートを手にかける。

「大丈夫。気持ちだけ、」

と、言いかけた息吹は、中途半端に言葉を区切ると、不意に、ぷくり、と頬を膨らませる。

小さな顔の、柔らかな頬が膨らんで、息吹の可愛さが倍増する。

「え？　可愛い。びっくりした。えっ、可愛い」

息吹の不意打ちの可愛さに、咄嗟《とっさ》に美聖の口からは、尊さが雪崩を起こして「可愛い」を連呼してしまう。そんなオタク満点の美聖に呆気《あっけ》に取られた息吹は、頬の空気が抜けるように「ふふ」と笑った。それから、美聖のコートを両手で持ち上げて顔の半分まで隠すと。

「お言葉に甘えてお借りします。ありがとう」

なんて、恥ずかしそうに呟《つぶや》く。そのどこか不慣れな息吹からは、人に頼ることをすっ飛ばして大人になってしまった節が垣間《かいま》見えた。そんな息吹に甘えられた美聖は、尊さのあまり、呼吸を止めて、胸の前で両手を合わせる。

そんな美聖に止めを刺すように、息吹は美聖のコートに身を包んだまま独り呟く。

「美聖くんの香りでいっぱいだ」

「良《い》い人生でした。我が人生に悔いなし。来世はきっとコートに違いない」

「え？　美聖くん？」

オタクモードに突入してしまった美聖に、息吹が困惑を見せる。そんな姿ですら愛らしく、美聖は息吹を網膜に焼き付けるかの如《ごと》く見つめる。

その時、美聖は不意に、息吹の襟元に違和感を覚える。

「息吹さん、髪が……、ちょっとごめんね」

美聖はそう言って、コートの前側を両手で押さえる息吹に代わって、コートの下敷きになって窮屈そうな、彼女の黒く艶《つや》やかな髪と首裏の間に両手を滑り込ませる。そうして、手の甲に彼女の髪をのせて、優しく押し出す。

するりと、コートの下に埋もれていた息吹の黒い髪が外へ流れ出る。そのまま乱れた髪を手櫛《てぐし》で整えた美聖は、いつも通りの美しさを放つ息吹に「うん。やっぱり可愛い」と微《ほほ》笑《え》む。

美聖なりにアイドルという外見を気遣った対応だったのだが、目の前の息吹はどこか不機嫌そうだ。

「どうもありがとう。さすが美聖くん、女心がよくわかってますね」

「え？」

美聖は息吹の言わんとしていることがわからず、首を傾《かし》げる。そんな美聖を見上げた息吹は「なんでもない」と言い切ると、コートの下から手を伸ばし、美聖の手首を掴《つか》む。

「監督から早めの休憩もらったの。撮影の時間押しちゃってるし、美聖くん、この後も忙しいでしょう？　ご飯食べに行こう」

息吹はそう言いながら、美聖の手首を掴んだ手を下へ滑らせていく。無防備な美聖の手のひらに、息吹の手が重なるように合わさって、音も立てずにふたりの手は繋《つな》がれる。

美聖よりもずっと小さくて熱い息吹の手のひら。

見下ろした先に繋がる美聖と息吹の手に、美聖の頬にぶわりと熱が広がる。息吹はふと周りの目が気になったのか、急ぎ足でぐいぐいと美聖を出口まで引きずって歩く。

「行こう。一階のカフェでいい？」

ふたりで外に出て、繋がる手をそのままに通路を歩く。息吹の問いに余裕がなく、返答できない美聖に、息吹が振り返る。

「美聖くん？」

呼びかけられた声にすら反応できず、美聖は繋いだ手を見つめることしかできない。せめてと火照る顔を隠すように空いている手で覆ってみるけれど、むしろ羞恥を暴露しているようなものだ。きっと、耳まで赤く染まっているに違いない。

「ほら、美聖くん、早く行こ」

息吹の声はどこか楽しげで、先ほどまでちらつかせていた不機嫌さはどこにもない。

美聖の表情を見たがるように顔を覗《のぞ》き込んできた息吹と目が合う。

彼女は、綺麗《きれい》な二重の目をゆるりと細めて笑うと、

「うん。やっぱり可愛い」

なんて、ついさっき美聖が息吹に告げた言葉をいたずらに返してくる。美聖は息吹に言われて初めて、その言葉の照れくささを実感する。

「……可愛いのは、息吹さんだ」

それでも、改めて、本当に可愛い息吹には言わずにはいられなかった。

「ありがと」

息吹が嬉《うれ》しそうに笑って、美聖と結んだ手の力をぎゅうと強めた。

＃

「んーっ、美味しい」

美聖の向かいで、小さい口いっぱいにご飯を詰め込んでもぐもぐしている息吹がいる。

幸せそうに目を細めてご飯を堪能《たんのう》する息吹が、いる。

事務所の一階にあるカフェで、美聖は有機野菜をふんだんに使ったパスタ、息吹は日替

わりヴィーガンランチを注文した。

カフェの店員も社員扱いなので、芸能人に関する情報、特にプライベートに関する守秘義務などには徹底している。しているものの、美聖と息吹という天変地異的な組み合わせに、動揺を隠しきれていなかった。

「美聖くん、食べてる？」

「うん、美味しい」

「パスタ巻いたままフォーク動いてないけど」

「大丈夫、とても幸せだから」

美聖の返事に、息吹は訝《いぶか》しげな表情をする。

美聖にとっては、同じテーブルで、しかも向かいの席に息吹が座っていて、その上、一緒に食事を取るというイベントに、胸がいっぱいだった。

口いっぱいにご飯を頬張って一生懸命、なんなら少し苦しそうに咀嚼《そしゃく》している息吹が、美聖は可愛くて愛おしくて堪《たま》らない。

（ハムスターみたい……）

息吹はお水を飲みながら、大きな黒目で店内を見回す。美聖は息吹の動きをひたすら満面の笑みで眺め続ける。

「美聖くんはここのカフェよく使うの？」

「ん？　うーん、俺はどうしても外で撮影が多いからそこまで使わないかな。でも、珈琲《コーヒー》とかはよくここで買ってるよ。美味《おい》しいから」

「そうなんだ」

息吹の物珍しそうな視線は、ずっと通っていた芸能事務所に併設するカフェに対するものとは思えない。

「息吹さんは？」

その瞳の真意を探るために美聖が問えば、息吹は、すぐに首を横に振った。

「ご飯は初めて。飲み物もマネージャーとかメンバーが買ってきてくれたのを飲んだことがあるだけで」

「事務所にいる時はどこで食べてるの？」

「休憩室で、サラダとかゆで卵とか」

「……それだけ？」

「うん。あとサラダチキンとかも食べるけど、私、食べ物気をつけないとすぐに顔とか浮腫《むく》んじゃうから」

そう言ってソイミートの唐揚げを口に運ぶ息吹は、美聖からしてみれば、細すぎるくらいだ。激しいダンスや鬼のように忙しいスケジュールをこなしながら、それにともなわない食事量。息吹のプロ意識に尊敬と心配が重なり合う。

美聖も役柄ではそれなりに減量したりもするが、息吹と比べればそれはほんの一定期間だけだ。

息吹の完璧な美しさは、彼女の裏側にある血の滲《にじ》むような努力で、より完璧に裏打ちされているようなものだ。

「だからね」と息吹は楽しそうに店内の装飾を眺めながら続ける。

「今日は勇気出して美聖くん誘ってよかった」

息吹の嬉しそうな笑顔に、美聖も釣られたように笑ったのも束《つか》の間。

「ずっと通ってた場所なのに、ここのご飯がこんなにも美味しいこと知らずに終わるところだった」

息吹の言葉に、美聖の胸が不意に苦しくなる。現実はそう甘くはない。

「一度は絶対来てみたかったんだ。退所したらもう来られないから」

息吹の言葉には、悲しさも名残惜しさもない。淡々とこれから起こりうる未来を告げるだけ。その言葉を聞いて、美聖の方が顔を歪《ゆが》めてしまいそうになる。

けれど、本人が、息吹が、決めたことなのだ。

美聖が彼女よりも苦しむなんてお門違いだと、必死に言い聞かせる。でも、それでも。

「もう来られないなんて寂しいこと言わないで」

「でも、私、芸能人じゃなくなるし、」

「そうだとしても、また来ようよ。息吹さんが美味しそうにご飯頬張ってるの、俺はまたここで見たい」

美聖は自分で言い出したことなのに、言葉にしてしまえばしまうほど、息吹がこの先、アイドルでなくなる未来が確定していることを自覚して、切なくなる。

ファンの一線を越えたからって、美聖が息吹のファンであることに変わりはない。

『息吹と、仲良くしてあげてください』

『息吹は優等生過ぎるところがあるから』

美聖はフォークに巻かれたままのパスタを見下ろす。息吹に夢中で正直、味なんてわからなかった。でも、きっと、二回目なら、味覚も一緒に、息吹との思い出をより深められる。

欲張りだけど、美聖がそうであるように、息吹にだって思い出は多くあって欲しいと願う。

「美味しかったならまた食べに来ようよ。楽しかったならまた行こうよ。難しく考えないで。息吹さんには息吹さんの気持ちを一番に考えて欲しいと俺は思うよ」

美聖が息吹に何かできるかなんてわからない。できるほど自分が何かを持っているとは思わない。

彼女は全てを持っているから。

ただ、全てを持っているからって、幸せかどうかも、また、わからないのだ。

「息吹さんのわがままを聞きたい人だっていっぱいいるんだよ。俺みたいに」

だから、息吹に直接『要らない』と言われるまで、美聖が持っているものを、息吹に分けたい。それがどんな些細《ささい》なことでも、小さなことでも。

美聖が幸せだと感じたものは息吹にも見せたいと思う。独りよがりなのかもしれない。自己満足なのかもしれない。

でも、それでほんの少しでも息吹の口角が上がるなら、美聖はどんなことよりも嬉しいのだ。

「それにね、」と、美聖は続ける。

息吹は食べる手を休め、ただじっと、静かに美聖の話に耳を傾ける。

遠目でふたりの様子をちらちら窺《うかが》っていた店員たちが、息吹のその美しさに思わず固まる。美聖は冷めてしまったパスタから、そっと視線を持ち上げた。照れくさそうに笑いながら言う。

「俺がまた息吹さんと来たいんだ。だからせめて誘うぐらいの隙間を俺にくれないかな」

静かに黙り込んでいた息吹の表情が、美聖の甘い微笑みに、言葉に、そうっと溶けてゆく。真っ白な雪が暖かな陽射《ひざ》しに溶かされて、雫《しずく》を残しつつも色鮮やかな花がそこから現れるような。

そんなふうに柔らかく微笑《ほほえ》む息吹は、幸せそうだった。

「――ふふっ」

「美聖さんの言っている意味が、ちょっと、いや、かなりわからないんですが、」

片平は、美聖が真剣そのもので口にした言葉が理解出来ず、顔の筋肉があちこち引き攣《つ》る。

そんな片平を見て、美聖は真顔のまま改めて告げる。

「だから、俺の顔を、できれば頬あたりを、平手打ちしてくれないだろうか」

（聞き間違いじゃなかった……）

「できれば、二、三発景気よく」

「できるわけないでしょう！　美聖さん自分の顔が商品だって自覚してますか！」

さすがの片平も呆《あき》れ返る。美聖が何を言い出すかと思えば、ムーンプロダクションの看板商品に傷をつけろときた。

片平の仕事は美聖を管理し、売り出すことだ。磨きはすれど、傷をつけるなど言語道断。

大手家電メーカーのコマーシャルの撮影の合間に、この人何言ってんだ本当に、と片平は抱えたくなる頭で美聖を見下ろす。

写真集とCMの撮影のために、緩くパーマのかかった美聖は、男の片平から見ても羨ましいほどに綺麗だ。

「……怖いんだ」

椅子に座ったまま、美聖はぼそりと零《こぼ》す。

その顔は絶望に満ち、昨年、主演男優賞を獲得した時の映画の役柄に酷似していて、片平は才能の無駄遣いだなあと冷めた目で眺める。

オタクの世界にのめり込む美聖は、そんな片平に気づく訳もなく絶望に満ちた顔で続ける。やたらと憂いを帯びた美聖の美しい顔は、女性の心を射止めるには容易《たやす》い。

「最近、息吹さんとの幸せな時間が多すぎて怖いんだ……」

(こんな発言がなければの話だけれど)

「coc9tail の年内解散があまりの衝撃で、長い夢でも見てるんじゃないかと思うんだ」

はわわ、と両手を顔の前で震わせながら美聖が、片平を見上げる。

一縷《いちる》の望みに縋《すが》るような、捨てられた子犬のような美聖の瞳に、片平は「うぐ」と唇を噛《か》み締める。騙《だま》されるな。この人はただのオタクだ。顔の良《い》い重度のオタクだ。

「だから夢かどうか確かめるために、叩いてほしいというわけで」

片平は、美聖の魔法にかかるまいと自分の頬を叩く。そんな片平を見て「いたっ」と何故《なぜ》か美聖が声を上げる。当たり前のように女子より可愛《かわい》い反応をする美聖を片平は見下ろす。

そして彼の衣装のポケットに忍ばせてあるであろうスマホ目掛けて指をさす。

「スマホの中の写真フォルダを見たらすぐに夢じゃないって自覚できるじゃないですか」

美聖が息吹と『お友達』になって実際にどれくらいの時間が経過したのか片平は知らない。

しかし、梅雨が訪れ、祝日のない六月に世間がどんより気分の中、柊美聖だけは羽の生えそうなほど浮き足立ってひとりキラキラしている。

そして、ここ数週間、明らかに美聖がスマホの画面を眺めていることが増えたのだ。

そんな或《あ》る日、片平がスケジュール帳から隣に座る美聖へ視線を移した時、

「……息吹さんとアイス食べたんすか」

美聖のスマホの画面に映る美男美女とアイスを見つけ、つい、言葉が零れ落ちていた。

片平の言葉に美聖は、慌てた様子で彼を見て、それから、ぶわわ、と見るからに顔を赤らめた。そうして、すでにブラックアウトした画面を見下ろして。

「……俺たち、」

耳まで赤く染めて、恥ずかしそうに小さな声で囁《ささや》く。片平の個人的な期待が、風船が割れそうなほど膨らむ。

普通なら俳優の熱愛などデメリットでしかない。だが、柊美聖は別だ。その相手が黛息吹であるならば。公式に、となれば、他の追随を許さぬビッグカップルの誕生。

期待で「はい！」と鼻を膨らませる片平に、美聖は勿体《もったい》ぶったような笑みを浮かべたまま、ぽつり、と告げた。

「友達に、なっちゃったんだ」

「グッゥヌウアァッ――スゥー……おめでとうございます」

「え？　前の音は何？　鳴き声？」

「気にしないでください」

期待した僕が馬鹿でした、とはさすがに言えない。重度の無自覚拗《こじ》らせファンの美聖が、息吹と友達になったのだ。それは、彼にとっては奇跡の大逆転に等しい。

片平は、ぱたん、とスケジュール帳を閉じて隣の美聖を見つめる。

美聖も片平の眼差《まなざ》しの温度に気が付き、真っ直《す》ぐと彼を見つめ返す。この男はこんな時でさえ美しい。

「美聖さんは人気俳優です。息吹さんは現トップアイドルで、こんな言い方はよくないですが、年内解散という爆弾を抱えていて、記者の格好の的です」

「……うん」

世間一般のどれほどが、ふたりを応援しているかは数値では表せない。

それと等しく、美聖と息吹に本気の想《おも》いを抱いている者達がいるのも、また、数値では表せないが、確実に存在しているのだ。

「正式に事務所に通せるような関係ではないのなら、先に記者に記事を抜かれるなんてことは、許されません」

片平がいくら個人的に彼らを応援しているとしても、やはりマネージャーとして、言わなくてはいけないことがある。

「ただの友達で通用するのは、ふたりをよく知っている僕や事務所内でも限られた者だけだということを、忘れないでくださいね」

そして息吹さんと次のステップにいけるよう頑張ってくださいね、という言葉は、片平の喉の奥で押し込まれた。ここから先は美聖のプライベートだ。

美聖は、真剣な片平の言葉にしっかりと頷《うなず》く。それから、ふわ、と乾きたてのタオルから柔軟剤が香るような、あたたかな笑みを零した。

「ありがとう、片平さん」

美聖の穏やかな声に、片平もようやく肩の力が抜けたのだった。

美聖は片平に言われた通り、スマホの写真フォルダに収まる写真を漁《あさ》る。

日にちは疎《まば》らだが、その中には確実に息吹との思い出が閉じ込められている。

（やっぱり、夢じゃないんだ……）

事務所のカフェで初めて息吹と食事をした時、帰り際に彼女が言った。

『美聖くんだけに私の隙間、全部あげることにした』

微笑む息吹を見つめ、美聖は食事中に自分が放った言葉を思い出す。

『俺がまた息吹さんと来たいんだ。だからせめて誘うぐらいの隙間を俺にくれないかな』

息吹は、この美聖の問いに、OKを出してくれたのだ。そして、彼女は美聖のコートを羽織ったまま、宝石を詰め込んだような輝きのある瞳をゆったりと細めた。

赤いグロスの間に、白い歯が覗《のぞ》く。それはどの果実よりも甘美に映る。

『だから、美聖くんの時間も私にちょうだい』

そんな可愛いお願い、美聖には断る選択肢などなかった。

その日を境に、どんどん美聖のスマホの写真フォルダに息吹が増えていった。美聖の細い指が画面をタップすると、綺麗《きれい》すぎる容姿の息吹がアップで現れる。

パチパチアイスを食べる、幸せそうな息吹。

(可愛い)

ホットコーヒーを冷ますために、息を吹きかける猫舌の息吹。

(可愛すぎる)

美聖に教えてもらいながらスマホのゲームをする、唇を尖《とが》らせた息吹。

(可愛いの最上級)

美聖と息吹が過ごすのは決まって事務所の中でだけだった。

お互いに何かしらを買ったり持ち寄ったりして事務所で落ち合い、カフェや練習室、時には片平の気遣いで教えてもらった、その日は使わない会議室などで一緒に過ごした。

　息吹は決して金をばらまくような遊び方はせず、むしろ世間一般の人達が普段行くようなカフェのパンケーキを食べたがり、流行《はや》りだというアプリをやりたがった。

　写真を横に流すと、新しい息吹が現れる。ポニーテールにラフな練習着姿だ。

　動画の再生ボタンを押すと、流行りのヘンテコなダンス動画を観《み》て声を立てて笑う息吹が流れる。

『なにこれっ、やばすぎるよ。待って、もっかい観たい』

『こっちもね、面白いよ』

『いっぱいあるんだね。ね、美聖くんと一緒にやりたい。やろうよ』

『俺ダンス本当に下手なんだよ』

『ヘンテコダンス向きじゃん！　おめでとう！』

『あ、ほんとだね。やった！』

『あははっ！　本当に喜ぶんだ』

　動画の中の息吹が笑っている。今まで美聖が観ていた画面の向こうという条件は同じなのに、息吹の笑顔はアイドルというよりも、等身大、いや、少し幼いぐらいの女の子に映る。

横にスワイプすると、アプリの加工で遊ぶ息吹の写真になる。猫の耳と鼻とヒゲを付けた息吹が、楽しそうに笑っている。

(ああ、どうしよう)

さらにスワイプした先には、今度は無加工の、頬杖《ほおづえ》をついて真っ直ぐに画面を見つめ口元だけをゆるりと持ち上げた息吹がいる。細い腕に、細い首、小さな顔に、大きな瞳。

黛息吹という存在を象《かたど》る全てが、美聖には尊い。

息吹がこの世に存在しているだけで、美聖はもう充分だった。

それなのに、最近は、息吹との時間を重ねる度に、

美聖のスマホの中だけで笑う息吹の存在が大きくなっていく。息吹への想いが別の形をして膨らんでいく。嬉《うれ》しいのに切なくて、甘いのに酸っぱい。その相反する気持ちが同時に襲いくる。そんな名も知らぬ感情に、美聖は戸惑っていた。

(……会いたいなあ)

「休憩明けまーす」

スタッフの声に美聖は顔を上げる。

スマホの画面をブラックアウトさせて、美聖が椅子から立ち上がりかけた時、手にしていたスマホが小さく震えた。

《予定より早めに終わったよ。今日は会える？》

それは、美聖が会いたくて堪《たま》らない存在からの連絡だった。
じゅわ、と胸に広がる甘酸っぱい感情を文字に乗せて、息吹に向かって飛ばす。
慌ただしい現場に戻る美聖は、誰から見ても王子様のように綺麗で幸福そうだった。
《今日はパンケーキにしよう》
美聖からの返信に息吹が微笑《ほほえ》むのも、また同じ。

美聖が雨の中、人気店のパンケーキをお土産に買って事務所に戻ると、息吹は練習室でライブの動線を確認していた。

そのことに気がついた美聖は、練習室の扉を開けようとした手を思わず止める。

(凄《すご》い集中力)

今、coc9tailは全国ツアー中だ。最後のライブということもあって、追加公演も決まり、音楽番組にも引っ張りだこのcoc9tailのスケジュールは、想像するだけでも過密だ。

息吹は自分の動きと表情を確認しながら、激しいダンスを繰り返し歌いながら踊る。

ふたりで他愛もない話をする時とはまるで違う雰囲気に、美聖は息を呑《の》む。

息吹の初めての涙を見た時から、彼女は変わらない。――ただひたすら、ひたむきだ。

「あっ」

曲を止めて休憩に入ろうとした息吹と鏡越しに視線がぶつかる。

美聖が扉を開ける前に、息吹は振り返って彼のもとへ走ってくる。

「美聖くん、お疲れ様」

先程まで咲き誇っていた薔薇《ばら》が、今は美聖の前でたんぽぽの綿毛のようにふわふわと揺れる。その息吹のギャップに、美聖は、心がキュ、と絞まる。

「ごめんなさい、練習集中し過ぎてた」

「ううん。息吹さんが納得するまで練習して。俺は隅で台本読んでるよ」

美聖は、スピーカーなどの機材が並ぶ端へ行こうとする。その動きを止めるように息吹が美聖の腕を摑《つか》む。ふわり、と彼女から花の香りがする。

「休憩する。美聖くんが来るまでって決めてたからいいの」

「大丈夫？」

「うん。納得するまでだったら、一生終わらない」

美聖はいたずらに笑う息吹を見下ろして、小さく笑う。

「そっか。じゃあ頑張った分、休憩しよう」

重なる視線の先、美聖の微笑む姿に、珍しく息吹の方が先に視線を逸《そ》らした。

息吹の小さな機微に気づかない美聖が、彼女の視線を追いかけて顔を覗き込もうとしたところで、息吹が逸らした視線の先で見つけたものに声を上げる。

「美聖くん、パンケーキ買ってきたの？」

「え？　あ、うん。息吹さんと一緒に食べようと思って」

美聖の首肯に、息吹は無言で彼の脇をすり抜けると、急に練習室を出て行ってしまった。

「えっ」

パンケーキはまずかったのだろうか。ライブ中だし、さらに体の管理は厳しいはずだ。

でも、先日会った息吹があまりにも細すぎて、美聖はどうしても心配になってしまったのだ。

美聖が立ち尽くしていると遠ざかった足音が再び近づいてきて、扉の前に息吹が現れる。

その顔は美聖の予想に反して笑顔だった。

そして、息吹が顔の前に掲げたのは、美聖が買ったのと同じ店のパンケーキだった。

「お互いにパンケーキ買ってきちゃったね、しかも、同じお店の」

息吹は楽しそうにけらけら笑いながら、美聖のもとへ戻ってくる。

「俺が仕事終わってここに来る前に聞けばよかったね」

首を横に振る息吹の顔は綺麗なのに可愛《かわい》い。きっと美聖がここに来るまでずっと練習していたはずなのに、汗ひとつない顔は化粧の崩れも全くない。

「離れてる時も考えてることがこんなに同じだなんて、笑っちゃうね」

「……うん」

息吹の大きな猫目に似合うアイラインは、彼女の美しさに加え孤高の強さも主張する。

それなのに、今、美聖の前で目尻を垂らして笑う彼女には、年相応の、お茶目さが滲《にじ》んでいる。

（ああ、可愛いな）

美聖は自分でも無意識のうちに、息吹の顔へ手を伸ばしかける。手を伸ばして、触れて、どうしたいのかなんて美聖自身もわかっていない。

ただ、触れたい。深い奥底から込み上げてくるものは、それだけだった。

「お腹空《なか す》いた！　食べよう」

美聖の伸ばしていた手に息吹は気づくことなく、すたすたと練習室の隅にあるシートの方へ歩き出す。美聖は我に返り、何事もなかったかのように伸ばした手を引っ込めた。

とりあえず息吹が買ってきたパンケーキを先に開けて食べることにする。美聖の分はきっと各自お持ち帰りになるだろう。

「美味しそーっ」

嬉しそうにはしゃぐ息吹は、スマホでパンケーキの写真を撮っている。

美聖はすかさずそんな息吹を撮る。コレクションは今日も順調に増える。

息吹は自分を撮る美聖に気づき、カメラ越しにすぐさま coc9tail の黛息吹の顔になる。目付きから唇の傾きひとつまで、全てが芸術品になる。

レンズ越しに見てもその美しさに、美聖の息が止まる。

「撮れた？」

「あ、うん」

「見せて」

息吹が美聖の隣にやってくる。スマホの画面を覗き込む息吹は自然と美聖にぴったりとくっつく体勢になる。

（近い……かつて人類がこんなに神に近づいたことがあっただろうか、くっ、眩《まぶ》しい）

さらりと流れるような鴉の濡羽色《ぬればいろ》の髪と、相反する息吹の真っ白な耳裏や細い腕が、美聖の視界を錯乱させる。鼻腔《びこう》をくすぐる柔らかな花の香りもだ。

息吹がくるりと振り返り美聖を見上げる。長い睫毛《まつげ》の中央で、黒い瞳が美聖を映し出す。

彼女の指が美聖のスマホの画面を指さす。そこには、完璧な笑みで写真に収まる女神がいた。

「どう？」

息吹の問いに、美聖は間髪を容れずに「完璧なる女神の化身です」と言う。息吹はキョトンと瞬きを繰り返してから、白い歯を見せて笑った。

そうして美聖から少し離れて座り直すと、笑みはそのままで、ふ、と目を伏せる。

「……完璧の裏側って、ぼろぼろで空っぽなんだよ」

息吹の睫毛が白い頬に影を落とす。いつも宝石を詰め込んだような瞳には伏せられた瞼《まぶた》で光がひとつもない。彼女の儚《はかな》さが増し、徐々に息吹が石化して、その美しい姿のまま動かなくなってしまうのではないか、と美聖は謎の焦燥感に襲われる。

息吹は膝を折って胸に抱え込むように腕を回すと、足の爪先を立てて、そこを見下ろしたまま言う。

「ごめんね。私、前に、美聖くんを傷つけた。しかも初対面で、美聖くんは初めての撮影だったのに」

突然の言葉に、美聖は固まる。息吹はそれに構わずに続ける。

彼女の目がゆっくりと美聖へ向けられる。

「ずっと謝りたかったの。……あの日のこと」

罪悪感に包み込まれた息吹の顔は、眉が八の字に垂れて、弱々しい。幼い女の子のような表情に、美聖はただ静かに黙って、息吹の言葉を最後まで聞こうと耳を傾ける。

「出来上がったMVの、最後の美聖くんのシーンを観て、私、泣いたんだよ」

「え？」

少しだけ恥ずかしそうに息吹が小さく微笑む。頬を膝につけて、丸まる彼女は猫みたいだ。

「美聖くんの、観る人に訴えかけるような、感情を連れ込むような魅せ方、私には出来なかったから。アイドルって見てる人を笑顔にするためにいるのに」

『私はファンを笑顔にするためのアイドルだから』

美聖はいつかの握手会での息吹の言葉を思い出す。息吹は今までの足跡を辿《たど》るように、そっと、言葉を過去の記憶から拾ってゆく。

「自然体で完璧な美聖くんとは違って、私はただひたすら磨かないと完璧には映らない。誰かを笑顔にするには、誰かに自分の感情を伝えるためには、ただ繰り返し練習して、完璧に見えるようにならなきゃいけない」

息吹が時折見せる孤高の美しさも強さも、きっとここからきているのだ。

誰からも守られることを望まず、ひとりで進み続ける。だから気を抜いたら見失ってしまいそうで、いつの間にか消えてしまいそうで、危うい。

「だから、私の完璧って壊れかけだし一生懸命光るもの真似《まね》ては、必死に集めてるだけなの」

ふふ、と笑う息吹には微塵《みじん》も悲しさが含まれていない。それはたったひとりで抱えてきたものを、たったひとりで、誰の力も借りずに片付けようとしている証拠だった。

美聖は今すぐにでもその華奢《きゃしゃ》で儚げな息吹の身体《からだ》を抱きしめて、自分の胸の内に収めてしまいたくなった。

「だから、美聖くんが私のファンだって知って、私がどれだけ嬉《うれ》しくて、どれだけ励まされたか」

でも、まだ、息吹の話は終わっていない。

美聖がどう動くかは彼女の最後の言葉をきちんと受け取ってからだ。

「……泣きたい夜も、立ち止まりたくなった日も、美聖くんがあんまりにもキラキラした顔で、年上の芸人さんにも強面《こわもて》の俳優さんにも厳しい女優さんにも可愛い若手さんの前でも、凄い経歴の監督の前でさえも、堂々と、私のことを褒めるものだから、ファンの想《おも》いを健気《けなげ》に伝えてくれるから、」

息吹が笑う。泣きそうな、嬉しそうな、複雑に絡み合った感情を集約して、笑う。

「また頑張ろうって思えてたの」

真っ直《す》ぐと美聖を見つめて、息吹が言う。

「私はあの日、美聖くんを傷つけただけだったのに、恨まれてもしかたないのに、それなのに、美聖くんはずっとずっと私のこと応援してくれた」

息吹は想いを込めるように小さく呼吸を置く。瞬きの度にささやかに揺れる睫毛も、呼吸の度にかすかに動く唇も、伏せられていたまぶたが持ち上がって美聖を見つめる芯の強い瞳の動きまでも、息吹の動作ひとつひとつに、美聖は目を逸らせない。

「ありがとう。それから、ごめんね」

少しだけ掠《かす》れたその声に、美聖の心が揺さぶられる。

（ああ、今ならもっと上手《うま》くできたな、）

この間、撮影を終えた恋愛ドラマで、美聖の演じる主人公が、好きな女の子を引き止めるために力強く抱きしめるシーン。今なら、もっと、よりリアルにできる。

「謝らないで」

美聖は息吹に笑いかける。優しく、柔らかく、努めて穏やかに。

本当は今すぐにでも掻《か》き抱《いだ》くようにして引き寄せ、お互いの隙間を埋めるほど強く抱きしめたい、そんな衝動を必死で抑え込んで。

息吹は吸い込まれるような瞳で、美聖を見つめている。今度は美聖の番だ。

「実はあの日っきりにしようと思ってたんだ。息吹さんの放つオーラとか力強い眼差《まなざ》しとか、撮影に向き合う姿勢があまりにも眩しくて、ぬるま湯に浸《つ》かってる俺には無理だなって」

美聖はぐるりと練習室を見回す。美聖の記憶が正しければここはあの日と同じ部屋だ。

「で、スカウトを正式に断ろうと思って翌日事務所に来て、迷子になって、息吹さんがひとりで練習してたここにたどり着いた」

驚きの声が隣の息吹から零《こぼ》れ落ちる。美聖は横目で息吹を見やる。彼女は目を瞠《みは》って驚いている。やっぱり気づいてなかったか、と美聖は喉の奥で笑う。

「それで、ここで泣いてる息吹さんを見た」

「……やだ、忘れて」

困惑したように美聖の腕を摑《つか》む息吹の必死さに、美聖は思わず笑ってしまう。

「恥ずかしいから忘れて」と繰り返す息吹に、美聖はいたずらに首を横に振る。

「だめだよ。だって、あの日の息吹さんのおかげで今の俺がいるんだから」

「え？」

美聖はそうっと練習室の床を指で撫《な》でる。ここに、息吹の涙が、輝かしい舞台で笑顔を浮かべる人たちの涙が、汗が吸い込まれている。

『完璧の裏側って、ぼろぼろで空っぽなんだよ』

どうか、そんな悲しい顔をしないで。

「単純な言葉になっちゃうけど、凄《すご》くかっこよかった。痺《しび》れた。この人に追いつきたい。隣に並びたいって思った」

『だから、私の完璧って壊れかけだし一生懸命光るものを集めてるだけなの』

お願いだから、そんなこと、思わないで。

「息吹さんは、息吹さんでいるだけで完璧だと、俺は思うよ。いや、俺だけじゃない。きっとみんな思ってる」

美聖は顔を上げて息吹を再び見る。彼女は決して泣かない。美聖がどれだけ息吹の追っかけをしていても、彼女の涙を見たのはあの日だけだ。

「息吹さんのおかげで人生変わった俺が言うんだから間違いないよ」

美聖は抱きしめたい気持ちを水面下に沈めこんで、息吹に向かって笑いかける。そうして、彼女の黒い髪を指先で掬《すく》って、そうっと耳にかける。

「止《や》めるって言いに来たはずなのに、撮り直しお願いしてたんだもん」

「……うん、そうなのかなって思ってた」

息吹の返答に、今度は美聖が驚いた。

息吹の髪を耳にかけた美聖の手に、息吹の手が重なる。

最後のシーンにcoc9tailは出てこない。概要は聞かされているだろうが実際に撮影しているところを見ていたわけじゃない。だからこそ撮り直しがきいた。

でも、息吹は気づいていた。

驚く美聖に、息吹が笑う。力の抜けた、自然な笑顔に、美聖の胸が激しく高鳴る。

「みんな気づいてなかったけど、撮影の場所も変わってたし、何よりも美聖くんの表情が全然違うんだもん。すぐ気がついて、気持ち持ってかれて、泣いちゃったんだけどね」

肩を竦《すく》めて笑う息吹は、気持ちを切り替えるようにパンケーキに向き合う。付属のフォークをふたつ手に取り、そのひとつを美聖に押し付ける。

「今日は嬉しいことがあったのでお祝いにパンケーキ丸ごと食べます」

なんて言いながら両手を合わせて「いただきます」とはにかむ息吹に、美聖は愛おしさを募らせた。

＃王子と乙女

梅雨でうねる髪と毎朝戦っているうちに、いつの間にか雨音よりも蟬《せみ》の鳴き声が騒がしい季節へと移り変わっていた。

「暑過ぎる。体力がもうないんだけど」

「わかる。しかも湿気《しっけ》やばい。推しのためにしかこんな外おれんわ」

日本の気候に負けそうになりながらも、七月の頭から始まった期間限定『coc9tailBAR《カクテル》』に友達と並ぶ。ライブと並行して、オープンした『coc9tailBAR』には、メンバーが考案したスイーツや飲み物が並ぶ。名前に因《ちな》んでBARと謳《うた》っているがカフェと同等だ。

そこでしか買えない限定グッズもあるので、店内は毎日賑《にぎ》わっている。

「瑞希《みずき》のチーズケーキ美味《おい》しそうなんだよねぇ」

「わかる。でもやっぱり息吹《いぶき》のやつかなあ」

「推しだもんね」

休日ということもあり、列は後方まで伸びている。友達とふたり、ようやく木陰のところにたどり着き、スマホを開く。

推しを応援するのに情報収集は必須だ。今日のカフェの情報を漁ろうとネットの海にcoc9tailの検索をかける。

「coc9tailで検索したら公式より先に美聖《みさと》のアカウント出てくんのやばくない？」

「っちょ、やめろ。いきなり笑かすな」

隣でグロスを塗り直していた友達は、ぶはあっと噴き出して危うくグロスが頬を掠めそうになる。私も笑いながらそのままフォロー済みの美聖のアカウントへ飛ぶ。

「まず美聖はＩＤがやばいんよ」

「ほんとそれ。息吹推しすぎ問題」

私はファッション雑誌で息吹の美貌に一目惚《ぼ》れしてから、coc9tailファンになった。

そして息吹を推すということはつまり美聖を推すことに繋《つな》がる。

昔、某イケメングループを追っていた時は同担拒否だった私も、美聖に関してはむしろ「私も息吹を推させていただいてよろしいか？」の精神である。これは、息吹ファンが皆一度は通る道だと思っている。

美聖のフォロワーの桁数はその人気を物語っている。そしてフォロー数といえば、たったの三。三である。ひとつはムーンプロダクションの事務所アカウント。ふたつめは、coc9tailのオフィシャルアカウント、そして最後に柊《ひいらぎ》美聖のオフィシャルアカウント（本人アカウントはすでに宣伝用には使えないと事務所に判断されたとの噂《うわさ》がある）。残念ながら息吹は個人的にSNSをやっていないので、美聖のフォロー数はこの先も変わらず三のままだろう。

〈先日こっそりcoc9tailBARに行ってきました。息吹さん考案のブルーベリータルトとバイオレットフィズ（ぶどうソーダ）を戴《いただ》きました〉

美聖はツイートと共に写真を載せているのだが、ガチでブルーベリータルトとぶどうソーダと、限定グッズしか写っていない。かろうじて、飲み物を頼むと付いてくるコースターを支える細く綺麗《きれい》な指先がちらりと写るだけ。

「美聖マジで自分売ってなさすぎてむしろ心配になる。事務所に怒られないのかな」

「美聖くんの姿アップされる時、明らかに隠し撮りの宣伝だもんね」

私は友達と話しながら、もはや息吹宣伝アカウントと化している美聖のツイートを辿《たど》っていく。

「部屋とか息吹のグッズで溢《あふ》れかえってそう」

「オタ部屋とかあるんだろうね。あんだけ人気なら相当稼いでるだろうし」

「むしろオタ部屋が一番でかそう」

「やめて。絶対そうじゃん」

友達と話しながら美聖のツイートを遡り続ける。

その時ふと、「ん？」と胸に引っかかるものがあった。眉間に皺《しわ》を寄せた私に、隣でハンディファンを顔に当てていた友達も、怪訝《けげん》な顔になる。

「どうしたの？」

「いや、ちょっとさあ」

そう言いながらその引っかかりを突き止めるべく、ただひたすらに美聖のツイートをスクロールして過去に遡っていく。

そして、今年入ってすぐの握手会のツイートと、二ヶ月前のツイートのある部分を照らし合わせた時、私の中で引っかかりが確実な変化になる。

「待って……ちょっと待って……」

「なに、どうしたの、やばいこと？」

みるみると表情を変える私に、友達はこの蒸し暑い中ぐいぐいと詰め寄ってくる。それほどまでに私の顔が逼迫《ひっぱく》したものになっていたのだろう。

私は友達に画面を見せながらある部分を示して言う。

「まず、今年入ってすぐのツイート見て」

「うん。てかアカウント名『推し探偵』って何？」

「それはいいから。あと、去年のやつ何個か」

「うん」

友達の黒目がきちんと美聖のツイートを読み込んだのを確認してから、最新のツイートと二ヶ月前からのツイートを見せていく。私は未《いま》だに訝《いぶか》しげな表情のまま美聖のツイートを見つめる友達の顔をのぞき込む。

「わかった？」

「いや全然」

首を傾《かし》げる友達に、私はある部分を指さして言う。

「美聖ってずーっと『黛《まゆずみ》息吹様』とか『天使』とか『女神』呼びだったのに、二ヶ月前くらいからずっと『息吹さん』なんだよ。やばくない？」

「……えーまあ、うーん、やばいか？」

「やばいでしょ！」

「えーそう？　わからん」

「絶対なんかあったって」

私の名探偵ばりの洞察力も虚《むな》しく、友達は「いや特に意味なんてないっしょ」と笑いながらその話題を受け流す。

私はカフェに入ってもなお、ひとり、この美聖の変化の原因を知りたくて堪《たま》らなかった。だって、coc9tailの誰かが結婚するなんて噂が流れている今、息吹推しとしてはその相手が美聖であることを祈っているのだから。

＃

「息吹さん」

「……うん？」

美聖の呼びかけに息吹からは心ここにあらずな声が返ってくる。

美聖は、自動販売機で飲み物を買ったついでにタクシーを頼んだことを息吹に伝えようとしただけだったが、彼女の様子に首を傾げる。廊下を歩くたびに強い日差しが窓を突き抜けてきたが、練習室には窓がない。

それなのに彼女の大きな目は細められている。

（どうしたんだろう？）

息吹は真剣な面持ちでスマホの画面と睨《にら》めっこしたまま動かない。息吹は普段からスマホをほとんど使わない。連絡手段としか思っていないようで、美聖がSNSでバズっている動物系の動画を見せると目を輝かせて笑うほどだ。

そんな息吹が何を真剣に見ているのだろうと美聖は息吹のもとへ戻る。

「どうかした？」

美聖がそう言いながら息吹の隣へ座ると、息吹は「んー」と言いながらようやくスマホから顔を上げる。

悩んだ様子で唇を尖《とが》らせて眉間に皺を寄せる息吹が可愛《かわい》すぎて、美聖の心臓が止まりそうになる。

「うっ！」

「えっ」

「ご、ごめん少し心肺停止」

「えっ？」

美聖は停止した心臓を蘇生《そせい》させるために胸に手を当ててセルフＡＥＤをやる。目を閉じて深呼吸を繰り返し、ドンドンと胸を叩《たた》く。

練習室に美聖が自分の手で胸を叩く音だけが響くなかなかシュールな時間が過ぎ去り、なんとか生き返った美聖は目を開けて隣の息吹を見る。

「ごめん、生き返った」

「えっ、今死んでたの？」

「うん。ちょっと息吹さんが可愛すぎて」

美聖の言語を理解できない様子の息吹に対して「気にしないで。オタクはよく死ぬんだ」と美聖は笑って流す。それから、美聖は息吹のスマホの画面を何気なく視界に入れる。

そこに表示されていた文字を見て、唇が言葉をなぞる。

「マンション？　空き室状況？」

　息吹は美聖の顔を見上げて、それから彼と同じ視線を辿るように、自身が手にするスマホの画面へと黒目を戻す。暗くなりかけた画面をタップして明るくする。その人工的な明るさに反して、息吹の顔は難しそうに顰《しか》められたまま。

「そ。今住んでるところって事務所専属のマンションだから、退所したらそこにはもう住めないし、だったら早めに引っ越そうと思って」

　ふとした瞬間、息吹が芸能界からいなくなる未来が確定していることを、美聖はきつく思い知らされる。

『息吹の部屋が空っぽで、寂しくなる』

『もともと空っぽなのに、解散を発表してから、息吹は誰よりも先に荷造りまで始めてる』

　以前、瑞希が言っていたことを思い出す。

　ちゃんとその兆しは現れているのに、今目の前にcoc9tailの黛息吹はいて、メディアにも頻繁に出ていて、今までと何も変わらずに輝く彼女を見ていると、解散という言葉が溶けてしまう。

　息吹は疲れたように溜息《ためいき》をつくと、スマホの画面から視線を逸《そ》らす。

　ほんの少し、その綺麗な瞳に呆《あき》れを孕《はら》んでいる。

「でも全然わかんなくて。こういう時、私って本当に世間知らずなんだなあって身に染みちゃう」

「……俺だってそうだよ。今のマンションだって片平《かたひら》さんが教えてくれただけで。木村《きむら》さんは何か言ってる？」

「うん。部屋なら事務所で探すって。でも、来年から私はただの一般人になるんだもん。頼れないよ」

「だったら、」

──だったら俺を頼ってよ。

美聖は思わずそう言ってしまいそうになった。

言葉を途中で切った美聖の気まずそうな顔に、息吹が不思議そうに首を傾げる。

「……いやごめん、なんでもない。忘れて」

美聖はそう言って息吹に苦笑する。

息吹は誤魔化す美聖の瞳を、じ、と力強い瞳で見つめてくる。美聖は飛び出しかけた心の内が息吹に見透かされてしまいそうで、思わず視線を逸らして俯《うつむ》く。

（俺の馬鹿）

最近、息吹と一緒にいる時間が増えたせいで勘違いしそうになる。触れそうになる。踏み込みそうになる。そして、そんな時、必ずといっていいほど、噂が美聖の脳裏を過るのだ。

未だにcoc9tailの『結婚』の噂は芸能界をささやかに賑《にぎ》やかせている。

とうとう最近ではその当人を摑《つか》めないまま、噂だけが独り歩きを始めた。そんな噂の格好の的になってしまったのが息吹だった。coc9tail解散後、一番人気を博しているにもかかわらず、唯一、芸能界を去る選択をした彼女についてあれこれとあることないことが付いて回る。

『coc9tailの息吹ってIT社長とデキてるらしいよ』

そんなひそひそ話が不意打ちのように美聖の耳に滑り込んでくることも増えた。

その度に、隣で無邪気に笑う息吹に「本当ですか？」と衝動的に問いかけたくなっては、真実を知る恐怖と、今の関係を壊したくない思いが蓋をしていた。

俯く美聖に、息吹の真っ直《す》ぐな声が飛んでくる。

「ねぇ、美聖くんの家に住まわせて」

息吹の声が美聖の脳内に反芻《はんすう》される。そしてその意味を汲《く》み取った時、美聖は弾《はじ》かれたように顔を上げた。美聖が視線を向けた先、彼女は美しい顔に読めない表情を張り付けて、小首を傾げているだけだ。

息吹の表情には、笑いも甘えも存在しない。ただ真っ直ぐに美聖を見つめている。

戸惑う美聖の顔を見て、息吹はほんの少しだけ唇の端を持ち上げて笑って見せた。

「……って言ったらどうする？」

息吹は、わずかに緩んだ緊張の先で、ひとり続ける。

「家賃もちゃんと払うし、光熱費も食費も生活にかかるお金はきちんと出します」

「え？　あの、息吹さん、」

「ツアーとか撮影で家にいないことも多いから美聖くんに迷惑かけることも少ないと思う。眠れる場所さえ貰《もら》えたら嬉《うれ》しいし、荷物はキャリーひとつぐらいだから、衣装部屋とかでもありがたいくらい」

「いや、待って、あの」

「だから、正式に引っ越し先が決まるまでの間、私を美聖くんの部屋に住まわせてくれる？」

息吹の問いに、美聖は口をかすかに開けたまま何も言い出せない。

言わなきゃいけないことはある。

俳優とアイドルという芸能人同士が一緒に暮らして記者にすっぱ抜かれたらまずいということ。そもそも芸能人同士じゃなくても、友達といえど男女が同じ屋根の下で一緒に暮らすことになったらまずいのではないか。

でも、美聖の口から零《こぼ》れ落ちたのは、ずっとずっと、ずっと彼の胸の内で膨れ上がっていたものだった。

「息吹さんは、結婚、するの？」

とうとうの美聖の水面下で燻《くすぶ》っていた感情が震えかけた声と共に露呈する。

相手にずっと言えなかった言葉は、それまでいつも自分が気にしていた事柄だ。

息吹は美聖の突飛な問いかけに、驚いたように目を見開く。

のらりくらりと過ごしていた関係に、とうとう美聖がメスを入れたのだ。

美聖の色素の薄い優しく甘い瞳に見つめられ、息吹はゆっくりと瞬きを繰り返す。

それから、一度、目を伏せて、長い睫毛《まつげ》を持ち上げて美聖をはっきりと見つめ返す。その表情があまりにも耽美《たんび》で、美聖はなぜだか胸がいっぱいになって、泣きそうになる。

息吹が口を開く。その柔らかな唇がはっきりと声を形にする。

「――するよ」

聞き間違えることもできない、息吹の凛《りん》とした声に、美聖の呼吸が止まった。

息吹と視線が絡まる。美聖の心の奥深くを探るように、息吹の熱の籠もった瞳が、ただひたすらに美聖へ注がれる。美聖はしばらく彼女の視線に自分の視線を重ねていたが、ついに堪えきれず視線を床へ落とした。

（無理だ）

自身の顔が歪《ゆが》むのを、見られたくなかったからだ。

練習室に静かな時間が訪れる。

息吹は、美聖の質問に答えた。だから次は美聖がその答えに対して、応えなければならない。息吹が待っている。美聖は、今すぐにでも砂のように崩れ落ちそうになる身体《からだ》を必死で保ち、床を見つめたまま、声だけを絞り出す。

「……そっか、」

美聖が過去に、息吹へぶつけた言葉が、脳内にこだまする。

――でも、推しが幸せになるのはファンが何よりも望むことだから、

「それは、」

――祝福しますよ。

「やだなあ……」

再び建前をなぞろうとしたのに、気づけば美聖の本音がほろりと零れ落ちていた。

それでも表情は作ろうとした手前、弱った笑顔だけが残って、さらに切実さが募っただけになる。

美聖自身も困惑していた。でも、それ以上に、隣の息吹が困惑していた。

今まで見たことがないくらい当惑しきって、口をぱくぱくとさせながら、素早く瞬きを繰り返し、必死で美聖の言葉を呑み込もうとしている。

そんな息吹さえもやっぱり美聖は可愛くて愛おしくて、目尻を垂らして笑う。

「……ごめん。息吹さんが結婚するっていうのに、『やだなあ』は酷《ひど》い言い草だった」

そう言いながら未《いま》だに愛らしく混乱する息吹の頭を撫《な》でようとして、伸ばしかけた手を、ぐ、と強く握って押さえ込む。

相手がいる人に気安く触れたらだめだ。

美聖の胸が軋《きし》む。爪が手のひらに食いこんでじんわりと痛みが深く突き立つ。

「息吹さんと友達になって一緒に過ごす時間が増えたから、俺の欲が出た」

それでも笑顔は崩さない。まさか俳優業がこんな時に役立つなんて。

「俺、ファン失格だね。息吹さんの幸せよりも、自分の幸せを優先しそうになった」

美聖の言葉に、息吹が「え?」と小さく声を零す。未だに困惑の余韻を残しながらも、真っ直ぐに美聖を見つめる息吹に、美聖の笑顔がわずかに崩れかける。

美聖は隣の息吹から顔を逸らし、正面の壁を眺めながら言う。

「息吹さんがこれからもずっと俺のそばにいてくれたらいいのにって、思っちゃったんだ」

努めて冗談ぽく。そう思ったのに、本音が混じると演技はより難易度を上げる。

本音が介在した冗談は、より、美聖本来の言葉へと色を変えてしまった。

おめでとう、と言わなければと美聖が息吹へと顔を戻すと。

「息吹さん?」

息吹の白い頬が真っ赤に上気していた。

耳まで赤く染めた息吹は、悔しそうに唇をきつく結んで、潤んだ瞳で、キ、と美聖を睨《にら》みつける。

その時、美聖は、その表情も睨みも自分に向けられる理由がわからず、たじろぐ。

その時、美聖に助け舟を出すかの如く、彼のスマホが床の上で震えた。

振動を繰り返すそれに対しても息吹は顔を赤くしたまま睨みを利かせるので、美聖は慌ててスマホを手に取って振動を止める。

「あ、タクシーもうすぐ着くみたい」

あと十分ほどでタクシーが着くとの連絡だった。美聖の言葉を聞いて、先に立ち上がったのは息吹だった。

そんな息吹の顔を見上げた美聖に、下唇を噛《か》む彼女と目が合う。

「私だって結婚するよ、いつかね」

「……え？」

「変な噂《うわさ》に踊らされてる美聖くんをからかおうとしただけなのに」

息吹は荷物を纏《まと》めるために再びしゃがみ、手にあれこれと抱え込む。その顔は綺麗《きれい》なのに、頬は赤く、拗《す》ねた子供のようで可愛《かわい》い。

唖然《あぜん》とするだけの美聖に、息吹は荷物を抱え込んだまま言う。

「知ってる？　結婚ってね、相手がいないとできないんだよ」

「……神様でもやっぱり相手が必要なんだ……？」

「何言ってるの？　結婚しようにも私はまだできないの。相手がいないから！」

そう言い捨てて立ち上がった息吹は「先に行くね」と練習室を出て行ってしまった。

その後ろ姿を眺め、見えなくなったところで、美聖の身体は力をなくし、へなへなと、そのまま床へと倒れ込んだ。頰に触れる床がやたらと冷たい。ああ違う。

「俺の顔が熱いのか」

美聖の声がわずかに跳ねる。わかりやす過ぎる。息吹が着替えと帰り支度を終えて練習室に戻ってくるまで、美聖は床に倒れ込んだまま顔を両手で覆っていた。


練習室を出て、タクシーが事務所の出入口に到着するまでその近くのエントランスホールでふたりは待機する。すでに照明も最小限まで落とされて人気のないそこは、やけに静かだ。

先程のこともあり、お互いに言葉を探していたが、沈黙を破ったのは息吹だった。

「……それで、いいの？」

「え？」

隣の息吹はツバの広い黒い帽子を目深に被《かぶ》っている。その隙間から大きな黒真珠の瞳が隣の美聖を見上げる。変装用のマスクを着けていた美聖は、息吹の意図を摑めず素直に首を傾《かし》げてしまう。そして、慌てて答える。

「結婚ですかっ」

「そのもっと前の話！　美聖くんの家に住まわせてって話！」

そうだ。すっかり結婚の話で流れていた話題を、美聖は思い出し、考えあぐねる。

ひとつの問題を解けても、まだ次から次へと問題は連なっているのだ。

そんな美聖を一瞥《いちべつ》してから、息吹は扉へと顔を向けたまま言う。

「美聖くんは寂しいと思わないの？」

美聖は息吹の声に引っ張られてそちらを見るが、彼女は真っ直ぐ前を向くだけで視線が交わることはない。

息吹は美聖の方を向くことなく続ける。

「会うのはいっつも事務所の中だけ。帰りも絶対別々。会えるのだってときどき。美聖くんは寂しくならないの？」

帽子の隙間から、息吹の長い睫毛が、瞬きの度に揺れる。

「私はこの帰りの時間がいつも寂しい。次会えるまでの時間は、もっともっと寂しい」

淡々と零される言葉に、寂しさなんて感情はないように見える。それでも、確かに、美聖だけが感じ取れるほどの思いが、息吹から伝わってくる。

息吹がようやく美聖を見上げる。

「美聖くんは？」

彼女の頬はもう白へと戻っている。血色の良い赤《い》は肌の下に埋もれこんで、人形のように美しい顔が美聖を見つめるだけ。

「俺は」

美聖の言い淀《よど》む声を遮るように、タクシーのライトがガラス張りの扉を突き抜けてエントランスホールの中を流れるように照らす。

静かな空間にエンジン音が鳴り、美聖のスマホが震える。確認しなくてもそれがタクシーの到着を知らせるものだということは、美聖も息吹もわかっていた。

「……じゃあまた連絡するね」

息吹はいつも通りの調子で言う。そして顔を上げた美聖と視線を交わすことなく、ひとりで出口へ向かって歩き出す。

「あのさっ」

その華奢《きゃしゃ》な背中を見つめ、美聖は握りしめていた拳の力を、ふ、と抜いた。

「息吹さんと俺が結婚する可能性もあるかな？」

美聖の声がエントランスホールに響く。

思いのほか大きかった声に美聖も慌て、振り向いた息吹も、目を見開いて驚いていた。

事務所にほぼ人がいない状態だとしてもゼロなわけではない。美聖は咳払《せきばら》いして平静を取り戻そうとする。

そして前を歩いていた息吹の元までたどり着き、その愛おしい彼女の頬に指で触れる。

「寂しいよ。凄《すご》く、本当に、とても、言葉じゃ言い足りないほど、息吹さんに会えない時間が寂しくて泣きたくなる」

溢《あふ》れ出す言葉は幼稚で、言葉選びなんてできる余裕もなくて、それなのに次から次へと口からこぼれ落ちるものだから、収拾がつかなくなる。

ああ、言いたいことはもっとあるのに。

美聖は息吹の頬を撫でていた指で、彼女が被る帽子を掴《つか》む。

そのまま少しだけツバを持ち上げて、今度は声が響かないように、そっと潜めて。

「息吹さん、俺を頼ってよ」

息吹の耳元に唇を寄せて、ふたりだけに聞こえるような声で美聖は囁《ささや》いた。

「俺の家においで」

息吹の耳が赤くなっていたことに、美聖は最後まで気が付かなかった。

#

その日、美聖は都内の映画館で舞台挨拶に出演していた。

八月に入り夏が本格化してカッチリとした服装の登壇者たちと、ノースリーブ等も着ている客席の差が歴然となる季節だ。

主演は昨年朝ドラ主演だった女優、錦城《きんじょう》モネで、美聖はその恋人役だった。

「今回はミステリー要素も含んだ作品となっていますが、恋人に秘密があると知った時、皆さんは深追いする派ですか？　錦城さんいかがですか？」

「私はやっぱり恋人でも個人の尊厳があると思うので——……どこまでも深追いしますね！」

「するんですね！」

インタビュアーの質問に、錦城はさっぱりとした笑いを交えて答える。

彼女はそのまま隣にいる美聖へ身体を向けて「柊くんは？」と話を振る。客席では映画館にもかかわらず、今日のためにお手製の美聖うちわを作っている女性客もいる。

美聖は、手にしていたマイクを口元へ運ぶ。

「そう、ですねえ————……」

「長い長い柊くん長い」

錦城のツッコミに笑いながら、美聖は腕を組んで考え込みながらはにかむ。

美聖の、こういう舞台に登壇しても飾らない姿は、多くの人の心を何気なく摑む魅力だ。

「じゃあ柊さんには回答を温めてもらって、お次、諏訪原《すわばら》さんはいかがですか？」

美聖は一旦飛ばされ、出演者たちが続々と回答していく。

瞬間的にオチに回された美聖は、他の出演者の答えを聞きながら、質問について考える。

(恋人の秘密……)

そう考えたとき、美聖の脳内に無意識に浮かび上がったのは、紛れもなく息吹だった。

美聖は誰かに脳内を覗《のぞ》かれたらまずいと慌てて、煩悩を打ち消そうとする。


現在、美聖と息吹は絶賛、各自のマネージャーと冷戦中だ。

もちろん内容はふたりの同居について。

息吹に「おいで」と告げた翌朝、迎えに来た片平が運転する送迎車の中で、美聖はなんとはなしを装って打ち明けた。

『片平さん、あのさ、俺さ』

『またネコ型ロボット探すとか言わないでくださいね』

『息吹さんと一緒に暮らしていい?』

『やっとですか…………エ? ヱ? ゑ?』

担当の送迎もマネージャーの仕事なので、息吹が美聖のもとへ住むことになったら、必然的に息吹のマネージャーである木村には打ち明けなければならない。それは片平へも同様だ。誤魔化しようはいくらでもあるのかもしれないが、息吹も美聖も性格上、そういったことができないタイプだった。

『つまり、ふたりはそういう関係ということですか？』

バックミラー越しに片平が血走った眼《め》で、美聖を見つめてくる。

『信号青だよ』と美聖が言えば、片平が『青は進めぐらい知ってますよ。それで、おふたりも青ですか？』なんて最高につまらないジョークまで入れてくる。

美聖はシートに後頭部を預けつつ、『いや』と零《こぼ》しながら、ミラー越しに交わらせていた片平との視線から逃れる。

美聖の記憶が引き潮のようにあの夜へと戻される。

――あの日、去り際の息吹の言葉が、美聖の耳の奥にべったりとこびりついて離れない。

『私と美聖くんが結婚する可能性は、今のところゼロだよ』

薄暗いエントランスホールの中、息吹の潜められた声はいつもよりも低い。

息吹の言葉に、美聖の動きが思わず止まる。

それに反して、息吹のほっそりとした手が美聖の腕へと伸びる。

『私はcoc9tailの黛息吹だから』

息吹の手が、美聖の腕を掴む。

突き放すような強気な言葉と、縋《すが》るような弱々しい手が相反していて、彼女の孤独を物語る。いつも凛《りん》としていて、どこまでも澄んだ息吹の瞳が、ほんの少し、砂粒程度の不安に駆られている。

『こんな危ない橋を渡る私を、受け入れて大丈夫なの？　離すなら、今だよ』

息吹の語尾が微《かす》かに震えていた。

美聖は息吹を見つめ返す。そして、自身を彼女に照らし合わせる。

例えば、今、美聖の人生の柱となっている俳優業が来年から跡形もなく消えたとする。

もちろん今まで成してきたことは消えない。それは逆をいえば、足枷《あしかせ》にもなりうる。

『こういう時、私って本当に世間知らずなんだなあって身に染みちゃう』

『来年から私はただの一般人になるんだもん。頼れないよ』

息吹は、いったい今までどれほどこの暗い闇に全身を覆われただろう。一歩一歩、真っ暗な、不確定な未来へと近づく恐怖。

今の美聖から俳優を取り上げたら、何も残らない。傍《はた》から見ればそんなことはないと言えることも、自分自身ではお先が真っ暗に思える夜もある。

美聖の腕を掴む息吹の手を、自身の手で静かに引き剝がす。息吹の顔がにわかに歪《ゆが》む。

そうして美聖は改めて、息吹の手を自身の手で力強く包む。

『息吹さんが危ないなら、なおさら一緒にいるよ』

息吹の闇を包み込むように、美聖は優しく微笑《ほほえ》んだ。

美聖の微笑みに、言葉に、瞳の奥に濁りを見せていた息吹の表情が、ゆったりと綻んだ。

片平が運転する車が再び停止する。窓の外を眺めていた美聖は、何か言いたげにミラー越しに見つめてくる片平に、声だけで返事をした。

『片平さん、ごめんね。今回の件だけはどうしても引けない』

正しさや秩序だけでは、掬《すく》いきれないものは確実にある。

美聖の答えに、片平は小さな溜息《ためいき》で、冷戦を告げた。

その後、息吹からの連絡で、向こうも同じような状況であることを察した。


「それじゃあ戻りまして、柊さんお願いします」

インタビュアーの声に、美聖は我に返る。すっかり記憶の旅に思い耽《ふけ》っていた美聖は、慌ててマイクを口元へ運ぶが声が出てこない。

「えっと、」

「ちょっと、まだ考えてたの？」

錦城の助け舟に相槌《あいづち》を打ちつつ、目を泳がせる。その先で、客席の女性客が手にするうちわが目に入る。美聖という文字を囲うのは、紫。息吹のメンバーカラーだ。

「僕は……恋人の秘密ごと、愛したいですね」

その紫に、答えた。

「話してくれても、話してくれなくても、その秘密の部分も、その人を構築する一面だと思うし、その人が自分の愛する人であることに、変わりはないので」

するりするりと川が下流へ流れていく摂理のように、美聖の言葉が意味を持って形を成す。相槌を打つばかりで進行役を失った舞台上に、錦城が「オチが一番良い事言いましたね」とからからと笑って、その場を収めた。

「それでは次に移りまして、本日はですね、観客の皆様にはお伝えしていなかったサプライズゲストが来てくださっております！」

そして、本日の舞台挨拶の裏メインであるサプライズゲストが進行役によって紹介される。劇場が一度真っ暗になり、舞台袖にスポットライトが当たり、彼らが現れた。

「本日のサプライズゲストは今回の主題歌を務めましたSH/KI《シキ》の皆様です！　皆様大きな拍手をお願いいたします！」

突如現れた四人組の美男に、観客席が悲鳴に沸く。拍手よりも大きな黄色い声を浴びながら、SH/KIの四人が舞台に登壇する。圧倒的カリスマオーラを放つ彼らに、全注目を持っていかれて、美聖はどこかでほっとしていた。

そして、マイクで監督と談笑する遊佐《ゆさ》の隣で、朗らかに微笑む周音《あまね》と目が合う。彼が意味深に美聖へ零した微笑に、美聖の背筋は自然と伸びるのだった。

舞台挨拶は無事に終わり、美聖は片平に一言入れてからSH/KIの楽屋に向かっていた。

その直前、片平は「美聖さん」と、わざわざ美聖を呼び止めた。

『美聖さんと息吹さんのこと僕個人としては応援してます。でも、だからこそ、マネージャーとしては、現状での同居は応援できかねます。それだけは言わせてください』

そう言った片平の顔が複雑で切なげで、美聖は思わず「ごめん」と謝ってしまった。片平は、決して頭ごなしに否定しているわけではない。その優しさが美聖の心をきつく縛る。

下唇を噛《か》んで歩幅を広げて廊下を歩く。いくら歩調を速めても片平の言葉が振り切れない。突き当たりがSH/KIの楽屋だ。その時、美聖が目的地としていた扉が開いた。

「明日？　ああ、大丈夫だろ」

スマホで電話をしている遊佐が現れたかと思うと、向こうも美聖に気がつく。やたらと優しい表情の遊佐に、男の美聖でさえも胸が高鳴ってしまう。遊佐は電話の相手と話をしながら、楽屋の扉を開けたまま、目線で美聖に「入れよ」と合図をくれる。

「ありがとうございます」

美聖は、電話の邪魔にならないぐらいの声量でお礼を告げ、SH/KIの楽屋へと入った。

「お、久しぶりだね、柊」

周音は楽屋の中央にある黒革のソファーに腰掛けていた。美聖に気づくと、手招きをする。

その奥にある畳の空間では、SH/KIのメンバーである暖太《ひなた》と椿《つばき》がなぜか折り重なる形で眠っている。

「あのっ」

美聖が前のめりで周音に声をかけると、向こうは柔らかな笑みを浮かべたまま向かいにあるソファーを指さす。

「まあまずは座りなよ」

「はい、ありがとうございます」

美聖はソファーに座ると、太ももの上に乗せた手をギュ、と握りしめる。

そんな美聖に対し、周音は正面で足を組んで、背もたれに身体《からだ》を預けて優雅に微笑んでいる。その目は真っ直《す》ぐに美聖を見据えている。美聖は周音を見つめ返し、口を開く。

「単刀直入に言います。息吹さんと同居させていただきます」

美聖が太ももの上で握りしめた手のひらは、緊張で自然と汗ばんでいる。向かいの周音は、悠然とした態度でゆったりと足を組み替える。

「ただのファンが随分と頑張ったね」

「あ、いえ。その、ひとまず、息吹さんの新しい家が見つかるまでの間になります。どうぞ、俺のこと煮るなり焼くなり好きにしてください」

美聖の言葉に、周音はキョトンとしたかと思うと、途端に口元へ手を当てて笑った。その、垂れた目尻のすぐ下に三つ連なるほくろが、やたらと色っぽい。

周音は、ふふ、と笑ったまま、美聖の顔を覗き込むように下から見る。

「きみ、そんなこと言いにきたの？」

「はい。周音さんと息吹さんが兄妹《きょうだい》である前に各々を尊重しているのはわかってます。でも、やっぱり周音さんにとって息吹さんは大事な妹さんですから。だから、」

「おれが駄目って言ったら同居しないの？」

「え？」

周音の目が弧を描いたまま、すう、と細まる。人の心の奥底を見透かすような、見定めるような視線。一瞬でも隙を見せたら全てを暴かれそうだ。
ジ、と力強く真っ直ぐ見つめる息吹とは相対しているのに、その根底にあるものは同じだ。
「おれが息吹に近づくなって言ったら、潔く手を引く？」

周音はそう言うと、ソファーの肘掛に肘をつき、頬杖《ほおづえ》をついた手の指先で自身の唇を撫《な》でる。その様から、人がサスペンスものを観《み》ている時に、結末を予想しているかのような、そんな余裕が滲《にじ》む。美聖は一度、唾を飲み込む。

そして、自分よりも圧倒的強者である周音を、懸命に見つめ返した。

「他なら何でも差し出します。でも、息吹さんだけは、譲れないです」

美聖ははっきりと言い切る。そんな彼を、周音は緩やかに口端を持ち上げたまま眺める。

周音の、小さな顔に添えられた手のうちの小指が、自身の下唇を、するりと、撫でる。

周音は長い間、じっくりと美聖を吟味したのち、

「ぶはっ」と、思いきり噴き出した。

周音は、くくっ、と笑いを噛み締めては、目の奥を穏やかに染める。

「ごめんごめん。柊があんまりにも健気《けなげ》で意地悪しちゃった」

ふうー、と細い息を吐き出しながら周音が呼吸を整える。それから、指先で前髪をかきあげると、再び背もたれにゆったりと寄りかかる。

「おれと息吹はお互いに干渉しない。だから、柊がおれに許可を取る必要なんてないんだよ」

周音は両手を太ももの上に置いて、指を組む。柔らかな微笑に反して、貴族のような雰囲気に、美聖の胸中に緊張が走る。

「でも、ありがとう。柊がそういう人間でよかった。だから、息吹も心を開いてるんだろうけど」

静かな楽屋に、「八百万の神です」と暖太の寝言が響く。周音は楽しそうに笑いながら折り重なって眠るふたりへ視線を向ける。そうして美聖に横顔を向けたまま、唇を開く。

「あいつこの頃よく連絡寄越すようになったんだよ。やたらと事務所で撮った食べ物の写

真ばかりなんだけど」

その、喉の奥で笑いを押し殺したような周音の様子から、美聖は、彼に全て見通されていることを察する。

「パンケーキ、美味《おい》しかった？」

美聖が前のめりで「世界一」と答えると、「大袈裟《おおげさ》だな」とまた笑われる。

「それで？　きみら双方のマネージャーはなんて？」

不意に攻め込まれた核心に、美聖の目が動揺で見開く。そのささやかな動きだけで周音には十分伝わったようだ。

「まあ、そうだろうね」

「……何とかしようともがいてます」

美聖の掠《かす》れた声に、周音が「大袈裟だね、ほんと」とまた言葉を重ねる。そして、足を組み替えると「柊」と、風が吹き抜けるような優しい声で、美聖を呼んだ。

「まあ、その件はおれに任せて。息吹に気づかれないように手を回すぐらいが兄としてちょうどいいんだ」

周音の目の下にある三つのほくろが、彼の表情が変わる度、楽しそうにその美しさを引き立たせる。

「それに、柊のことも気に入ったからね。やっぱりおれたち兄妹ってことなんだよ」

周音はそう言って嬉《うれ》しそうに歯を見せて笑った。その笑みに、美聖は彼を初めて親しい人間のように思えた。

そして、息吹との笑みが重なって、改めてふたりは兄妹なんだな、と実感した。

#

「お邪魔します」

(先祖の皆様！　俺の家に！　今日！　女神が！　参りました！　ありがとう！)

「美聖くん？」

「今日は女神記念日！」

「はい？」

結果としていえば、美聖と息吹の同居は、事務所でも極秘にて許可が下りた。

片平も木村も絶対に口を割らなかった。だが、ふたりの苦虫を噛み潰したような表情から察するに、周音の圧力がかかっているのは明らかだった。

息吹が美聖の部屋にやってきたのは、連日猛暑だというニュースが流れ続け、アスファルトの向こうに蜃気楼《しんきろう》が見え隠れし、蟬《せみ》が喧《やかま》しく鳴く八月半ばだった。

「お邪魔します」

「どっ、どど、どぞっ」

美聖が暮らすのは、都内の高級マンションの最上フロアをぶち抜いた部屋だ。片平から紹介された通り、ムーンプロダクションと繋《つな》がりのある不動産会社が仲介になっている。その為《ため》、少なからず、美聖の他にも同じ事務所の芸能人も住んでいる。

記者に追っかけ回されている息吹が、新居をここにしても、少しの間なら逃げ果《おお》せられるだろうという算段も、事務所側にはあったようだ。

「息吹さん、本当にキャリーひとつだけなんだね」

美聖はそう言いながら、息吹のキャリーバッグを代わりに持つ。息吹はわずかに驚いて、それから「ありがとう」と笑うと、靴を脱いで美聖の家へ上がる。

「前のところ家具とか全部備え付けだったし、大切な物はあんまり作らないようにしようって思ってたから」

美聖は息吹の言葉に、胸の奥がちくりと痛む。大切なものを作りたがらない人は、誰よりも自分の内にあるものを大切にする人だ。

リビングに息吹を通しながら、美聖は彼女に微笑《ほほえ》みかけた。息吹のキャリーバッグはあまりにも軽い。それならば、今からでも重たくしていけばいい。

「これからは大切な物ができたら、好きなだけこの家に置くといいよ」

「え？」

「息吹さんの大切な物は、俺にとっても大切な物だから」

美聖の柔らかな声に、息吹は言葉の意味を呑み込んで、少し遅れてから「ありがとう」と、また頬を緩ませて笑った。

明日もふたりとも通常通り激務だ。美聖は少しでも早く息吹に休息を取ってもらいたいと、シミュレーション通りに手早くかつ丁寧に、部屋を案内する。リビング、キッチン、お風呂、御手洗《おてあらい》、と順に説明していく。

「で、最後にここが息吹さんの部屋。ベッドをネットで注文したんだけど何だか遅れてるみたいで、だから届くまでは申し訳ないんだけど、俺のベッド使ってくれる？」

「美聖くんの？」

「あっ、もちろん大丈夫だよ！　息吹さんの清らかさを保つために今日全部買い換えたから！」

（清らかさ…？）

仕事終わり、息吹用に特注で頼んだベッドが届くのが遅れているとわかった美聖は、慌てて寝具店へと駆け込み、自身のベッドリネンを全て一新した。

美聖の説明に、息吹は「ふうん」と読めない表情で鼻を鳴らすだけだ。

一通りの説明を終えて、美聖は息吹をリビングへと案内する。ことなきを得ることができそうだと安堵《あんど》した美聖を見透かしたように、息吹がふと立ち止まる。そして、美聖がその背中でさりげなく隠していた、とある部屋の扉を、彼女の細い指が容赦なく指し示す。

「美聖くん、この部屋は何？　まだ教えてもらってないよ」

「え？　……あ、そこは、うん、俺の聖地だから気にしないで」

「聖地？」

首を傾《かし》げる息吹に、美聖は明後日《あさって》の方を向いて誤魔化す。美聖が息吹から視線を逸《そ》らした隙に、彼女は美聖と扉の隙間にするりと華奢《きゃしゃ》な身体を滑り込ませる。そうして彼女は躊躇《ためら》いなくドアノブに手をかける。

「あっ、息吹さんだめ！」

美聖は我も忘れて、息吹の身体に後ろから覆《おお》い被《かぶ》さる。ドアノブに触れる息吹の手の上に、自身の手を重ねる。だが、息吹の動きの方がほんの数秒早く、扉は音も立てずに開く。

「わっ」

息吹は、勢いよく開いた扉と、背後の美聖の近さに、驚いて足をもつれさせ、転びそうになる。だがその前に美聖の腕が、息吹の細い腰にするりと滑り込み、その身体ごと支える。

「息吹さん、ごめんね、大丈夫？　怪我《けが》してない？」

美聖の心配に応えようとした息吹は、開け放たれた部屋を見て、啞然《あぜん》としたように固まってしまう。美聖は息吹を助けるために必死になりすぎて、開かずの間が開け放たれてしまったことに、今更ながら気がつく。

「……私だ」

息吹は驚いた表情のまま、ぽつりと呟《つぶや》いた。美聖は、未《いま》だに息吹を抱き留めたまま「ううう」と小さな呻《うめ》き声を上げる。

「凄《すご》い……ぜんぶ、私？」

美聖は耳を真っ赤にしながら、息吹に回していた腕をそっと解く。

「……俺の聖地って言ったでしょ」

羞恥に悶《もだ》えるように両手で顔を覆う美聖から、くぐもった声がやってくる。息吹は笑いながら、その部屋に足を踏み入れる。美聖は熱くなった顔を手で覆いながらも、指の隙間から息吹を盗み見る。どんな感情に呑《の》み込まれようとも、生息吹を見ることの方が重要なのだ。

壁一面、棚一面、部屋一面、息吹で溢《あふ》れた部屋に、本物がいる。

デビュー当初のものから、最近のカフェのグッズまで、綺麗《きれい》に陳列されたそこを一通り眺めた息吹が、くるりと振り返る。指の隙間から息吹を覗《のぞ》いていた美聖と目が合う。

あからさまに照れる美聖に、息吹は口元を緩めたまま、彼の前まで戻ってくると。

「美聖くんって、私のこと本当に好きなんですね」

息吹はいたずらっぽく言う。息吹のその言葉に、おそらく他意はない。彼女のファンである美聖ならそのことは十二分に理解している。理解しているはずなのに、今、美聖に向けられた息吹の『好き』は、ほんの少し揺れている。そんな気がしてしまった。

思い違いかもしれない、と美聖は騒がしい心臓を落ち着かせる為、深い呼吸を繰り返す。

美聖は「はあ——」と長い息を吐き出してから、顔を覆っていた手を離す。息吹の前へ、端整で、少し赤らんだ顔が晒《さら》される。息吹が楽しそうに笑う。

そんな息吹の顔でさえも美聖にとっては堪《たま》らなくて、考えるよりも先に唇が動く。

「好きだよ。本当に好き」

真っ直《す》ぐこぼれ落ちた美聖の言葉に、息吹は不意を突かれたように唇を結ぶ。息吹ほどの存在ともなれば、『好き』を貰《もら》う数は計り知れないだろう。ありがとう、とキラキラなアイドルの笑顔で受け止められると踏んでいた美聖は、息吹のぎこちない表情に、固まる。

「あ、えっと」

そのぎこちなさが美聖の表情にも伝染する。なんとか、この状況を打破しようとするも、息吹にぎこちなさを生ませてしまった自分の『好き』に、今更ながら恥ずかしさが募る。

突然、息吹が「はい！」と右手を挙手すると、戸惑う美聖をよそに口を開く。

「さっ、先にお風呂頂いてもいいですか？」

「え？　あ、うん、もちろん」

「ありがとう。じゃあ、行ってきます」

息吹は逃げるように部屋を出て行く。そんな彼女を見送ってから、美聖は再び両手で顔を覆うと、パタリとその部屋の真ん中に倒れた。

息吹がお風呂に入っている間に、美聖はソファーに自分の寝床を作る。

お風呂は息吹が来る前に済ませてある。人は神に会う時、先に身を清めなければならない。

「美聖くん、もしかしてここで寝るの？」

息吹に不意に声をかけられ、美聖は我に返る。気を紛らわせるためにネット配信の映画を観《み》ていた美聖は、すでにお風呂から上がっていた息吹に気がつかなかったのだ。

（何をしようとも息吹さんの存在にびっくりしちゃうな、夢現《うつつ》みたいだ）

息吹はソファーの脇に立ち、Tシャツにハーフパンツという格好だ。MVの衣装でもっと露出の多い格好をしていたこともあるはずなのに、美聖は目の行き場を失う。

「あ、うん、明日も早いしもう寝ようか」

美聖の言葉を聞く息吹の視線が、ソファーに置かれた毛布や枕へ移る。

「私、ソファーで寝るよ。美聖くん、ただでさえ忙しいのに、ここで寝たら疲れ取れないよ」

息吹の言葉に、美聖は小さく笑う。端から息吹をソファーで寝かせるつもりなど毛頭ない。

美聖はソファーに腰掛けた状態で、息吹を見上げながら言う。

「だめだよ。俺はどこでも寝れるから」

だが、息吹も息吹で引く気はないらしく、すぐさま言葉を返してくる。

「私もどこでも寝れる。それに、ここの家主は美聖くんだよ」

「だからだよ。家主の俺が、息吹さんにベッドを使ってちゃんと休んで欲しいって思ってるんだよ」

「……でも、」

息吹が言い淀《よど》む。その間に美聖は大型テレビの電源を落とす。ゆっくりと腰を上げ、息吹を見下ろしてからゆったりと笑う。

「寝室わかる？　電気の場所とか教えるね」

美聖は、すでに話の決着はついたとばかりに歩き出す。その後をついてくる息吹は、まだ策を練っているような表情だ。

美聖は、息吹を寝室に通す。そこは至ってシンプルだ。部屋の中央にキングサイズのベッドが置かれ、サイドテーブルの上にはいくつもの本とアロマが置いてある。

「息吹さんが眠りやすいよう好きにしてね」

美聖は言いながら、自分が普段寝ているベッドに息吹が眠るのを想像して、彼女が使った寝具は、聖地に祭壇を作って飾ろうと密《ひそ》かに誓う。

息吹から応答がないことを怪訝《けげん》に思い、美聖は後ろをちらりと見やる。彼女は整った顔に少しの眠気を滲《にじ》ませながら、無言でキングベッドを見つめている。

すっぴんの息吹はいつもよりもあどけなくて可愛《かわい》い。美聖にとってはメイクをしていても、すっぴんでも息吹の存在そのものが可愛いので、つまり、なんでも可愛いのだ。

今日の美聖の予定は、全てが息吹中心に回っていた。完璧に仕事を終わらせ、帰宅途中で寝具店に寄り、家に帰ってから、ただひたすらに隅々まで掃除した。

普段なら今の時間にはうとうとしているのに、息吹という偉大なる存在によって、美聖のアドレナリンは放出しっぱなしである。

「じゃあ、俺はリビングにいるから何かあったらすぐに呼んで」

美聖が続けて「おやすみ」と言いかけた時、息吹の手が美聖の腕を掴《つか》んだ。

息吹はお風呂上がりだからか、白い肌がほんのりと朱に染まっている。息吹は美聖と目が合うと、大きな黒真珠の瞳をふいと逸らす。だが、美聖の腕を掴む手の力が緩むことはない。

「息吹さん？」

柔らかく問いかけつつ、美聖は平静を保つのに必死だった。息吹の徐々に濡《ぬ》れゆく瞳はあまりにも甘美で蠱惑《こわく》的だ。おそらく羞恥だとか、悔しさで滲む類のそれは、幼稚なはずなのに、息吹となるとまるで違う。いや、特別なのは、美聖がそう感じるからだ。

息吹がキングサイズのベッドを睨《にら》みつけたまま、言い淀むように、けれど、はっきりと唇を動かす。

「一緒に寝ればいいんじゃないの」

「……………え？」

固まる美聖を息吹は睨みあげる。息吹は、摑んでいた美聖の腕をそのまま引っ張ってベッドへ向かう。不意打ちの言葉に、美聖は力が抜け落ちて、引きずられるままになる。

「これだけ広いベッドなら、踊ってもぶつからないよ」

「いや、あの」

「人気俳優をソファーで寝かせて体調でも崩されたら寝覚めが悪いの」

「息吹さん」

美聖が慌てて息吹の言葉を遮ろうとするが、彼女の口を止めることはできない。

「美聖くんが何かと言いつつどうせ私に手を出さないのも知ってるし」

息吹のどこか自嘲にも聞こえる言葉が、美聖の心の奥底に亀裂を入れる。美聖はぎゅ、と手を握りしめる。手のひらにきつく食い込む爪の痛みで必死に理性を失わないように保つ。だが、美聖の雰囲気が変わったことに気がついた息吹は、美聖の瞳の奥で燻《くすぶ》る熱を感じ取って、口を噤《つぐ》んだ。そんな息吹に追い討ちをかけるように、美聖の低い声が、彼女を縛る。

「息吹さんは、俺の何を知ってるっていうの」

いつもと違う様子の美聖に、息吹は目を瞠《みは》る。美聖の形の良い唇《い》がゆるりと動く。

「ねえ、息吹さん」

美聖が不意に甘い声で息吹を呼ぶ。彼女の気が緩んだ一瞬の隙に、摑まれていたその腕を息吹の手から引き抜き、驚く彼女の吐息さえ押し潰すように、ベッドの上へ押し倒す。

「……俺に手を出される覚悟はできた？」

美聖は笑みのひとつもない真顔で息吹を見下ろす。息吹の手首を縛り上げる指先に力が籠もる。痕が残るほどではない。けれど、息吹の中には刻み込まれるだけの力。

「美聖くん、」

息吹の声に、美聖は応えない。ただじっと息吹を見下ろし、影を強めた瞳でゆっくり瞬きをするだけ。欠けた月が闇夜に小さな灯を与えるような、そんな満たされない感情が、美聖の表情に滲む。押し倒された息吹は、美聖の下で、きゅ、と結んでいた唇を解く。

「……みさとくん」

美聖はその呼びかけにも応じず、そっと息吹に近づく。互いの唇が触れる寸前で、息吹はもう一度、美聖の名前を絞り出す。その声は、微《かす》かに揺れていた。震えていた。

美聖はその瞬間、ぎゅ、と目を瞑《つぶ》って。

「――観自在菩薩 行深般若波羅蜜多時 照見五蘊皆空 度一切苦厄」

「え？」

「舎利子 色不異空 空不異色 色即是空 空即是色 受想行識 亦復如是 舎利子 是諸法空相 不生不滅 不垢不浄 不増不減」

　突然、ひたすらにお経を唱えた。

　そして、そのまま美聖はお経を唱えながら、息吹の顔に触れることなく、横を通り過ぎ、シーツにぼふ、と顔を埋めた。息吹の手を縛り付けていた美聖の手もゆるりと解ける。だが、依然として美聖は、息吹に覆《おお》い被《かぶ》さったまま。息吹の呼吸が微かに乱れていることに気づきもしない。

「……ごめんね」

　美聖はシーツにくぐもらせた声で、息吹に謝る。その後悔の滲む声色に、息吹が動く気配がする。その刹那、美聖の頭に優しい温《ぬく》もりが落ちてくる。

「私も、ごめんなさい」

　息吹の声に合わせて、美聖の頭を息吹の手が撫《な》でる。その優しい動きに、美聖の胸の奥が息苦しいほどに満たされる。

「息吹さんは存在が神だから全部正しいよ」

　そう言いながら美聖は恐る恐る息吹へと顔を向ける。息吹は穏やかな面持ちで、美聖を見つめていた。

「そんなわけない」

「勝手に俺が逆らおうとしちゃっただけだから」

でもね、と美聖は言いながら、美聖の頭を撫でる息吹の細い手首を音もなく摑む。先ほどとは違って、どこまでも慈しむような美聖の手つきは、泣きたくなるほど優しい。

静かな部屋に、ふたりだけの呼吸が交わる。

「手を出せないんじゃなくて、手は出せないんだよ」

美聖は息吹の顔を至近距離で見つめ、恥ずかしさを笑顔の中に閉じ込めて言う。

「……どんなに出したくなってもね」

美聖の掠《かす》れた声に、息吹の白い頰にじわりと朱が滲む。果実が熟れゆくように耽美《たんび》な息吹の表情に、美聖もうっとりと見惚《みほ》れながらも釣られて顔が熱くなる。夜の時間は危うい。白いシーツが全てを隠してくれると錯覚して、その罠《わな》に落ちてしまいそうになる。

美聖は、赤くなった息吹の顔を見つめ続けたいのを、グッと堪える。

「是故空中 無色無受想行識 無眼耳鼻舌身意 無色声香味触法 無眼界 乃至無意識界 無無明 亦無無明尽 乃至無老死 亦無老死尽 無苦集滅道 無智亦無得」

「それやめてくれませんか、夢に出そう！」

「俺もです」

お互いに笑い合っているうちに、疲れがどっと溢《あふ》れ出て、いつの間にかふたりとも同じベッドで眠ってしまったのだった。

#

美聖と息吹の生活は、本人たちが思っていたよりも順調そのものだった。というのも、お互いに俳優としてアイドルとして芸能界のトップに君臨しているだけに、家を空けることが多いのだ。

息吹は当初から美聖に言っていた通り、全国ツアーもあるのでなおさらのこと。

つまり、共に暮らすといっても常に一緒にいるわけではない。実際、美聖と息吹の同居生活が始まってすでに一ヶ月が経《た》とうとしていたが、ふたりでテーブルで向かい合って夕飯を食べたのは、片手で数えるほどしかない。

美聖はちらりとキッチンの時計を見て、息吹の部屋へと向かう。息吹用に特注で頼んだベッドは翌日にはきちんと届き、ふたりが寝室を共にしたのは初日だけとなった。

「息吹さん」

息吹の部屋の扉を軽くノックするが応答はない。この日常に自分自身が若干慣れつつあることに美聖は、慣れない。

数度のノックを繰り返し、返事がないことを確認してから「ごめんね、入るよ」と美聖は扉を開ける。息吹は白を基調としたベッドに、未《ま》だ横になっていた。黒く艶《つや》やかな髪が、カーテンの隙間から差し込む光によってよく映える。

「女神様おはよう。あ、息吹さん、おはよう」

「……んー」

「木村さんが迎えに来る前に少しでも何か食べよう」

「んー」

多忙だとしても、同じ朝を迎える日はこうしてふたりの生活は重なる。むしろ夜はどうしても予定が合わないため、朝だけでも一緒に過ごしたいという美聖のささやかな願望もある。

息吹は枕に顔を埋めたまま「んー」しか言わない。が、起きなければとは思っているらしく、力のない右腕が、そろそろ、と美聖の前へ伸びてくる。

「息吹さん、起こすよ」

美聖は息吹の細い腕を掴み、もう片方の腕を彼女の首と枕の隙間に差し込んで、ぐ、と抱き起こす。

息吹はといえば、美聖に全体重を預け、彼の肩口に顔を寄せては、弱々しい声で呟《つぶや》く。

「おはよう」

「おはよう。目覚めた？」

「……最初から起きてるよ」

「そっか。さすが息吹さんだね」

息吹の寝起きからの強がりに、美聖は思わず破顔する。抱き起こした時、瞼《まぶた》も開いてない状態の息吹を、美聖はしっかり見ている。それでも息吹は必ず一度は強がるのだ。

「木村さんが来る前に朝ごはん食べよう」

「……うん、食べる。ありがとう」

息吹と生活を共にしてから、日々の新しい息吹の発見に、美聖の頬は緩みっぱなしだ。

息吹が美聖にとって、女神で天使でお姫様でアイドルで高嶺《たかね》の花であることは今も変わりない。それでも、毎日更新されていく素の息吹に、美聖の胸は常に初恋モードだった。

息吹と洗面所で分かれ、美聖はダイニングテーブルに向かい合わせで朝食を並べる。

息吹はデビューしてから朝ごはんという概念が抜け落ちていたらしく、美聖が用意する朝食にいつも笑顔を見せてくれる。

「だし巻き玉子だっ。やった」

先程まで「んー」しか言わなかった女の子はもういない。朝のスキンケアを終えた息吹は、外出用のラフな格好に着替えて自分の席に着く。

息吹は美聖と暮らすようになってから、ふたりで過ごす朝は必ず朝食を取るようになった。その後、お昼や夜は自分で厳しく制限しているようだが、美聖の作ったごはんはきちんと食べる。

「いただきます」

「いただきますっ」

ふたりで手を合わせる。温かな湯気の立つ朝ごはんを口に運ぶ。たったそれだけの、本当に何気ない、ささやかなこの時間が、美聖も息吹も好きだった。

身支度を整え、木村の迎えが来た息吹が玄関に向かう。その後を美聖も追いかける。

「今日は帰り遅くなると思う。あ、美聖くんは向こうのホテル泊まるんだっけ」

「うん。雨も降りそうにないからみっちり撮影してくるよ」

今日も美聖は映画の撮影だ。ロケ地がかなり遠いのでそのままホテルに泊まるスケジュールになっている。美聖が帰ってきたら今度は息吹がツアーで地方に飛ぶ。こんな繰り返しだ。

「お互い頑張ろうね」

「うん」

スニーカーを履いた息吹がくるりと振り返る。寝起きとは違い、非の打ち所のない息吹の双眸《そうぼう》が美聖の顔を見上げる。口元の笑みが少しだけ悪戯《いたずら》を孕《はら》んでいて、美聖はさりげなく身構える。息吹は朝が弱くて、朝食は和食が好きで、実はイタズラが好き。

ファンに留まっていたら知ることのなかった息吹の一面に、今、美聖は確実に触れている。

「昨日美聖くんの映画観《み》たよ」

「え？」

「胸きゅん必至の同居ラブストーリー」

「う、わ、やめて観ないで息吹さん」

「きゅんきゅんした」

「ほんと、あの、恥ずかしいから」

羞恥心で赤くなる美聖に、息吹は愉《たの》しそうに「きゅんきゅんした」と繰り返す。

それから、何気ない声で言う。

「美聖くんってモデルの翠《みどり》さんと共演多いよね」

「え？」

「翠さんって画面映えするし、コミカルな演技も上手だもんね。可愛《かわい》いし」

突然、翠を褒めだした息吹に、美聖は首を傾《かし》げる。褒めているのに、その顔はほんの少しだけつまらなそうで、眉間にシワが寄っている。

美聖は、その眉間に、とん、と人差し指を当てる。息吹が驚いて見上げた先で、砕けたように笑って告げる。

「息吹さんは何してても可愛いよ。もちろん今も。カメラがなくても、綺麗《きれい》な衣装がなくても、メイクしてなくても、可愛い」

美聖の言葉に、息吹は慌てて玄関の扉へと身体《からだ》を向ける。そうして、背中越しに美聖へ呟く。

「美聖くんってずるい」

そう言って振り返った息吹は、悔しそうに唇を尖《とが》らせていた。そして、猫のように大きな瞳で美聖を睨《にら》みつけると。

「きゅんとした」

なんて言うや否や「いってきます」と慌ただしく家を出ていった。

「えぇ……?」

美聖は息吹がいなくなった扉を見つめ、そのままずるずると壁沿いに倒れ込んだ。

#

美聖の撮影は総合的に数日押した。その間に息吹はツアーへと行ってしまい、今度は美聖が海外ロケで家を空ける。

その繰り返しの末、ふたりが会えたのは、息吹のキュン発言から二週間後のことだった。

《今から帰ります》

多忙なふたりにとっては、あっという間にも感じられる時間だが、入道雲はすっかり鱗《うろこ》雲へと変わり、蝉《せみ》の鳴き声もほとんど聞かなくなっていた。街中の緑の中にも時折、わずかな黄や赤といった秋が混じり始め、夜も肌寒く感じられる時季に突入していた。

《先にお家《うち》にいます。気をつけて帰ってきてね》

「ふぐぅうっ……！」

「美聖さんいきなり奇声発するのやめてもらっていいですか。運転怖いんで」

「ごめんつい」

「つい、で奇声を発しないで欲しいんですってば」

スマホでずっと連絡は取り合っていた。それでもお互いに忙《せわ》しない。息吹はツアー中ということもあり、長時間スマホに触れないなんてザラだった。

故に、基本的に今日は家に帰る帰れないのやりとりが主になっていた。

片平に家まで送ってもらい、美聖はとろけそうな笑みでお礼を言うと、急いでオートロックを抜けコンシェルジュとの挨拶もそこそこに、エレベーターに乗り込む。

そして若干の緊張を身体に纏《まと》いながら、家の玄関を開ける。

「ただいまー……」

恐る恐る小声で囁《ささや》くと、リビングの扉が開き、そこからひょこっと息吹の小さな顔が現れた。美聖はその破壊力に胸を押さえる。そんな美聖に息吹が笑いながら玄関までやってくる。

ずっとSNSで追いかけていた息吹は、睫毛《まつげ》の一本までしっかりと飾られていて、美しい笑みで写真に収められていた。

そんな彼女が今は美聖の目の前で、すっぴんのまま嬉《うれ》しそうに微笑《ほほえ》んで。

「美聖くん、おかえり！」と、美聖を迎え入れる。

あまりにも神々しい姿に美聖は膝から崩れ落ち、神に祈る人さながらに両手を顔の前に組み、息吹を見上げる。

「メシア……！」

「息吹です」

「救世主、女神、天使、姫」

「アイドルです」

「素敵です」

「ありがとう」

二週間ぶりの破壊力たるや。撮影で疲れ切っていた美聖の身体が、癒やされていく。撮影現場では常に気を張っていた。片平にさえも。そうして現場が上手《うま》く回るなら御の字だし、美聖は気遣いを苦に感じたことはない。

ただ、疲れるものは疲れるのだ。

「はあー……安心する」

憩いの場である家に、美聖の癒やしの頂点である息吹がいる。

だからこそ、今回の撮影も海外ロケもやり抜くことができたのだ。

「お疲れ様」

息吹は美聖と同じ目線になるよう、しゃがみこむ。彼女だって疲れてすぐ眠りたかっただろうに、美聖の帰りを笑顔で待っていてくれた。

それに気づくと、美聖は今まで会えなかった分が、途端に切なさとして込み上げてくる。

「息吹さん」

「ん？　う、わ、」

美聖は息吹の手を摑《つか》み、ぐっと引き寄せた。そのまま自分の身体の中に彼女を閉じ込める。

会えなかった二週の間に、美聖は撮影で女優のこともこうして抱きしめた。その時は、心の内側は穏やかな小川が流れる感じだったのに。

「美聖くん……？」

今は、息吹に自分の心音が気づかれやしないかと思うほど、激しい。

小川など美聖の内側にはどこにもなく、ダムが決壊した濁流が激しく流れ込むばかり。

それなのに、恥ずかしいのに、ずっとこうしていたい。そんな気持ちが勝る。

「美聖くん、お風呂沸いてるよ。今日は早く休もう」

「息吹さん」

離れようとする息吹をさらにギュ、と抱きしめる。離れたくないと思っているのが、こうしていたいと思っているのが、美聖だけだというのが、なぜだかとても寂しい。

息吹も同じ気持ちだったらいいのに、と願ってしまう。

「息吹さんに『おかえり』ってもう一回言って欲しい」

美聖はそう言いながら、すり、と息吹の頭に擦り寄る。彼女の髪から仄《ほの》かに薫るのは、美聖と同じ香り。それなのに、やっぱり息吹が身に纏うだけで、数段甘く優しく良《い》いものになる。

「家に帰ってきて息吹さんに『おかえり』って言ってもらえるシチュエーション、今まで何千回も考えたことあるんだ」

「……何千回」

「ごめん。本当は何万回」

「あ、うん。そこは訂正しなくて大丈夫」

息吹が冷静に突っ込む。美聖は息吹の頭に擦り寄せる頭を、ぐりぐりと左右に揺らす。

それから、息吹の耳を指の間で擦り撫《な》でて、目線が合うように覗《のぞ》き込んだ。息吹が見つめた先で、美聖の顔は、安堵《あんど》と同時に若干の疲労を滲《にじ》ませている。

「想像の中の息吹さんも可愛いのはもちろんなんだけど、本物の息吹さんはやばかった」

「……やばい？」

美聖も息吹を見つめ返す。それから、普段なら理性と職種で抑え込んでいる言葉が、するりと美聖の形の良い唇からこぼれ落ちていく。

「うん。可愛くて。一生俺の家に閉じ込めておきたくなるくらい」

息吹の長い睫毛が、驚きの瞬きのたびに揺れる。そうして、赤くなる頬を美聖に見られる前に彼の首に両腕を回して言う。

「おかえり、美聖くん」

美聖も無意識のうちに、再び息吹の華奢《きゃしゃ》な身体に腕を回していた。彼女の首筋に顔を埋めながら応える。

「息吹さん、ただいま」

「……いい加減、息吹って呼んで欲しいなあ」

「息吹……様」

「ふふ、道のりは長そうだなあ」

ふたりは、玄関で時間を忘れて抱きしめ合って笑い合った。

#特別と普通

coc9tail《カクテル》は、年内解散に向けて表向きにはラストライブのツアーなどをしつつ、裏では年明けに発売されるアルバムの制作も同時進行で行っていた。そのアルバムのMV撮影に取り掛かる段階で、美聖《みさと》は声をかけられた。それはcoc9tailの初回限定盤に収録される特別版MVの出演オファーだった。つまり幻のMVの再来ということだ。

coc9tailは全国ツアーやメディア出演などの合間を縫ってアルバム制作もこなし、MVの撮影をする。美聖も他の仕事が詰まっているため、今日中に美聖の出演部分は撮りきらなければならない。

「柊《ひいらぎ》 美聖さん入りまーす」

スタッフの大きな声に続いて、美聖が挨拶をしながら撮影スタジオに入る。先にMVの撮影をしていたcoc9tailは、美聖の姿に笑顔を見せる。スタジオに入ってしまえば季節感などない。春先のような衣装とメイクで飾られたcoc9tailに、ほんのりと暖房のきいた部屋で走り回るスタッフの中には半袖のものもいる。あっという間に十月に突入するや否や、世間は今年もあと二ヶ月で終わると慌ただしげだ。

「柊美聖です。よろしくお願いいたします」

瑞希《みずき》の隣でレモンティーを飲んでいた息吹《いぶき》も美聖の姿を捉えると、花が綻ぶように笑う。

息吹はレモンティーを手にしたまま椅子から立ち上がると、美聖の元に走ってゆく。パープルのドレスが孤高の美しさに拍車をかける。

「美聖くん！」

息吹の声に、美聖の端整な顔がみるみるうちに破顔して。

「どうしよう、息吹さんが綺麗過ぎて直視できない……」

そう言って両手で顔を覆った。美聖の息吹愛を知る現場慣れしたスタッフたちはくすくすと笑い、新人スタッフは驚きながら美聖をまじまじと見つめている。

「ちゃんと見てくれなきゃ困るよ。撮影するんだから」

息吹は慣れた様子で、美聖が顔を覆う手に自身の手を伸ばす。息吹の手に従い、素直に顔から手を離した美聖だが、未《いま》だに目をぎゅむ、と瞑《つむ》ったままだ。

「美聖くん」

「うん、うん、わかってるよ。わかってる。本番までには頑張るからっ、だからその、あんまり可愛《かわい》くて綺麗な息吹さんに今見つめられると、目が、開けられない、です」

「見てないから開けて」

「いや目を閉じててもわかるよ。息吹さんのオーラが俺を見てるって」

「怖いよ」

圧倒的な美男美女の仲睦《なかむつ》まじい姿に、慌ただしい現場も思わず手を止め足を止めては、ふたりの子どもみたいなやりとりを眺めてはほっこりしている。

美聖が息吹ファンなのは、現場を共にしなくとも自《おの》ずと知ることになるが、ふたりがこんなに仲良しな姿はなかなかお目にかかれない。

美聖と息吹の可愛いやりとりを、coc9tailのメンバーも含めみんなで見ていると、監督がにこにことしたままふたりに声をかける。

「仲良しなところごめんね。柊くん撮影入ろうか」

「はい！」

美聖は慌てて目を開けると、監督に返事をする。美聖の手を息吹は摑んだままだ。

そんな息吹に気がついた美聖は、彼を見つめ続ける息吹をそっと見下ろし、それから、優しく、照れくさそうに微笑んだ。

「息吹さん、行ってきます」

美聖に、息吹は嬉しそうにはにかむ。そして美聖の手を離すと、胸の前で手を振る。

「行ってらっしゃい」

ふたりの美しく健気《けなげ》なやりとりにほっこりした現場も、美聖が撮影に入れば途端に慌ただしくなる。

息吹はレモンティーを飲みながら、瑞希のもとに戻ってくる。

カフェラテを飲んでいた瑞希は「おかえり」と息吹を迎え入れてから、少しいたずらな笑顔を見せる。

「仲良しそうで何より」

瑞希の意味ありげな言葉に、息吹は「別に普通だよ」と恥ずかしさを隠すように呟《つぶや》いた。

美聖と息吹の同居は、事務所の上の者、双方のマネージャー、そしてcoc9tailのリーダーである瑞希しか知らない。他のメンバーに打ち明けることは、上の者たちが許可しなかったのだ。秘密を知る者が増えればリスクも増える。どこから情報が漏れるかわからないからだ。

瑞希は親のような眼差《まなざ》しで、隣の息吹を見つめる。息吹はいつも孤高の美しさとその魅力で周りを笑顔にしては、当の本人はその裏でいつも苦しそうに息をしていた。

そんな彼女が、今、美聖という存在の前ではあどけなく笑っている。

「柊くんがいてくれてよかった」

「え？」

息吹が瑞希の方を向いて前かがみになる。ゆるりと巻かれた彼女の黒髪がふわりと揺れる。首につけられた真珠のネックレスの輝きをものともしない美しい顔立ちは、女の瑞希にとっても常に憧れだった。

そしてそれ以上に、美しさに溺れぬ息吹の努力家なところを尊敬して、心配だった。

瑞希も息吹へと身体《からだ》ごと向け、こそ、と耳打ちするように言う。

「柊くんの前だと息吹がただの女の子みたいで可愛いなあってこと」

息吹は目を瞬《しばた》かせた。ぱくぱくと口を動かし、黒目は困惑を表したように泳ぐ。

「そ、そんなことないよ」

「そっか。瑞希お姉さんの見間違いかあ。残念」

「もう、からかわないでよ」

「ごめんごめん」

息吹が破顔しながら、恥ずかしそうに瑞希の肩にもたれかかる。瑞希はけらけら笑うだけ。そんなふたりのもとにcoc9tailのメンバーもやってきて、楽しそうな雰囲気に乗ってくる。

みんないつも通りに笑っている。まるでこれがcoc9tailとして最後のアルバムになることなど知らないように。でもみんな心のどこかでわかっている。それでもいつも通り笑っているのだ。

「今日も頑張ろうね」

楽しそうに瑞希へ寄りかかるメンバーたちに、瑞希はいつも通り笑いながら言った。

「ラスト、息吹さんお願いしまーす」

「はい」

ラストの息吹の出番は予想したよりもすぐにやってきた。

スタッフの話では美聖の演技に引っ張られて、coc9tailのメンバーも監督の理想を遥《はる》かに超えて良い表情や新しい一面を見せることができたから、らしい。

撮影のセットは、敢《あ》えて幻のMVを連想させるような作りになっている。当時の美聖と息吹も初めての撮影は窓越しでのものだった。

「よろしくお願いします」

息吹がスタジオ入りすると、セットの前で美聖が礼儀正しく頭を下げる。息吹もそれに倣い、改めて「よろしくお願いします」とお辞儀をする。

今回のテーマである『成長』と『いつかの再会』は、ラストとなるcoc9tailからファンへの希望であり、ファンたちへの願いでもあった。

そのファンを象徴する存在として、監督が美聖を抜擢したのだ。

これから撮るMVのために、一度、幻のMVにも目を通す。ふたつの比較を具体的に説明する監督の話を聞きながら、美聖と息吹は並んで昔の映像を観《み》る。

窓枠越し、カーテンで美聖の顔はほぼ隠れている。制服姿の息吹が美しい表情を切なげに歪《ゆが》める。当時はそこが絶頂の美しさだと思っていても、八年前ともなると互いにあどけなさが残っている。監督の「ふたりとも幼いね」という笑いに、美聖も息吹も恥ずかしくなる。

映像を観終わり、三人はセットのところで最終確認に入る。
「まずはファン側の成長を見せるところから。窓枠越しに腕を引く息吹さんを、美聖くんは摑《つか》んで。そのシーン撮ってから、再会のシーン入るからね」

監督の話を聞きつつ、ふたりで軽く動きを合わせていく。カメラはまだ回っていないが、すでに美聖も息吹もプロの顔つきになっている。

幻のMVでは制服姿だった息吹は、今、紫色のドレスを身に纏《まと》っている。美聖もグレーのスーツにさりげなくメンバーカラーが全て入ったネクタイをしている。

「カメラもう少し横から」

監督の指示が飛び、撮影が始まる。

幻のMVでは窓越しでしか手を伸ばせなかった美聖が、今度はすり抜けゆく息吹の手を摑む。振り返る息吹の先で、カーテンが風に揺れ、美聖の、胸を突くような真剣な顔が現れる。

（あ、これか）

息吹の視線が、美聖の美しい瞳に吸い込まれる。演技などしなくても、美聖に引っ張られて、自然とするべき感情が表情に表れる。おそらくメンバーも、この美聖の演技に引き込まれたのだろう。

美聖の、真剣なのにどこか泣きそうで、酷《ひど》く優しいのに微《かす》かな激情を孕《はら》んでいて、甘いのに苦い、そんな複雑な感情が、彼の表情ひとつで息吹に伝わる。

「――カット！　いいね、素晴らしい」

監督の声で息吹ははっと我に返る。すでに美聖の手は、息吹から離れていた。息吹はいつも通りの美聖から視線を逸《そ》らし、彼に掴まれていた手首を、ぎゅ、ともう片方の手で押さえた。

（こんなの、初めてだ……）

息吹自身が何者かに押し負けるなんて。息吹が乱れた心を正そうとする前に撮影は進んでしまう。気づけば窓枠越しにいたはずの美聖が、息吹の目の前にいる。

カメラワークの調整をしている間、ふたりは撮影の位置に立ったまま待機する。

「息吹さん」

「は、はいっ」

突然、美聖に声を掛けられ、まだ戸惑いを正せていなかった息吹は、ワンテンポ遅れて美聖を見上げる。顔を上げた先でぶつかる美聖の視線は、あまりにも優しくて、息吹の心は落ち着くどころが、再び乱れてしまう。

「ありがとう」

美聖は朗らかな眼差しのまま息吹に告げる。セットされた髪もシワひとつないブランドのスーツも、彼だからこそ似合う。甘く優しげな顔立ちは国民の王子という名にふさわしい。

「俺をこの世界に留《とど》めさせてくれてありがとう」

美聖の真っ直《す》ぐな言葉が、息吹の耳奥に響く。涙に似た熱い雫《しずく》が、心の中に落ちる。

「息吹さんがいたから、今の俺がいる」

過去の記憶が走馬灯のように息吹の中を駆け巡る。

デビュー前、もどかしい日々の中、未来が見えない中、ひたすら自分を信じて泣きながら練習して、毎日挫《くじ》けそうになっていた。理想と現実の差に打ちのめされそうになった。

デビュー後は多忙ゆえに、睡眠時間が削《そ》ぎ落とされる。ベストとは言えないコンディションでもアイドルとして完璧で居続けなければならない苦しさ。隙を見せれば見えない場所から言葉のナイフで刺されてしまう恐怖。coc9tailという存在が大きくなる度に重く伸し掛かるプレッシャー。ファンの笑顔。メンバーの笑顔。完璧が当たり前とされる世界。

美聖が微笑《ほほえ》む。その笑顔は、熱いほどのスポットライトよりも穏やかだ。それなのに、息吹の身体は確実に火照ってゆく。

「息吹さんを知れば知るほど、あなたに追いつきたくて隣に並びたくて、息吹さんのファンであることに恥じない自分になろうって、頑張れた。アイドルとしても人としても、永遠に尊敬してます」

調整を終えたカメラが回る。監督の掛け声が、息吹の耳の奥でアラームのように響く。ぼんやりと靄《もや》がかかったような背景の中、目の前の美聖だけがはっきりと、息吹の視界に映し出される。

「俺と出逢《であ》ってくれてありがとう」

美聖のあたたかな言葉が、息吹の傷だらけの心にすうと染み込む。傷口に薬が浸透するように、じんわりと切ない痛みがあって、これで治るのだという安堵《あんど》で泣きそうになる。

『柊くんの前だと息吹がただの女の子みたいで可愛《かわい》いなあってこと』

唐突に瑞希の言葉が、息吹の脳裏を掠《かす》める。

息吹は、デビューしてから初めてカメラが回っていることを忘れた。coc9tailの黛《まゆずみ》息吹を身につけることも忘れ、白く透き通る肌を真っ赤に染め上げた。役者のスイッチが入っていた美聖も、そんな息吹に気がつき、色素の薄い瞳が微かに動揺する。

まだカメラは回り続けている。ふたりのシーンはただ見つめ合って、曲のクライマックスに向かう最中で、微笑み合うだけだ。

しかし、今の息吹は耳まで赤くしては目線を伏せてしまっている。長い睫《まつ》毛《げ》が微かに震えている。そんな息吹の元に、美聖のわずかに躊躇《ため》らいがちな声が届く。

「……息吹さん、ごめんね、ちょっとだけ我慢して」

息吹が顔を上げるよりも先に、息吹は美聖に抱きしめられていた。包み隠すような美聖の温《ぬく》もりからは、優しさに混じってほんの少しの、恥じらいと焦燥が感じ取れる。

突然のことにスタッフたちがどよめく。カメラマンが予想外のふたりの動きに、監督を見て指示を仰ぐ。しかし、監督は無言のままふたりの姿を見つめ、人差し指でカメラを回し続けろと指示を出す。

「美聖くん、」

カメラが回り続ける中、我に返った息吹が消え入りそうな声で呟いた。

美聖はそんな息吹の顔をさらに覆い隠すように自分の胸の内に抱き寄せて。頭を垂れるように、そっと息吹の耳元に唇を寄せる。そうして互いにしか聞こえないような声で囁《ささや》いた。

「ごめん、俺はやっぱりファン失格だ」

息吹は自身の心臓の音が美聖に聞こえてしまわないかと焦る。息吹が逃げようとすればするほど、美聖が彼女を抱きしめる腕の力を強める。

苦しくて逃げてしまいたいのに、その力強さに息吹は心のどこかで安心している。

美聖の熱い吐息が、息吹の耳に触れる。痺《しび》れるような感覚に、息吹の呼吸が止まる。

「でも、どうしても、息吹さんの今の顔、俺以外に見られたくない」

監督の「カット」の声が入ったあと、美聖はすぐさま着ていたジャケットを息吹の頭から掛ける。スタッフが総じて首を傾《かし》げるなか、息吹はジャケットの中で挨拶するや否や逃げるようにスタジオを去った。

＃

「ただいま」

大型テレビでcoc9tailのライブを観ていた美聖は、慌てて玄関へと向かう。

「おかえり」

美聖が出迎えれば、息吹は笑って「ただいま」と家に上がる。洗面所へと消える息吹の姿を見つめながら、彼女から滲《にじ》む疲労に美聖は心配になる。

美聖がcoc9tailとMVの撮影をしてから月日はさらに流れていた。十一月になった途端、一度は静まっていたメディアがこぞって『coc9tail年内解散』を持ち出したのだ。

ただでさえ国内ライブにアジア圏を中心とした海外のライブ、アルバム制作、メディア出演、CMに雑誌やモデル撮影もあるcoc9tailの日々は忙《せわ》しない。

彼女たちが解散する前にタッグを組みたがる企業は後を絶たず、coc9tailとコラボするだけで商品が即完売するとなれば向こうもうちの事務所も必死だ。

その矛先が全てcoc9tailのメンバーに降り掛かっている。特にセンターで一番人気を誇る息吹の負担は、美聖の想像を絶するだろう。

「……眠い」

息吹は外着のまま、リビングのソファーでcoc9tailのライブを観る美聖の隣に座る。いつもは帰宅後すぐにお風呂に入り、全てのスキンケアを終えてリビングに来るのに、だ。

以前、息吹がメイクは特別好きなわけではないとぼやいていたのを美聖は思い出す。

隣で今にも寝そうな息吹にそっと声をかける。

「お風呂沸いてるよ。入れそう？」

「今入ったらそのまま溺死しちゃいそう」

「それはだめだっ！」

「なんで私より必死なの」

ライブの為《ため》に身体《からだ》を絞っているという息吹は、ただでさえ細いのに今は美聖が摑んだだけで折れてしまいそうなほどだ。

「息吹さんご飯食べた？」

「朝、サラダ食べたよ」

「心配過ぎる……」

この間のMVの撮影で忙しくて食べる暇も寝る暇もないとメンバーも言っていた。息吹は特に本番前は食が細くなってしまうタイプらしく、ライブの時は一番体重が落ちてしまうらしい。

「息吹さん、温かい野菜スープあるよ。それなら食べられそう？」

「その前にメイク落としたい……」

「うん」

「けど動けない」

うう、と辛《つら》そうな息吹が瞼《まぶた》を持ち上げて、隣の美聖を黒目だけで見る。細部まで美しく引かれたアイラインが息吹の綺麗《きれい》な瞳を引き立たせる。

「美聖くん今手空いてる？」

「うん」

「私のメイク落としてくれる？」

「うん……うん？」

「やった。ありがとう。洗面所にメイク落としのシートがあります。よろしくお願いいたします」

「わ、わかりました！　命にかえても」

「大袈裟《おおげさ》だよ」

でもありがとう、と呟《つぶや》いて息吹は再び目を閉じる。美聖は急いで洗面所に向かいメイクシートを手にしてリビングに戻る。と、息吹はソファーに横になって必死に眠気と戦っていた。

「痛かったからすぐに言ってね」

「うん。ありがとう」

美聖はソファーの前に跪《ひざまず》き、シート越しに息吹の顔に触れる。極めて丁寧に、息吹の綺麗な顔にシートを滑らせてメイクを落としていく。自分の手で息吹が素の彼女に戻っていく。美聖の胸になんとも言えない高揚感が生まれる。

アイシャドウを落としたところで、息吹がゆったりと瞼を持ち上げる。

そして、必死にメイクを落とす美聖を一瞥《いちべつ》してから、彼の後ろにあるテレビ画面を眺める。そこに映るのは激しいダンスをしながら歌うcoc9tailだ。息吹が画面を見つめたまま呟く。

「がっかりした？」

息吹の玉のようにつるりとした頰にシートを滑らせていた美聖が「え？」と怪訝《けげん》そうに息吹を見る。息吹は一度だけ美聖に視線を向け、すぐに彼を追い抜いて、テレビ画面へと向く。

「いつも綺麗に飾られた私の、こういう情けないところを見て、美聖くん、がっかりした？」

美聖が息吹の視線を追いかけて振り向く。画面の向こうには笑顔を振りまく息吹がいる。ファンの為にアイドルとして完璧に整えられたメイクに衣装にダンスに歌。それらは全て周りが息吹に惜しむことなく与えたものだ。

今の素の息吹には何もない。

美聖は小さく笑いながら姿勢を戻すと、息吹のメイクを落とすのを再開しながら言う。

「実は最高に嬉《うれ》しい」

「え？」

予想の斜め上をすっぱ抜く美聖の答えに、息吹は画面から美聖へと視線を戻す。健気《けなげ》に息吹の化粧を落とす美聖は、柔らかな表情のまま続ける。

「こんな息吹さんを知ってるのが俺だけっていう特別感に浸ってる。ファンの皆様には土下座しなきゃと思うけど、だからといって今の息吹さんを誰かに見せるのは悔しい」

「……だって今の私、アイドルの欠片《かけら》もないよ」

「だからいいんだよ」

美聖の言ってる意味がわからず、息吹は固まる。そんな息吹を見て、美聖はへらりと笑う。犬が飼い主に甘えるようなそんな笑みに、息吹の頬が思わず緩みそうになる。

ある意味、こんな美聖の顔を知っているのも息吹だけなのかもしれない。

美聖はシートを取り替えて、息吹の額のメイクを落としながら目をキラキラさせて言う。

「めちゃくちゃオタクになるんだけどね、俺はもう息吹さんが『何してても可愛い』っていう境地なんだ」

「境地？」

「そう。誰かのことを『かっこいいな』とか『綺麗だな』っていう感情だけだったらまだ引き返せる。けど、その人の何気ない瞬間とかそれこそスベってるところとかを『ああ可愛いなあ』って思った時点でもう沼。落ちるところまで落ちてるんだよね」

「そ、そうなんだ」

「しかも息吹さんって普段から常に完璧だから、そういうギャップに触れられるのってcoc9tailの限定版インタビューとかドキュメンタリーじゃないと拝めない。つまり、今、目の前で見てる息吹さんは初回限定盤且《か》つトレーディングカードサイン入りレアカード兼握手会息吹限定応募券が一気にくるぐらい凄《すご》い嬉しい」

(もう後半よくわかんなかった)

「息吹さんは自分の希少価値に気づいてないんだよ。息吹さんが息吹さんでいるだけで、俺もファンのみんなも、嬉しい」

美聖の饒舌《じょうぜつ》な話に、息吹はしばらく黙り込む。画面から他のメンバーたちの笑い声が聞こえる。その端で自分は静かに微笑《ほほえ》んでいるだけ。

完璧でいなければと思っていた。

アイドルとして、黛息吹として、自分が持てる全てで美しくあろうとし続けた。

それを極めるうちに、自分にないものがコンプレックスになっていった。ソファーで横になったまま、頭の下敷きになっている、長い髪に手を伸ばしながら言う。

「——普通になりたかったの」

息吹の呟きに、美聖は手を止めて、彼女の顔を見る。息吹は自身の黒い髪の束を指でつまんで眺めながら続ける。アイドルになってから事務所に指定された黒髪のロングヘアー。

「私は、みんなが普通にしてきた、青春とか友達とか受験とか恋とか流行《はや》りとか、そういうのを何も知らない」

事務所の方針でビジュアル担当として常にロングヘアーであり続けた息吹の髪は、どんなときも潤っている。

みんなが青春を謳歌《おうか》している横で、ひたすら自分だけを磨き続けた。頭のてっぺんから足の爪先まで、脇目も振らずに。

息吹の完璧主義はアイドルとしては理想だったが、人としてはむしろ欠如していた。

他のメンバーが羽目を外してはしゃぐところでも、息吹は『coc9tailの黛息吹』として呼吸し続けていた。肩の力の抜き方を忘れていた。

それがいつしか、自分の首を絞めて、コンプレックスとなった。

息吹は髪の束を手から離し、美聖を見る。優しい瞳とかち合い、息吹の詰まりかけていた呼吸が穏やかになる。美聖の向こうで歌い続ける自分が朧気《おぼろげ》になる。

「──普通の人になりたい。それが引退の理由なの」

息吹の声は芯を持って力強いのに、今にも泣き出しそうだった。ソファーでメイクを落とす気力もなく、疲れ切った彼女の声は、より切実に聞こえた。

「自分勝手で贅沢《ぜいたく》な理由だなって言われるのが怖くて、誰にも言ったことなんかなかった」

息吹の語尾は微《かす》かに震えていた。美聖は手を止めて、ただじっと、彼女の言葉に耳を傾ける。

「今さら取り戻せない普通もあるだろうけど、それでも当たり前に普通を過ごせる自分になりたい」

美聖は息吹の言葉に不思議と驚きはなかった。むしろ、今まで点と点だったものが、しっかりと線となった気さえする。

「気の合う友達をつくって、有名な行列店に並んで美味《おい》しいご飯を食べて、ファミレスにもファストフードにも行って、朝から日が暮れるまで買い物してカラオケに行って、ゲームセンターなんかにも行っちゃったりして」

振り返れば、息吹は美聖と事務所のカフェで落ち合っていた時から、やたらと普通のことをしたがった。流行りのものに疎いのに知りたがって、引退後に一般人になることを強く意識していた。全部、普通になりたかった故の行動だったのだ。

指折りしながら普通を連想していた息吹が、ふ、と輝きを放っていた瞳を曇らせる。すでに美聖の手によってアイラインの落とされた瞳は優しく三日月を描いている。

「……もちろん、引退して、みんなの中から私が忘れられていくのはやっぱり寂しい。少しずつでも、絶対に忘れられてゆく。今まで頑張って築き上げてきたものだって、時間とともに風化していくのは仕方ないけど、悲しいし虚《むな》しい。coc9tailの黛息吹がこの世のどこにも最初からいなかったみたいになる日が、いつか当たり前になりそうで」

そう語る息吹だが、決意はとっくに固まっている様子だった。

「でもそれ以上に私は普通になりたい。スポットライトも沢山の注目も拍手もない、普通に恋をして好きな人と結ばれて家庭を持って、幸せに暮らしたい」

指折り数える息吹の右手の指は普通の願いによって全て埋められた。左手も彼女の言葉が続いて指折りされてゆく。

美聖は、息吹のその細く伸びた左の薬指に、銀の楔《くさび》が付くところを想像して、胸が、きゅ、と締め付けられた。

「普通になりたいなら、相手も普通の人がいい」

息吹の言葉に、美聖の呼吸がわずかに止まる。手にしていたメイク落としのシートがぐしゃりと手の内で歪《ゆが》む。

美聖は決して普通ではない。

芸能界に属し、その中でもトップに君臨する人気俳優だ。息吹が求める普通とは最も掛け離れているといっても過言ではない。美聖では息吹が望む普通を、立場的に叶《かな》えられないことが多い。

息吹は表情を変えず、ゆっくりと瞬きを繰り返す。美聖を見つめる息吹の瞳は凪《な》いだ海のように穏やかだ。メイク落としのシートを手にした美聖の手首を、息吹の手がそっと掴《つか》む。

美聖はその熱に弾《はじ》かれたように顔を上げた。だが、息吹のその澄んだ瞳を見つめてみても、彼女の感情は一切読み取れない。あまりにも美しく、儚《はかな》い息吹に、美聖は慌てて声をかけようとする。けれど、そんな美聖よりも先に、息吹の細い指先が動く。

息吹は、美聖の手首を掴んでいた手を、するりと彼の指の付け根まで滑らせる。息吹を見つめる美聖に気づかぬふりをして、彼女は美聖の指を自分の唇に近づける。

その唇には、まだアイドルの破片である赤いグロスが輝いている。

「……そう、思ってたのにな」

息吹が独り言のように呟いた。かと思えば、美聖が手にするシートを自分の唇に押し当てる。ゆらりと射貫くような力強い視線を美聖へ向け、甘美なまでに美しい笑みを見せつける。

「最後までちゃんと責任取ってね」

そう囁《ささや》いて、ひらりと美聖から手を離した。

美聖は、あまりにも美しい息吹に翻弄されて、彼女のメイクを最後までちゃんと責任を持って落とすのに手間取ってしまった。

#

「柊さん、なんだかお久しぶりですね」

美聖が現場入りすると、ヘアメイクを終えた翠《みどり》が彼の元にやってくる。互いに制服の衣装を着て、以前の撮影の時よりもずっと分厚いダウンコートを上から着込んでいる。

「本当だね。翠さん、大河ドラマ出演おめでとう」

「主演の妹役ですけどね。本当はもっと大きな役がやりたかったんですけどね」

「いや、充分凄いよ」

「元大河主演の柊さんにそう言ってもらえるなんてウレシイなー」

「棒読みだなあ」

現場にぞろぞろと集まる共演者や監督、スタッフはすでに顔馴染《かおなじ》みだ。

春のドラマで美聖と翠がダブル主演で放送した学園恋愛ドラマは、局《きょく》の中でも高い視聴率となった。そこで年明けの新春スペシャルドラマとして、続編となる特別編を放送することになったのだ。

その為《ため》、再びこうしてスタッフや出演者が一堂に会し、新しい撮影が始まろうとしている。

「柊さん台本読みました？」

「うん」

「今回の櫻子《さくらこ》役って結局誰なんですかね。本読みの時も不在だったし、あたしは共演シーン少ないですけど、柊さん多いじゃないですか」

「でも監督が乗り気だし、リハで何とかなるよう頑張るよ」

「相変わらず優等生ですね」

翠の言った通り、今回スペシャルドラマのみに出演することになった苑田《そのだ》櫻子役の役者が美聖たちの前に現れたことはない。監督も何を思ってか事前に知らせることはせず、そうこうしているうちに本番を迎えてしまったのだ。

前回もロケ地として使用した学校を借りての撮影となる。学園ものということだけあって、ドラマの中核を担う撮影はほとんど学校が使われている。

「宇田川《うたがわ》監督入りまーす」

「お久しぶりです」

「よろしくお願いします」

監督が現場にやってきて、出演者もスタッフも挨拶をする。そして、そのすぐ後に、マネージャーと共に息吹が現れた。

「苑田櫻子役の黛息吹さん入りまーす」

息吹は現場に入ると深々と頭を下げる。それから出演者とスタッフひとりひとりに挨拶をしていく。

「初めまして、coc9tailの黛息吹です。ご挨拶遅れて申し訳ございません。本日からよろしくお願い致します」

美聖は隣に翠がいることも頭から抜け落ち、息吹を見つめる。

息吹の姿を生で見るのは実に一週間ぶりだった。彼女のメイクを落とした翌日、息吹は再び地方へとライブに行ってしまった。おそらくその足でこの現場に来たのだろう。

息吹を見つめる美聖を、翠は見つめる。翠の脳内で、いつかの、息吹の元に走っていく美聖の後ろ姿が思い出される。……翠が見るのはいつも、美聖の後ろ姿や横顔ばかりだ。

「柊さん」

「ん？」

美聖は息吹への視線の余韻を残しながらも、ゆっくりと翠へと顔を向ける。その明らかな違いにも、翠は笑ってみせるのだ。笑顔は何よりの防波堤だと、翠は知っている。

「あたしたち、今日は主演と恋人役ですよ」

翠の言葉に、美聖は、綺麗《きれい》な瞳を丸くさせて、そうして、余裕に満ちた笑顔で頷《うなず》く。その余裕が、翠は気に入らない。先程まで息吹を見ていた彼は、翠の前では微塵《みじん》もいない。

「わかってるよ。頑張ろうね」

(何も、わかってない)

息吹がふたりのもとへ挨拶しにきたことで、翠は美聖から顔を逸《そ》らし、人形のように可愛《かわい》い息吹を見つめて笑顔を作った。

撮影は天候にも恵まれて順調だった。十一月末ともなると木々が緑の他に赤や黄と明るい色をちりばめて現場に負けじとにぎやかだ。寒さに弱い翠はすぐに鼻の頭を赤くしてしまう。

息吹はライブと並行して台本を読み込み、ぶっつけ本番にもかかわらずNGを出すことなくその美しさと才能を遺憾なく発揮していた。

美聖はといえば、珈琲《コーヒー》を飲みながら休憩する翠のすぐ近くで、遠目に見える息吹にスマホを向けて連写している。その横でマネージャーの片平《かたひら》が薄目で美聖を見ながら言う。

「美聖さん、撮りすぎじゃありません？」

「……そんなことないよ」

「何枚撮ったんです」

「……に、にじゅうまいくらい？」

「五十はいってますね」

ふたりのやり取りを聞きながら翠は、突っ込まずに息吹を見た。

苑田櫻子は今回のスペシャルドラマに打って付けの役である。学園恋愛ドラマあるあるの、晴れて恋人同士になったふたりの間に新たな恋敵が出てくる、まさにそれだ。

美聖が演じる木城晴《きしろはる》の幼馴染《おさななじみ》として登場する櫻子は身体《からだ》が弱く入院していたが、手術を終え、晴と、翠が演じる矢野紗良彩《やのさらさ》が通う高校にやってくる。

そんな見飽きた王道展開も、息吹が演じると途端に様になってしまう。

要約すれば、櫻子は晴と恋人になることを夢見ていたが、晴にとっての紗良彩の存在の大きさを知り、その夢が叶わないとわかり、最終的にもうひとつの夢であった歌手を目指す、というオチだ。

放送枠の都合上、一時間半に尺をまとめなければならない。その為、展開はやや怒涛《どとう》になるが、そこは〈国民の王子〉のスペックを持つ美聖の美しさと、スペシャルゲストとなる注目度Ｎｏ．１の息吹の存在感で押し切るようだ。

何よりも美聖と息吹の初共演ともなれば、自動的に視聴率は跳ね上がる。その視聴率の中に、はたして翠を求める人は一体どれほどいるのだろう。

「息吹、ちょっとでも仮眠して」

「ありがとう。大丈夫だよ」

シーンを撮り終えた息吹の元に、彼女のマネージャーである木村《きむら》が駆け寄る。

息吹はカメラの回らないところでも笑みを湛えたまま、周りからお姫様のように扱われていた。

「今回の息吹さんの出演のオファーがきた時、木村は断ろうとしてたみたいですよ。coc9tailの忙しさを鑑みれば当然の判断とも思われますが」

片平が美聖に説明する言葉が、翠の耳にも入ってくる。美聖だけでなく、隣にいた翠も片平を見上げる。片平は遠目で木村を見ては、同情に近い表情で続ける。

「でも、息吹さん本人が受けると答えたみたいで」

美聖が心配げに息吹を見やる。彼女は休憩中も椅子に座って台本を読み込んでいる。日傘の下、真剣な表情の彼女は、そこにいるだけで空間そのものが華やぐ。

片平も息吹たちの方を向いていたが、隣の美聖に視線を向け直して、告げる。

「最後に人気俳優と共演してみたかったとか、してみたくなかったとか」

「それはどっちなんだろう」

あはは、と笑う美聖に、とぼけたように片平も笑う。その輪の中で、翠だけは笑わない。

次は翠と息吹のシーンだ。

彼女は鼻の頭が赤くなったのも気に留めず、厚手のダウンコートを脱いで立ち上がった。

リハを終えて、監督とスタッフが最終調整に入る。

手持ち無沙汰に指先を擦り合わせる翠と違って、横にいる息吹はすでに役者モードに入っていて、これから撮るシーンを脳内でイメージしているようだった。

「柊さんがいるから引き受けたんですか？」

翠は直球で息吹に訊《たず》ねた。回りくどいのは苦手だ。そして、女という生き物は回りくどい。だから翠は、女の集まるモデル業で散々嫌な目にあった。

そんな時、初めて美聖と出会った。

上手《うま》く生きられない自分が大嫌いだった翠に、美聖は、「大丈夫だよ」と言ってくれた。

その大丈夫の一言が、人を変える力を持っていると、美聖自身はきっと知らない。

翠の問いに息吹の動きがぴたりと止まる。そして、小さな顔に埋め込まれた宝石のような大きな瞳が、隣の翠に真っ直《す》ぐと向けられた。

吸い込まれるような力強い瞳が、翠の視線と重なると、途端に緩やかな弧を描く。その柔らかな雰囲気に、ギャップに、翠は目を見開く。

「正直、よくわからないです」

「わからない？　黛さんって凄《すご》い忙しい方じゃないですか。今回のだって引き受けたらもっと忙しくなるのに」

「忙しいのはみんな一緒です。翠さんだって忙しいでしょう？」

息吹の声は、女性の割に落ち着いている。モデル業の時によく聞いていた、耳を劈《つんざ》くような甲高い声がトラウマになっていた翠には、彼女の声はやたらと優しく感じられた。

「出るからには良《い》い作品作りに貢献したいし、それに——」

そう言って、息吹の視線がふと、遠くへ向けられる。追わずとも、翠はわかってしまった。その眼差《まなざ》しを翠は知っている。ずっと見てきた人が、彼女へ向けるものと同じだったから。

「私が今できることで御礼《おれい》をしたいんです」

息吹のあまりにも真っ直ぐな言葉。

「なにそれ、」

翠の口から思わずそんな言葉が衝いて出たかと思えば、沸々と込み上げた笑いが落ちる。

存在しか知らない息吹を、翠はもっと孤独な人だと思っていた。崇高で、故に孤独。

「……なあんだ。黛さんって意外と普通の女子なんですね」

翠は「あたし、買い被《かぶ》ってました」なんて、失恋の八つ当たりを軽い口調でぶつけてみれば、息吹が翠を見る。

怒るかな、と思っていたのに、息吹は翠の言葉に、瞬きを繰り返して、それから突然、心から嬉《うれ》しそうに笑った。そんな彼女に、今度は翠が目を瞠《みは》る。

「本当ですか？　ありがとうございます。そんなふうに見てくれたのは翠さんが初めてです。すごく嬉しい」

「えっ、褒めてると思ってますか？」

「褒めてなかったとしても私は嬉しいので」

「……あは。なにそれ、変なの」

翠は呆《あき》れて笑う。雲ひとつない真っ青な快晴は、空っぽな翠にぴったりだった。

お昼を挟み、撮影は佳境を迎える。

「今のところもっかい撮ろう」

櫻子の失恋シーンは、夕暮れのロケーションのため、先にラストシーンから撮る。

校門のところで晴が紗良彩を待つところから、撮影が始まる。

恋人になってさらに絆《きずな》を深めたふたりは無言で手を繋《つな》ぐ。言葉少なな晴に、快活な紗良彩。

晴の「好きだよ」という台詞《せりふ》に、紗良彩が彼に抱きついて、頬にキスをするという流れだ。

撮影の合間、美聖は暖かな日差しに目を細めて、穏やかな表情をする。そんな顔を見上げながら翠は言う。

「柊さんはいつまで黛さんのファンでいるんですか？」

冷たい風が二人の間を吹き抜ける。寒さで身を竦《すく》めた翠に、美聖が「大丈夫？」と優しい声で言う。翠は「大丈夫です」とはっきりと言う。もう、彼に溺れることはできない。

そんな思いが声の強さに現れる。

「もう解散しちゃいますよ。黛さん、いなくなっちゃいますよ」

「うん」

美聖も寒そうに制服のズボンに手を突っ込んで目を眇《すが》めた。ローファーの足先が、小さな小石を蹴る。翠も意味なく、足元にあった枯葉を踏む。

翠は回りくどいのが嫌いだ。現実は回りくどいことばかり。美聖と息吹の回りくどさといったら、恋愛ドラマよりもひどい。

もうすぐ撮影が始まる。翠が美聖の重箱の隅をつつこうとした時、先に美聖が口を開いた。

「息吹さんのファンとして、きっと俺はもう失格だから、」

「失格？」

「だから、息吹さんがいなくなる前に、絶対に捕まえるよ」

そう言って顔を上げた美聖の表情は、どきりとするほどかっこよくて、どんな演技でも見せない熱量を放っていた。

翠は破顔する。美聖といい、息吹といい、回りくどいほどお互いを想《おも》っている。

「はーい。撮るよー」

カメラがもうすぐ回る。その前に、終わりにする。

撮影準備で翠に手を伸ばす美聖に向かって言う。

「最初からわかってました。ずっと柊さんのこと大好きだったから」

美聖は驚きかけたが、カメラが回ったのに気がついてすぐに木城晴になる。翠も晴の恋人である矢野紗良彩になる。今だけは、この瞬間だけは、あたしたちは恋人同士だ。

『好きだよ』

優しい表情で言う晴と、「大丈夫だよ」と言ってくれた美聖が翠の中で重なる。

翠は泣きそうになるのを堪えて、紗良彩として晴に抱きつく。精一杯、愛を伝える。

『私も大好き』

そう言って、翠は美聖の唇に、さよならの代わりにキスをした。

＃

撮影の後、美聖はラジオ番組の出演があった為《ため》、家に帰宅したのは深夜になってしまった。

「ただいま」

もうすでに息吹は寝ていると思ったが、玄関を開けると電気はまだついていた。

リビングからテレビの音がする。ただ、いつもの「おかえり」と玄関までやってくる息吹はいない。寝落ちしてるのかな、と美聖は先に諸々を済ませてから最後にリビングに行く。

息吹は、ソファーの上でクッションを抱きしめたままテレビを観《み》ていた。

「息吹さん？」

美聖の声に息吹からの応答はない。不思議に思った美聖が、息吹の正面に回って顔を覗《のぞ》き込もうとすると、ふい、と逸《そ》らされる。その態度に美聖の心が崩れ落ちる。

「え？　い、息吹さん……？」

困惑した美聖の声にも、息吹は無視を決め込む。美聖はさらに落ち込みながら問う。

「その、つまり、俺は切腹した方がいいですか？」

「……罪状は？」

「目も合わせたくないほど俺の顔が不愉快です、とか」

美聖の声は今にも泣き出しそうだ。そんな美聖に、息吹は顔は逸らしたまま、ぼそり、と呟《つぶや》く。

「どっちかっていうと美聖くんはかっこよすぎて切腹」

「わかった。今からお面買ってくる。息吹さんといる時は四六時中着けるからそれでいい？」

「いらないよ」

本当に行動に移しかねない美聖の必死さに、息吹がようやく折れた。息吹の顔がやっと美聖へと向けられる。

息吹は口端を下げてどこか不服そうに眉根を寄せている。若干尖《とが》っている唇があまりにも可愛《かわい》くて、指でつまみたくなるのを、美聖はグッと堪える。

顔は見せてくれたものの、クッションを抱きしめた息吹は拗《す》ねたまま何も言わない。

美聖はそんな彼女を見上げて、努めて優しく問いかける。

「息吹さん、ごめんね。俺、何か気に障ることしちゃった？」

美聖の切実な言葉に、息吹の眉根が微《かす》かに動く。

「息吹さんが嫌がることはこれから先、繰り返したくない。だから教えて欲しい」

俯《うつむ》く息吹の髪がさらりと前へ落ちて、彼女の真っ白な頬に触れる。

美聖はゆっくりとその髪に指先で触れて、彼女の耳に優しくかける。息吹の小さな耳が愛おしくて、美聖は思わずその耳を指先で撫《な》でてしまう。途端に、息吹が驚いたように、ただでさえ姿勢の良い背筋をさらに伸ばす。

それから、息吹は、美聖の問いかけるような視線に耐えかねたように、重たい口を開いた。

「……ごめんなさい。私が勝手に拗ねてるだけ」

息吹の桃色の唇が動く。伏せがちな瞳は曇ったまま。長い睫毛《まつげ》だけが、切なげに震える。

美聖は息吹の耳たぶに優しく触れたあと、流れるように彼女の頬へ指を滑らせる。

「俺に、理由を教えてはくれない？」

「……しかたないことだもん」

「しかたない？」

「うん」

そう言って息吹が美聖と目を合わせる。翳《かげ》った息吹の瞳は、ほんのりと紺色にも見える時がある。わずかに躊躇《ためら》いを見せたが、息吹の瞳が不意に美聖の奥のテレビへ向いて、そして、ぐ、と眉間の皺《しわ》を深めて言った。

「だって、美聖くんが誰かとキスするのも、誰かを抱きしめるのも、誰かに好きだって言うのも、俳優ならしかたのないことでしょう？」

美聖の記憶が昼間の撮影まで遡る。本来、頬にキスをする予定だった翠と唇を合わせたこと。翠の演技力が買われて放送にはそのまま使われること。

その前も、演技で多くの女優と美聖はキスをした。少ないがベッドシーンも演じたことがある。

それでも、息吹が何か言ってくることはなかった。美聖の出演するものを観てくれた時も、彼女は「私にもかっこいい台詞言って」なんて悪戯《いたずら》っぽく笑ってくるほどだった。

それが今になって、何故《なぜ》。

困惑する美聖に、息吹はクッションをきつく抱きしめたまま続ける。

「ずっと気にしないふりして、平気なふりしてたのに」

美聖が帰ってきてこうして向き合うまで、ひとりで沸々と溜《た》め込んでいたものが、息吹の中からぶわりと溢《あふ》れ出す。

「初めて生で美聖くんのキスシーン見たら、なんか、もう、」

息吹は上手《うま》く言葉にできないもどかしさからか「もう、んもう！」と繰り返す。美聖からすると、控えめに言わずともそんな息吹がはちゃめちゃに可愛いのだが、美聖はそれを表情に出さないようにするので必死だ。息吹は耐えきれなくなったようにテレビ画面を指さす。

美聖がそれを追いかけた先、画面には以前共演した新人女優の理々杏《りりあ》が映っていた。

『憧れはやっぱり柊さんですね』

『理々杏ちゃんって柊美聖くんの名前しか出さないね』

『えっ恥ずかしいほんとですかっ。でもほんとにキラキラしてて伊達《だて》に国民の王子背負ってないなあ凄《すご》いなーって思います。あっ、もちろん役者としての憧れですからねっ』

可愛らしい笑顔で言う理々杏に、息吹は唇を噛《か》み締めて泣きそうな顔になる。

「もう！　美聖くんの人誑《ひとたら》し！　もうっ」

「えっ」

「今日の翠さんのは、演技じゃなかった！　彼女の気持ちが入ってた。きっと今までもそうやって美聖くんがキスとかされてたんだって気づいちゃったら、やだったの！」

息吹の黒真珠のような瞳に、薄く涙の膜が張る。拗ねたように必死で怒る彼女を、美聖は衝動的に抱きしめてキスをしてしまいそうになる。そんな自分の本能をぐっと抑え込む。すっぴんの息吹はやっぱり綺麗《きれい》なのに、唇を尖らせて拗ねる顔は幼く、堪《たま》らなく可愛い。

「息吹さん」

美聖が名前を呼んでも、息吹はクッションに顔を隠して動かない。美聖からかすかに見えるのはかきあげられた前髪の生え際と、真っ白で滑らかな彼女の額だけだ。

『柊さんは本当に優しいです。リアル王子様って感じで』

画面から理々杏の明るい声が聞こえてくる。向かいからは、クッションに埋もれた息吹の「もう」という唸《うな》り声が聞こえてくる。美聖は反射的に破顔してしまう。

(優しくなんかない。王子様なんかじゃない。いじけてる息吹さんを可愛いと思ってにやけてしまうような卑しい男なんです、俺は)

不貞腐《ふてくさ》れた息吹の可愛い顔が見たい。美聖は、音もなく息吹へ近づく。

「息吹さんにこっち向いてもらえないと、俺、いじわるしちゃいそうだな」

「…………」

美聖の言葉に、息吹は無言を貫き通す。美聖は胸に込み上げてくる甘い波に任せて、クッションから飛び出た息吹の額に、ちゅ、と音を立ててキスをする。

あからさまに反応した息吹は顔を上げかけて、すんでのところで押し止《とど》まり、クッションを抱きしめたまま動きを止めた。美聖は息吹の顔を見るために、さらに思案する。

『いい加減、息吹って呼んで欲しいなあ』

いつの日かの息吹の言葉を思い出す。美聖はソファーの横に置いてあったリモコンでテレビの電源を落とす。一気に静けさの広がる部屋で、美聖は息吹に向けて囁《ささや》く。

「息吹」

息吹が顔を上げる前にもう一度、気持ちを込めて。

「息吹、顔見せて」

魔法にかけられたように息吹が顔を上げる。美聖は嬉《うれ》しくなって、目尻を垂らして笑う。

そして息吹が再び顔を隠してしまわないよう、素早くクッションを奪い取ったのだった。

＃

いつも美聖が起こしに行くまで電池の切れた人形のように眠る息吹だが、今日だけはきちんと目覚めていた。カーテンの開け放たれた窓の向こう、バルコニーで伸びをする息吹に、美聖が部屋の中から声をかける。

「息吹、珈琲《コーヒー》飲む？」

息吹は振り返り「うん。ありがとう」と目を細めて微笑《ほほえ》んだ。美しい黒髪が朝日によって、天使の輪を作っている。その澄んだ瞳が綺麗で儚《はかな》い。

冬の始まりと共に木枯らしに息吹が攫《さら》われてしまいそうで、美聖は思わず彼女へ言葉を滑らせた。

「息吹、風邪引く前に戻っておいで」

美聖の言葉に、息吹は楽しそうに笑って「はーい」と答えた。

ふたりでゆったりと朝食を取る。美聖は、今日明日と久しぶりのオフだ。

十二月一日、日曜の朝は晴れ渡っていた。昨日まで雨続きだったのに、今朝には雲ひとつない快晴に、美聖は意味もなくcoc9tailの女神説を推した。coc9tailは本日、全国ツアーのラストライブを迎える。もちろん美聖のオフはこの日のために前々から押さえていたものだ。

「美聖くんのお味噌汁《みそしる》美味《おい》しい」

「ほ、ほんと？　よかった」

「うん。身体温《からだあった》まる」

そわそわとどこか落ち着かない美聖とは違い、息吹はいつもよりも余裕に満ちている。

BGMとして点けていたテレビから、結婚情報誌のCMが流れる。ウエディングドレスを身に纏《まと》う女優をちらりと見てから、息吹が言う。

「歴代白のウエディングドレスなのに、私だけ紫だったね」

息吹に釣られて美聖もそのCMを見ながら、画面の中の女優の姿が、一週間前の、美聖と共に撮影した息吹の姿へとすり替わる。

それは、思い出しただけで鼻血が出そうになるほどの可愛さだった。

「世界一綺麗な花嫁だよ」

「役だけどね。美聖さんは新郎というより王子様だったね」

「あんなにNG出したの、初めてのMV以来だったよ……」

「私の正面に立つだけでどうしてNGになるの？」

「息吹さんがこの世に存在する全ての生命体の中で唯一無二の美しさを放っていたから」

「あ、ありがとう……」

「こちらこそありがとう」

穏やかな時間が過ぎてゆく。朝のニュース番組は日曜日ということもあって比較的緩いものが多い。ニュースの見出しに《紅白歌合戦出場者決定！》と出る。出演者たちが楽しげに紅白出場者一覧のパネルを見ながら話す。

『紅組のトリはcoc9tailなんですね！』

『大トリは三年連続でSH/KI《シキ》かあ。さすが国民的アイドルとしか言いようがないわ』

『今のところ白組が五連覇中とのことです。ただ今年は年内解散のcoc9tailが紅白でラストステージとなるので、大きなキーポイントにもなりそうですね』

出演者たちの話を聞きながら、美聖も息吹も朝ごはんを食べ終える。ふたりで手を合わせて「ごちそうさま」をしたところで、画面の向こうの司会者が言う。

『で、毎年にわかに世間を騒がせるのが審査員発表ですね』

司会者に相槌《あいづち》を打ちながら、バラエティに強い女性タレントが興奮気味に言う。

『柊美聖さんですよね。知ってます知ってます。めっちゃ騒がれますよね』

『へー！　知らんかったわ。でも去年客席からカメラ抜かれてたよね？』

『そうですそうです！　めっちゃ有名ですよ。柊さんってcoc9tailの息吹さんの重度オタクで有名なんですけど、それが理由で審査員はいつも断ってるんですって』

『やけに詳しいな』

『わたし柊さんの顔めっちゃ好きですもん。てか嫌いな人います？　いないでしょ、みんな好きでしょ、あの顔ですよ。好きが普通なんですよ』

笑いをかっさらう女性タレントの言葉に、向かいの息吹が面白くなさそうに、テーブルの下で美聖の足を軽く蹴ってくる。

美聖は「ごめん」と何故か謝りながらも、嬉しさで顔がふにゃりと緩んでしまう。

ゲスト審査員の発表はおおよそ十二月下旬だ。だが、息吹は、すでに美聖が今年も例年通り審査員を断ったのを、彼から聞いて知っている。

朝食で使ったお皿をふたりで洗いながら、隣に立つ美聖に言う。

「紅白の審査員、断らなくてもいいのに」

「問答無用でcoc9tailに入れちゃうから」

美聖は間髪を容れずに答える。さすが毎年なんの躊躇いもなく審査員を断る男だ。その局《きょく》の大河ドラマの主演を務めた年でさえ、紅白の審査員を断った美聖は本気度が違う。

審査員として出れば、演技だけではない、美聖の人柄や朗らかさが、今よりもっと国民に伝わるはずだ。

息吹は手を拭きながら、美聖に笑いかける。今日の息吹は澄んだ湖のように、誰にも邪魔できない美しさがある。

「じゃあ来年からはちゃんと審査員できるね」

「…………」

それはつまり来年から、coc9tailがいないということだ。そんなこと言わないで、なんて美聖には言えない。代わりに無言で握りしめた拳がやたらと痛かった。

全ての身支度を終えた息吹のスマホに木村から着信が入る。迎えがもうすぐ到着するという連絡だろう。いつもは美聖が寝室で眠る息吹の元までスマホを持っていくこともあった。けれど、今日の息吹はワンコールのうちに電話に出ると「ありがとう」と笑って、電話を切った。電話越しに聞こえてきた木村の声は微《かす》かに動揺しているようだった。

玄関に向かう息吹を美聖も追う。ライブは夜の六時から始まる。coc9tailは先に行ってリハーサルや準備をしなければならない。

「美聖くん、関係者席で観《み》てね」

「……うん。息吹から貰《もら》ったチケットで観るよ。俺の分も誰かがcoc9tailの最後に立ち会えるならなおさら」

「ありがとう。本当にファンの鑑だね」

靴を履き終えた息吹が振り返る。黒のバケットハットを被《かぶ》った息吹が口角を上げている。

美聖と目が合うと、息吹は姿勢を正し、少しだけ緊張したように下唇を舐《な》める。

「美聖くん、ひとつだけワガママ言ってもいい？」

「なんでも聞くよ」

美聖の即答に、息吹は楽しそうに笑う。

「今日、終わったら一緒に帰ろう」

息吹の語尾がわずかに震えを見せる。美聖はそんな彼女の手を取る。穏やかな笑みに反してひどく冷たい指先を、美聖はあたたかな自身の手で包み込む。

「待ってる」

「……ありがとう」

息吹は微笑むと、目を閉じて深く呼吸を繰り返す。それからゆっくりと瞼《まぶた》を持ち上げる。

——その先でかち合った彼女の瞳は、すでにcoc9tailの黛息吹になっていた。

「いってきます」

「いってらっしゃい」

美聖は、そんな息吹を笑顔で見送った。泣きそうになるのを必死で堪えながら。

「……うっ、ふ、う、……ぐすっ」

「美聖さん泣き過ぎです」

「だって、っう、……うぅ」

関係者席で息吹のグッズを身に纏った美聖は、ライブが始まる前だと言うのに嗚咽《おえつ》混じりで泣いていた。息吹の厚意で片平の分もチケットが用意されていて、美聖の隣に座っている片平はグッズのうちわを手にしながら言う。

「マジで美聖さん勘弁してくださいよ。僕まで泣きそうになってきましたよ」

「ごめ……っぐす、涙止まんなくて……ぐす、」

「美聖さあん……っ」

成人男性ふたりが嗚咽混じりで泣いている光景は傍《はた》から見たらそりゃもうまずいだろう。

関係者席は二階にあり、アリーナが見下ろせる。coc9tail のペンライトを光らせるファンや、全身を推しのカラーで決めるファン。会場にはみちみちと人が詰め込まれている。

ここにいる全員が coc9tail のファンなのだ。

「ぐすっ、coc9tail ってやっぱり凄《すご》いなあ」

「うちの看板ですもん。伝説のグループですよ」

「うん……俳優業休止してでも全公演行けばよかった……」

「その話ぶり返すのやめてください。僕の胃が痛くなります」

「ごめん」

「今日 coc9tail のラスト観られるんですから」

「うん……」

今日ばかりは関係者席でよかったな、と思いながら、美聖は自然と溢《あふ》れ出す涙をひたすら拭っては、coc9tail を待った。

開演時間になり、会場が一気に暗くなる。

客席から歓声が沸き、ステージのスクリーンにオープニングが流れ始める。

そこには、九人の幼い姿が映し出される。初出の映像だ。右下に表示された日付は、彼女たちがデビューする一年前のもの。息吹はまだ中学生だ。必死で練習する姿が流れ、そこから月日がどんどん進んでいく。ファンとの思い出が積み重なっていく。

メンバーがひとりひとりスクリーンに映し出され、推しが出る度に黄色い悲鳴が上がる。

「きゃーっ」

最後に息吹が現れ、ふう、と手のひらに乗る花びらに息を吹きかける。

「息吹ーっ！」

音楽が大音量になり、ステージ上にスポットライトが集まる。九人の美女が現れる。

各々のファンが、各々の推しの名前を全力で叫ぶ。美聖はあまりにも神々しい九人の女神を前に、声が出ない。無言でぼろぼろと涙を流すだけ。

瑞希《みずき》の歌い出しで一曲目が始まり、歓声は最高潮になる。二階にいる美聖や片平にも地響きのような感覚が押し寄せる。

「最後の瞬間まで全力でいくよ！　みんなついてこられるかな？」

曲に合わせて前後していた客席のペンライトが、メイの声に応えるように細かく揺れる。

九人のダンスと歌に魅了されながらも、美聖が追いかけてしまうのはどうしても息吹だった。ダンスの激しい入れ替わりでも、美聖の黒目は無意識のうちに息吹を捉えている。

一曲目が嵐のように終わり、ステージ上が暗くなると代わりに客席が騒がしくなる。突然、隣の片平がペンライトを振りながら叫んだ。

「優衣《ゆい》ーっ！」

「えっ」

ひたすら息吹を見つめて泣いていた美聖は、びっくりして隣の片平を見る。と、彼も美聖を見ながら顔面をぐしゃぐしゃにして涙声で言う。

「今まで黙ってたんですけど実は僕、優衣推しなんです。美聖さんに連れられてcoc9tailに会いに行くたびに優衣の健気《けなげ》なところに惹《ひ》かれて」

「どうしてすぐ教えてくれなかったの？」

「美聖さんの最推しは息吹さんじゃないですか。息吹さんしか勝たんみたいなノリじゃないですか」

「俺はcoc9tail箱推しだよ……」

「言い方変えます。美聖さんは、息吹さんにガチ恋じゃないですか」

「………」

片平は暗闇の中、微かに見える美聖の美しい顔を見つめて言う。

「好きな子ひとりぐらい、いい加減射止めてくださいよ。あなた、国民の王子なんでしょう」

片平なりの応援だった。マネージャーとしてではなく、同じライブを見に行く同志として。ずっと美聖が息吹を推すのをそばで見てきたのだ。どんなじれったいラブストーリーよりもじれったいことこの上ない。片平の言葉に、美聖が洟《はな》を啜《すす》って、白い歯を見せて笑った。

「がんばるよ」

二曲目が始まり、美聖と片平は再びステージへと顔を向けた。

幸せな時間は秒だと言うが、あながち嘘《うそ》ではない。気がつけば、ライブはアンコールを迎えていて、最初は黄色い声援を上げていた客席からも、次第に啜り泣きが増えていく。

coc9tailはアンコールで、アレンジされたライブTシャツを着て、それぞれがメンバーカラーのマイクを手にステージへ戻ってきた。

デビュー曲を歌い上げ、続けざまに年明けに発売されるアルバムから、美聖がMVを務めた一曲を歌う。その時すでに会場は涙で包まれていた。美聖も息吹のグッズタオルが涙でびしょびしょだ。隣の片平も美聖に打ち明けてからは、開き直ったように鞄《かばん》から取り出した優衣のビッグタオルで涙を拭いている。

ステージ上を歩き回ってファンサービスをしていたcoc9tailは、曲の終わりに合わせて中央ステージに戻る。

「今日は楽しんでいただけましたかー？」

横に一列で並んだ九人の真ん中で、瑞希は会場に手を振りながら言う。会場から拍手や「ありがとうー！」という声援が返ってくる。

ステージ上のスクリーンに瑞希が映し出される。彼女は一頻《ひとしき》り会場に手を振り終えたあと、笑顔でペンライトの輝く空間をしばらく見つめていたが、突然くしゃりと顔を歪《ゆが》ませた。

「……っ、ごめんなさい。最後まで笑顔で終わらせようと思ったのに」

大きな瞳に溜《た》め込んだ涙を零《こぼ》しながら、瑞希が言う。彼女の涙に釣られて会場からもメンバーからも洟《はな》を啜る音がする。

瑞希の隣にいる息吹だけが、綺麗《きれい》な笑みを浮かべたまま、瑞希の背中を優しく撫《な》でている。

瑞希は泣きながらマイクを口元に運び、途切れ途切れに最後の挨拶をする。

「最後まで一緒に走り抜けてくださってありがとうございました！」

大粒の涙を頬に伝わせながら、それでも笑顔を見せる瑞希に会場から盛大な拍手が送られる。メンバーの涙ながらの挨拶が終わっていき、最後に息吹となる。

彼女は登場時と変わらぬ美しさを保った笑顔のまま、ひとりひとりのファンに応えるように会場の隅々まで手を振る。スクリーンに大きく映る息吹の顔が美し過ぎて時が止まる。

手を振り終えた息吹は、無言で頭を深く下げる。十秒ほど頭を下げ続けた息吹の、その行動だけで、彼女の誠心誠意がファンの胸に伝わってくる。

息吹は言葉数が多くない。けれど、ファンは彼女のひとつひとつの行動に愛を感じている。

顔を上げた息吹は、紫のマイクを口元へ近づけ、女神のような微笑のまま口を開く。

「みなさんが私をアイドルにしてくれました」

息吹の声に、永遠に泣き続けていた美聖の瞳から、ぶわっと、さらに熱い涙が溢れ出す。

「みなさんを笑顔にできるアイドルをずっと目指してきました。……でもいつも先にみなさんが私を笑顔にしてくれました。その度にもっとみなさんに愛を返したいというのが、私がアイドルとして頑張り続けられる力の源でした。coc9tail として愛され続けて、本当に幸せでした……この幸せな気持ちを上手《うま》く言葉にできなくて」

スクリーンに映し出される息吹が微笑《ほほえ》みながらもマイクを手に、歯がゆそうな顔をする。

観客から「大丈夫だよ！」「伝わってるよ！」「息吹ー！」と応援が入る。

息吹は眩《まぶ》しいほどの笑みでその言葉を受け止めると、再び会場を見回してから、ゆっくりはっきり言葉を紡いでいく。

「みなさんが大好きです。私の宝物です。これからもずっと。この先一生変わることのない想《おも》いです。私を、見つけて応援してくれて、ありがとう」

言葉少なな息吹の一生懸命な挨拶に、会場からは啜り泣く人の声が、波のように広がる。

メンバーも号泣するなか、息吹は最後までアイドルの笑顔で、ファンを見つめる。

「大好きなメンバー、スタッフの皆様、マネージャー、そして何よりもずっと応援してくださったファンのみなさんに心から感謝しています。ありがとうございました！」

こうして、coc9tail のラストライブは終わりを迎えた。

＃

美聖が闇夜に吐き出した息が白い。寒さで洟を啜ると、涙の余韻が残っていて、一度収めた切なさが込み上げてくる。ライブ後、事務所から呼び出しのあった片平は、自分が美聖を送迎できない代わりにと、事務所系列のタクシーを呼んでくれた。

まだ関係者入口から人が出てくる気配はない。ドームは未《いま》だに明かりが点《つ》いているが、観客の足は、すでにそこから遠のいている。

美聖が息吹を待ち続けている間、会場を後にするファンたちの泣き声と話し声は、美聖の耳にも届いた。

『……なんか信じられないよね。もう coc9tail に生で会えないなんて』

『しかも息吹が来年からどこにもいないなんて』

『柊美聖のアカウントとかセルフ凍結しそうで心配』

『たしかに。coc9tail と息吹のことしか発信しないもんね。王子、大丈夫かなあ』

『ていうか私が芸能人だったらどんなツテ使ってでも息吹と友達になったのになあー』

『それなー』『はあ一般人しんどー』『泣けてきた』

美聖は息吹を待ちながら、ファンの子達の会話を思い出す。

きっと以前までの美聖なら、息吹とこういう関係に踏み出したことすら、ファンに申し訳ないと思っていたはずだ。それは突き詰めれば、息吹という存在を『アイドル』のみとして崇《あが》めていたわけで。

ある意味、息吹の存在自体を、美聖は自分の世界から切り離していたということだ。

『今日、終わったら一緒に帰ろう』

今朝の息吹の言葉が蘇《よみがえ》る。

（……俺って実はすごく欲張りなやつだったんだな）

美聖が今、溢れだしそうなほど抱え込んでいるこの感情が何よりの証拠だ。美聖は、彼女を『黛息吹』というひとりの女の子として見ている。

鼻先に突き当たる夜風が冷たくて、美聖は首に巻いたマフラーに顔を埋める。タクシーで待つことも考えたけれど、できることなら、きちんと息吹を出迎えたい。

その時、関係者入口の扉が開く。中から出てきたのは、今朝美聖の家を出る時に見送った格好の女の子がひとり。少し遠くで待機していた美聖は、それが息吹だとすぐにわかった。

黒のバケットハットを深く被《かぶ》り、黒いマスクで変装した息吹は外へ出るとすぐにスマホを取り出し、画面を操作すると耳に当てる。

美聖のコートのポケットに入れていたスマホが震える。

確認しなくてもきっと息吹からだ。それでも確認してしまうのは、目視でその現実を見つめて喜びたい美聖がいるからだ。

【着信】女神 黛息吹様

美聖はその電話に出ることなくコートのポケットにスマホを仕舞うと、口の横に両手を当てた。

「息吹！」

美聖の声に、息吹がはっとしたように顔を上げる。それから声のした方を辿《たど》り、美聖を見つける。遠目でもマスク越しでもわかる。——息吹が嬉《うれ》しそうに笑った。

「……っ」

美聖の目から大粒の涙が溢《あふ》れ出す。

すでにライブで涸れたと思っていたのに、coc9tailのファンであり続けた年数分だけ蓄積された涙は、まだまだ体内に貯蔵されているらしかった。

息吹が走ってくる。そして美聖が泣いているのがわかると、声を立てて笑った。マスクを顎の下に引き下げながら息吹が言う。

「美聖くん、泣き過ぎだよ」

「だって、……ぐす、」

「待っててくれてありがとう」

「ううん。待たせてくれて、ありがとうっ」

息吹は困ったように笑いながら、美聖の顔に細い指先を伸ばす。ライブのために爪先まで綺麗に整えられた息吹の美しさは、スポットライトを浴びてなくとも眩《まばゆ》い。

ぼろぼろと涙を流す美聖の頰に息吹の指が触れる。夜冷えした美聖の頰は冷たいのに、流れる涙は熱い。

息吹は美聖の涙を優しく拭って、それから、ふと、その視線を記憶の中へと向ける。

ぼんやりとした眼差《まなざ》しのまま笑みを湛え、息吹が呟《つぶや》く。

「……………終わっちゃった、」

いつもは宝石が詰め込まれたような輝きを放つ息吹の瞳は、今はただひたすらに淋《さび》しげに、ただそこに在るだけ。

「ひとつずつ、少しずつ、終わってく。みんなの前から、私が消えてく」

息吹の瞳が過去を辿るように、色を失う。

息吹の手が、だらりと、美聖の頬から離れて、落ちる。

「自分で選んで決めたはずなのに、今まで立ってた居場所がなくなるのって、こんなに、……つらいんだね」

そう言った息吹の口元には柔らかな微笑が湛えられている。固く、彫刻のように、その表情であることが正しいと縛られたように。

「でも、ファンは選ぶ余地なくcoc9tailを失うわけだし、私の勝手な我儘《わがまま》で、私を応援してくれる人達の前から消えるわけだし、」

息吹はどんどん自らを縛り付けていく。そんな息吹の言葉を、美聖の声が遮る。

「息吹」

涙に濡《ぬ》れ切ったその声は、夜に溶けてしまうほど優しかった。

「我慢しなくていいんだよ」

息吹が弾《はじ》かれたように顔を上げる。追憶に耽《ふけ》っていた息吹の瞳が、今、目の前にいる美聖に真っ直《す》ぐと向けられる。

美聖の瞳が瞬きのたびに、そこから小さな雫《しずく》を落とす。鼻の頭を赤くして、綺麗な顔はいつだって羨ましいほど素直に想いを表へ覗《のぞ》かせる。

「息吹が選んだ道を寂しく思うファンはいても、息吹のことを我儘だなんて思うファンはいないよ。だって、みんな、息吹が好きでファンになったんだから。……息吹の重度オタクの俺が証人になるよ」

そう言って泣き笑いする美聖の柔らかな表情に、言葉に、息吹の瞳が揺れる。黒い闇の中に、星屑《ほしくず》を集めこんだ瞳が、じわりじわりと、海を溜め込んでゆく。

美聖はマフラーを解くと、息吹の首に自身のマフラーを巻き付ける。目線を合わせたまま、苦しそうに下唇を噛《か》む息吹に笑いかける。

「息吹、泣いていいんだよ」

その瞬間、息吹が美聖の胸に飛び込んだ。

細い腕できつく美聖を抱きしめる息吹から、涙で乱れた呼吸が聞こえてくる。

釣られて美聖の目からもぽろぽろと涙が落ちる。優しく、壊れ物を扱うように、美聖は息吹の身体《からだ》に腕を回す。

『ひとつずつ、少しずつ、終わってく。みんなの前から、私が消えてく』

美聖は息吹の悲しみを溶かすように、彼女を抱きしめたまま囁《ささや》いた。

「息吹、一緒に家に帰ろう」

息吹が居場所を失ったと打ちひしがれるなら、美聖は自分ができる全てで息吹に居場所を与えたい。彼女がそのままの彼女でいられる場所を。

#

coc9tailのラストライブを終えた翌朝、美聖が寝起きで見た鏡に映る自身の顔は、俳優業として失格だった。泣き腫らした目が酷《ひど》い。そのためcoc9tailのライブの翌日は常に美聖はオフになっている。一日で引くかなと思いながら美聖はホットタオルを目元にのせた。

息吹が起きてきたのは昼前だった。

「おはよう」

「……うん、おはよう」

多忙を極めているcoc9tailもさすがにラストライブの翌日はオフになったそうだ。

ホットタオルと保冷剤で目の腫れを引かせていた美聖は、息吹の目元も赤く腫れていることに気がつく。

「女神の天に与えられし唯一無二の完璧なお顔がっ」

「久しぶりにぐっすり眠れた」

「それはよかった。目の腫れも引かせないと」

美聖が慌てて息吹にホットタオルを用意する。息吹はふたり分の珈琲《コーヒー》を淹《い》れる。

昨晩、息吹はひたすら美聖の胸の中で泣いた。今の今まで蓄積されていたものを全部洗い流すように、ずっと泣きじゃくっていた。美聖は自分の涙は放《ほ》ったらかしにして、息吹の白い頬に伝う涙を優しく拭い続けた。

ぐずぐずと泣く息吹があまりにも愛おしくて、止《や》まない涙を拭い続ける無意味な行為でさえも、美聖は堪《たま》らなく嬉しく思えた。

手を繋《つな》いでタクシーに乗り込み、タクシーの中でも隣の美聖にしがみついて泣く息吹の頭を優しく撫《な》で続け、ふたりで美聖のマンションへと帰った。

そして互いに泣き疲れてすぐに眠ってしまったのだ。

「美聖くんブラックだよね？」

「うん。ありがとう」

ふたつのマグカップに注がれた珈琲のうちのひとつ、息吹の方に、砂糖とミルクが追加される。いつもブラックで飲む息吹の新しい一面に、美聖は思わず口を開く。

「今日は甘い気分？」

美聖の問いに、息吹は目元を赤くしたまま隣の美聖を見上げる。そのあどけない顔は、楽しそうだ。

「本当はいつも甘い気分なの。我慢してただけ」

「そっか」

湯気の立つ珈琲に注がれたミルクと砂糖が、ゆるりと混ざり、その色を柔らかくする。

息吹はそれを口元に寄せて、ふぅ、と冷ますように息を吹きかけてから、美聖に呟く。

「でももう私は我慢しなくていいみたいだから」

いたずらに零《こぼ》された言葉は、砂糖よりも甘い響きを持っていて、美聖ははにかみながら
「その通りだよ」と頷《うなず》いてみせた。

珈琲をふたつ手に、先にリビングへと消えた息吹の後を追うように、美聖は息吹の分のホットタオルを手に、彼女のもとへ向かう。

息吹はバルコニーで珈琲を飲んでいた。美聖はブランケットを手にバルコニーに出る。

「息吹ってここ好きだよね」

そう言いながら息吹の肩にブランケットをかけると、息吹は「ありがとう」と口元を綻ばせる。その微笑《ほほえ》みに、美聖の胸がぎゅうと痛くなる。

息吹から美聖の分の珈琲を受け取る。「ありがとう」と言ってから口に含んだ苦みに、この甘い時間が現実なのだと思い知ってまた、胸が締め付けられる。

息吹はあたたかなマグカップを両手で包み込み暖を取りながら、景色を見下ろす。その横顔は穏やかで、息吹が元来持つ神秘的な輝きをさらに際立たせる。

息吹は小さく息を吐き出しながら言う。

「昨日はありがとう」

息吹は美聖から受け取ったホットタオルを手にしたまま、赤い目元を風に晒《さら》して続ける。

「あと一ヶ月。私はcoc9tailの黛息吹として走り切る」

力強い息吹の言葉の中には、今まで常に持っていた孤高さが優しく溶けていた。その代わりに穏やかで洗練された美しさが研ぎ澄まされている。

ああ、また、息吹が美聖から遠く手の届かない存在になる。

それは嬉しいことなはずなのに、手放しに喜べなくなっている美聖がいた。

coc9tailのラストライブは終わったが、年内解散する彼女たちは解散するそのぎりぎりまであらゆるメディアに出突っ張りになる。

もちろんファンとして、彼女たちの姿を少しでも長く見守ることができるのは嬉しい。

年内、今年の十二月三十一日までは、美聖はアイドルとして走り切る息吹を応援したい。

これからまた一ヶ月間、美聖と息吹のすれ違いの生活が始まるのだろう。

だから、その前に――、

「息吹」

美聖が隣の息吹の名前を呼ぶ。美聖の声に息吹が彼の方を向く。

呼んだら気がついてくれる。この単純なことが奇跡なのだ。

だから、美聖の声がちゃんと息吹に届くうちに。

「年明けの一月一日、息吹の時間を、俺にくれる？」

美聖は声が震えないようにするのが精一杯だった。ゆっくりと息吹へ向けて右手を伸ばす。小指だけを立てて、約束の形を作った手を、真っ直ぐと息吹へ近づける。

息吹が美聖の顔を見つめ、そっと美聖の手を見下ろす。

それから、自身の小指を、美聖の小指に絡めた。

「約束ね」

絡められた互いの小指が、きゅ、ときつく結ばれた。

#美聖と息吹

十二月三十日 十九時四十五分 ニュース/芸能
【coc9tail《カクテル》センターの黛《まゆずみ》 息吹《いぶき》 × 国民の王子、俳優の柊《ひいらぎ》 美聖《みさと》に熱愛報道】
——結婚秒読みか 抱擁&手繋ぎから柊の高級マンションへ——
【画像】(左から)黛 息吹、柊 美聖
人気俳優・柊美聖(二十六)とcoc9tail・黛息吹(二十四)の熱愛が本日デジタル配信の『Spark』にて報道された。
【画像】ふたりで泣きながら手を繋いでタクシーに向かう姿
〈国民の王子〉と謳《うた》われる人気実力派俳優・柊美聖と、トップアイドルとして絶大なる人気を誇りながらも年内解散が決定している〈coc9tail〉黛息吹の、双方初となる熱愛スキャンダルがスクープされた。
【写真】この記事の写真を見る(全四枚)
記者がふたりの姿を捉えたのは十二月一日の夜。その日、coc9tailは東京ドームでラストライブを迎え、五万人のファンとラストライブを共にした。デビュー当時から『息吹のファン』と公言している柊の姿はいつもの一般席ではなく、関係者席にあった。柊はドームの外でライブを終えた黛と落ち合うと、ふたりで涙を流しながら熱烈な抱擁を繰り返す。柊は自身のマフラーを黛に巻き付けると手を繋いでタクシーに乗り込み、そのまま柊の住む高級マンションへと揃《そろ》って消え、その日のうちに黛がマンションから出てくることはなかった。

ふたりが所属するムーンプロダクションはSparkの取材に対し「プライベートのことは本人に任せております」と否定も肯定もしなかった。

coc9tailの年内解散について業界の中ではメンバーの結婚による解散の噂《うわさ》が相次いでいた。グループの中でも最も人気のある黛が年内で芸能界を引退する発表を受け、彼女の結婚が最も有力視されていた。

トップアイドルの彼女の心を摑《つか》んだのは、大ファンの王子で間違いないだろう。

\#

大晦日《おおみそか》だからといって、子供の頃のような胸が躍る思いはもうない。とはいえ、今年だけはかすかに非日常の出来事が起こるのではないかと興奮していた。

昨夜、大晦日を前にして柊美聖のファンとcoc9tailの息吹ファンへ爆弾が投下された。

《あたしあの記事の画像保存した》

《私は気づいたらコンビニ駆け込んでプリントアウトして額縁に飾ってた》

《それは末期》

美聖と息吹の熱愛スキャンダルが報道され、私は慌てて同志のグループラインに連絡した。向こうも同じだったらしく、トーク画面は絶叫だけがしばらく続いていた。

社会人になり日々を消耗するだけの中、推しとその推しの良さについて語り合える同志は、時に恋人よりも価値がある。持論だ。

「ビール開けていい？」

「おつまみもあるよ」

「紅白始まるまでcoc9tailのライブ観《み》る？」

「安定のね。ペンラ持ってきました」

大晦日、coc9tailのラストステージとなる紅白歌合戦は、当初ひとりで挑むつもりだった。しかし前日に投下された爆弾の威力に耐えきれなくなり、結果、同志たちと急遽《きゅうきょ》宅飲みで年を越すことにした。

こたつを囲うように暖を取り、中央に鍋を置いて年甲斐《としがい》もなくわちゃわちゃと騒ぐ。

「やっぱりラストにcoc9tail観たくて紅白のチケット応募したけど全落ちだった。応募数二十万超えてたっぽいよ」

「えぐ。まあ美聖はどんなことしてでもチケット当てるんだろうけど」

「今年も審査員断ったらしいよね。さすがだわ」

集まったメンバーは年も職種も生まれもバラバラで、会う頻度も多くない。それでも同じものを好きという理由でこうして繋がり続けている。それって冷静に考えればめちゃくちゃにすごいことだと思うのだ。

「ぶっちゃけ美聖だけが好きだった頃は熱愛とか出たら死ぬって思ってたけど、息吹なら『どうか美聖を頼みます』って感じだよね」

そう言いながら鍋をつつく彼女は、美聖主演の映画で彼の容姿と演技力に惚《ほ》れ込み、その後、美聖のSNSアカウントをフォローし、気づけばcoc9tailのファンになっていた。

恐るべし美聖の布教アカウント。

「あたしは逆。息吹が誰かと交際とか結婚ってありえない！　釣り合うやつなんていないだろ！　って感じだったんだけどまあ美聖くんならって謎の親目線が発動する」

「もうふたりが尊いってやつね」

「でもさあ、ぶっちゃけマジで付き合ってんのかな？」

「……うーん」

ひとりがスマホの画面で熱愛記事を開く。昨晩投下された記事は物凄《ものすご》い勢いで拡散され、

PVは見たこともない数字を叩《たた》き出している。同時にSNSのトレンドは〈息吹 結婚〉〈息吹 熱愛〉〈息吹 美聖〉〈王子おめでとう〉〈美聖 熱愛〉〈王子 オタク〉〈息吹 解散理由〉といったふたりのことで溢《あふ》れかえっていた。

ビールを飲みながらスマホを操作していたひとりが「でもさあ」と口を開く。

「あの記事の後に他のところも記事出してて、それだと息吹も単純に同じマンションに暮らしてるって書いてあるんだよね。事務所系列のマンションらしいし」

「あーね。王子奥手そうだもんねえ」

「そう！ そこなんだよ！ 美聖って、あんなかっこいいのに完全にオタクじゃん。だから息吹がアイドルのうちはそういうの絶対しなそうじゃない？ 息吹もアイドルの鑑《かがみ》だし」

「でもそうすると息吹が芸能界引退する理由が謎にならない？」

「あー……たしかに」

ここでどんな会議を開いても結局は憶測に過ぎない。この記事も、息吹の解散理由も、本当のことを知るのは本人たちのみなのだ。

私は美聖のSNSのアカウントに飛ぶ。

〈皆さんおはようございます。今年も今日で終わりますね。今年も一年、ありがとうございました。来年もよろしくお願い致します。寒いので身体《からだ》をしっかり温めてくださいね〉

ほんの数時間前に投稿されたそれには、追い切れないほどのリプが続く。その多くが記事についてと、今日の紅白について、だ。

coc9tailのオフィシャルアカウントも紅白歌合戦の出場のお知らせがされただけで、ふたりとも記事についての言葉は一切ない。

「紅白でなんかあるかもだしね！」

「今から心臓痛いわ。死んだらあとは頼む」

「骨は拾うよ」

お酒も入ってみんなハイテンションになる。ネットが普及してテレビ離れが騒がれる現代だが、今日ばかりはみんなテレビに齧《かじ》り付くだろう。

——さあ、もうすぐはじまる。私は心してテレビのチャンネルを紅白に合わせた。

「うっ……ぐす、」

「ちーやん、ティッシュ取って……ずび、」

「あいよ……」

時刻は二十三時五十五分。

中途半端に残った鍋をそのままに、空き缶がこたつの周りに散らばっている。

十分前に終わった紅白歌合戦の余韻を引き摺《ず》りすぎて、誰もその場から動けずにいる。

トイレに行きたいと言っていた美聖推しもテーブルに突っ伏したまま微動だにしない。

紅白の後に流れ始めた年越しのための除夜の鐘と、うちの近くの神社で鳴らされる鐘の音が重なる。

「箱ティッシュ空です」

「四箱目だが？」

ゴミ箱には、各々の涙や鼻水でぐしょぐしょになったティッシュが山のように積もっている。普段なら数週間は持つ箱ティッシュがたった数時間で四箱消えた。

「息吹やばかった……」

「それ……」

ひとりの掠《かす》れた声の呟《つぶや》きに、全員が同じく涙で掠れた声で応える。

紅組のラストを飾ったcoc9tailは、パフォーマンス後、SNSに速攻で《伝説のステージ》と騒ぎ立てられた。いつも圧倒的存在感を放つ大トリのSH/KI《シキ》にも負けないほど圧巻のパフォーマンスに、私たちは賃貸マンションにもかかわらず大騒ぎしまくった。

そして、coc9tailのステージを終えた今、私たちはただひたすらにもぬけの殻と化していた。紅と白どちらが勝ったのかすら定かではないほどに。

「……あたし一生あのステージ忘れない」

「さっそくネットに動画上がってる。でも今見たら確実に死ぬ」

「過剰摂取気をつけなきゃだよ」

息吹はcoc9tail単独のラストライブでさえ、完璧な笑顔を崩さなかった。その姿に、どこまでもアイドルになるべくしてこの世に生まれ落ちた存在なのだとファンは実感させられた。そんな息吹が、今日、coc9tail最後の活動となる紅白のステージで、初めて涙を見せた。

coc9tailのラストステージにふさわしく、デビュー曲から代表曲のメドレー、それから年明けに発売となるアルバムの一曲も歌う流れだった。

ステージが始まってすぐは、安定の圧倒的美しさで魅せる息吹だったが、曲が進む度にその澄んだ瞳に涙が溜《た》まり、笑顔を見せながらも、マイク越しに歌うその声が涙で濡《ぬ》れてゆく。

ここで画面越しの私たちの涙腺は崩壊。SNSも大騒ぎ。

「息吹泣いてんの初めてだよね」

「ラストライブ泣かなかったから最後まで絶対泣かないんだろうなって思ってた。心臓やられた。あの子の涙はやばい」

「思い出すだけで泣けてきた……」

最後の曲を歌い上げた息吹は、綺麗《きれい》な顔をくしゃくしゃにして泣いていた。宝石が詰め込まれた瞳から、きらきらと輝く涙の粒が絶え間なく流れ落ちる。その息吹の涙につられてメンバーも涙を流し、九人で手を繋《つな》ぎ頭を下げる姿に、会場からも拍手が沸き起こった。

「そう思うと美聖ってやっぱすごくない？」

「すごい？」

「だって記事の写真で息吹泣いてたじゃん」

「待ってたしかに」

息吹は綺麗な涙を零《こぼ》しながら、最後はやっぱり笑顔でファンに向けて「ありがとう」と告げた。そこでまた私たちの涙は滝へと量を増やした。

ひとりがティッシュで洟《はな》をかみながら、「でもさ」と声のトーンを下げる。それは、みんながみんな感じて、でも本当だと認めたくないが故に口にはしなかったこと。

「……美聖、いなかったね」

毎年、客席でカメラに抜かれる美しい男は、本日一度もカメラに映し出されることはなかった。SNSでも〈王子　どこ〉〈美聖　紅白いない〉がトレンド入りし、多くの人が美聖と息吹の行く末を気にしていることが窺《うかが》えた。

そして、SNSによる匿名調査隊の情報により、会場で唯一、一席だけ空席になっているところがある、ということだけがわかったのだった。

「とりあえずさ、私たちは全力で美聖と息吹を応援しようね」

「なんなら事務所押しかける」

そうこうしている間に年が明ける。紅白が終わってからの十五分は長いようで短い。

「あけましておめでとうございます!」という潑剌《はつらつ》とした声がテレビからやってくる。

年が明けた、ということは、coc9tailが解散した、ということ。

みんなの顔が惚《ほう》けと瀕死《ひんし》を行き来する。私はcoc9tailのペンライトを手にして、画面をcoc9tailのファーストライブへと切り替える。

「coc9tailは終わっちゃったけどさ、またこうやって集まろうね」

そう言えば、みんなも応えるように歯を見せて笑った。

#

年明け、年内解散を惜しむファンの為《ため》にcoc9tailは多くの贈り物を用意してくれていた。coc9tailの最後のアルバムが発売され、ラストツアーのDVD/Blu-rayの発売も決定した。それに加えて彼女たちのドキュメンタリー映像も映画館で上映されることになり、九人が表紙を飾る雑誌がいくつもの出版社から発売された。

そして、coc9tailが年内解散した翌日の、一月一日、元coc9tailのメンバーである瑞希《みずき》が一般男性との結婚を、事務所を通して発表した。

息吹に注目していたメディアと世間は、狐《きつね》につままれた思いをしながらも、幸せそうな瑞希に祝福の言葉を贈った。

「最後にひとつよろしいですか？　元メンバーについてなんですが、彼女たちには彼女たちの歩幅がありますので、どうか温かく見守っていただけたらと思います」

結婚会見で瑞希が残した言葉は、引退前から様々な噂の的となっていた息吹に向けられた言葉だと、誰もが察した。

十二月三十一日、紅白歌合戦の会場付近で美聖と息吹の姿が確認されたと噂《うわさ》が立ったものの、ムーンプロダクションが大手芸能事務所の本気を見せたかのように、それらの噂は跡形もなく消されたらしかった。

真実は未《いま》だに解明されないまま月日だけが流れ、気がつけば一月も半ばを過ぎようとしている。

『結婚するなら』

思いがけずテレビ画面から聴きなれた声がして、反射的に顔を上げる。いつもはBGM代わりのテレビだが、自分の耳は推しの声にはきちんと反応を示すようにできている。

『あなたと幸せになりたいのです』

そこには紫色のウエディングドレスを身に纏《まと》った息吹と、タキシード姿の美聖が幸せそうに笑い合っている。ふたりが出演する結婚情報誌のCMは大きな話題を呼んだ。

ふたりの撮影風景が差し込まれた特別版の雑誌は発売前に即重版となった。同時に

coc9tailのラストアルバムのMVに出演する美聖もすぐに話題となり、初回生産限定盤は即刻完売し、幻のMVの再来となった。

新春スペシャルドラマでも美聖と息吹は初共演を果たし、テレビでも街中でもふたりを見ない日はない。

画面の向こうで美聖と息吹が笑っている。それは撮影用の笑顔なのかもしれない。本当のことはわからない。でもファンの目に映るふたりはどうしようもなく幸せそうに見えた。だからこそ、美聖のアカウントが十二月三十一日で更新を止めたままなのがずっと気になっている。

#

「この記事が世間に出される以上、事務所としてもふたりの接触を禁止する他ない」

十二月二十九日。

仕事を終えた美聖と息吹は事務所に呼び出された。そして、代表取締役《とりしまりやく》から直々に接触禁止を命じられた。代表が座る、年代物のテーブルの上に広げられた記事と写真に、美聖は目を通す。それは紛れもなく、ラストライブ後の写真だった。

明日《あす》、すでに発売が決定している記事を見つめ、それから美聖は深く頭を下げた。

「……申し訳ありませんでした」

美聖の軽率な行動で、息吹の華やかな経歴に、唯一の傷をつけることになった。今さら後悔しても遅いと分かっていても、美聖は自身にひどく苛立《いらだ》って情けなくて、やるせなかった。

代表は深い溜息《ためいき》を零すと、テーブルの上に両肘を置き、互いの指先をクロスさせる。

「基本的にきみたちのプライベートにまでは口出しはしない。ただ、事務所に報告できるような関係でないのに、先に記事を抜かれるというのは、正直腑《ふ》抜《ぬ》けているとしか思えない」

厳しい代表の言葉に、美聖はさらに深く頭を下げる。その隣で、息吹も美聖と同じ低さまで頭を下げる。美聖の太腿《ふともも》に添えられた手が、思わず握り拳を作りかける。

「ご迷惑をおかけしてしまい、申し訳ございません」

息吹の声に、美聖の胸がさらにきつく締めあげられる。彼女に頭を下げさせるような自分の行動が、どこまでも情けない。

虎視眈々《こしたんたん》と記事を狙う記者たちに隙を見せてしまった。たった一度の気の緩みが、今まで磨き上げてきた息吹の輝きに泥を塗った。

ふたりの後ろでおそらく同じように頭を下げているであろう片平《かたひら》と木村《きむら》を思うと、美聖の胸は息をするのも忘れるほど苦しくなる。口利きをしてくれた周音《あまね》にも、coc9tail のメンバーにも。

「息吹は改めてグループとして最後の瞬間まで気を引き締めるように。美聖は今後もうちの看板として今回の記事に負けないよう活動するように」

「はい」

「記事についての取材は全て沈黙で貫くこと」

「はい」

代表は簡潔に言い切ると「以上、解散」と美聖たちを部屋から追い出した。

美聖は部屋を出た瞬間、息吹や片平、木村に頭を下げる。

「本当にすみませんでした」

息吹が慌てたように美聖へ近づこうとして、その腕を木村が掴《つか》む。接触禁止。その言葉が、その場にいる全員の脳裏を過る。

「息吹は活動を終えるまでうちで預かります。必要な荷物は、あとで私が受け取りに行きますので、その時はご対応よろしくお願いします」

木村の言葉に、「わかりました」と返事をしたのは片平だった。美聖は下げた頭を上げることができない。息吹はそんな美聖の様子に何か言いかけては口を噤《つぐ》む。それを繰り返すうちに、木村に腕を引かれ、美聖との距離が空いていく。

「美聖くん」

ようやく絞り出した息吹の声に、美聖の身体《からだ》が反射的に反応して、それから押さえつけるように動きを止めた。

そんな美聖に、息吹は木村に引っ張られながらも声を紡ぐ。

「――約束、だからね」

美聖は息吹から放たれた二文字に、堪えきれず顔を上げていた。遠ざかる彼女は振り向きながら、左手の小指を美聖に向ける。

息吹は苦しそうな表情の中、美聖と目が合うと必死に口角を上げた。

美聖は息吹の姿が見えなくなったところで、その場にうずくまる。後悔で押しつぶされそうになるのをひたすら堪え続ける。罪悪感で、息をするのも、つらく、苦しい。

ずっとそばで見守っていた片平が「美聖さん」と、その小さく丸まった美聖の背中を、優しく叩《たた》く。片平の優しさに、美聖の心は彼への申し訳なさで、ぐにゃりと潰れそうになる。

「美聖さん、明日の仕事に備えて今日は帰って休みましょう」

「……片平さん、ごめんね。あんなに忠告してくれてたのに……俺、本当に、ごめん」

美聖の泣きそうな声が、片平の耳に届く。うずくまるように膝を折りたたんで、そこに腕をまきつけ顔を埋める美聖が、いったいどんな顔をしてるのか、片平にはわからない。

片平は、起こって欲しくなかった最悪の予想が、最悪のタイミングで訪れたことを恨めしく思う。そのタイミング自体も、敢《あ》えて時を見計らってぶつけられたことにも腹立たしさを覚えていた。ずっとふたりの健気《けなげ》な姿をそばで見守ってきたからこそ、悔しかったのだ。

「美聖さん、代表の言葉、ちゃんと聞いてました？」

「……接触禁止」

「まったく。これだから美聖さんも息吹さんもお互いに夢中で困ります」

「え？」

片平がマネージャーとしてあるべき姿なのは、木村のような毅然《きぜん》とした態度なはずだ。同期である木村とは仕事以上の話にもなる。そういう時に、木村が息吹個人の幸せを願っていることを、片平も聞いていた。

それでも木村は、仕事として息吹と美聖を引き離した。息吹を守るには、きっと正しい。

顔を上げて片平を見る美聖の顔は、相変わらず整っている。背も高くてスタイルもよくて、綺麗《きれい》な顔をしていて、俳優としての才能もある。それなのに、この人はなんでこんなに放っておけないのだろう。

「事務所に報告できるような関係でないのに、先に記事を抜かれるというのは、正直腑抜けているとしか思えない」

代表の言葉を繰り返す。美聖の顔がわかりやすく歪《ゆが》む。子どものような彼に、片平は思わず笑いそうになるのを堪えて、ゆっくりと教えるように続けた。

「単純な話です。あなたたちは順番を間違えただけなんですから」

美聖と息吹にも考えがあるのはわかる。傍《はた》から見てもふたりの想《おも》いなど、すぐにわかるほどだ。代表にだってきっと気づかれている。

そもそも事務所内であれだけふたりでいるところが多くのスタッフに目撃されているのだから、ぶっちゃけた話、美聖と息吹のスキャンダルに動じる事務所内の人間などごくわずかだろう。

ただ、今回の問題は、先に記事にされてしまった、ということなのだ。親である事務所より前に、赤の他人によって、大勢にふたりの秘密を流布されてしまったことこそが問題で。

片平は、美聖の背中をとんとんと叩く。

「息吹さんと約束してることがあるんだったら、その約束が果たせるまでは泥水飲んでも耐えましょう」

片平が「帰りますよ」と美聖の腕を引くと、美聖は泣きそうな顔でなんとか笑みを見せる。

「ありがとう、片平さん」

息吹がいなくなった美聖の部屋は、あまりにも閑散としていた。

大晦日《おおみそか》で大いに盛り上がりを見せるテレビの音を、静かな部屋に紛れ込ませてみても、空っぽになってしまった部屋には寂しさばかりが広がっていく。

当たり前な話だが、美聖はここにひとりで過ごしていた時間の方が、ずっと長い。

それなのに、美聖はすでに、ひとりでの暮らし方を忘れてしまっていた。息吹と過ごした四ヶ月半が、美聖の心にはあまりにも色濃く残っているからだ。

「息吹、大丈夫かな」

美聖の独白はすぐさま消える。息吹に向けた心配も、美聖の一方通行に終わる。彼女の元には決して届かない。それが普通だった頃もあったのに、美聖はもう、あの頃には戻れない。

リビングのソファーからバルコニーへ顔を向けると、息吹と過ごした時間が思い起こされる。……息吹の笑った顔。怒った顔。拗《す》ねた顔。赤く染まった顔。泣いた顔。寝顔。

そのどれを取っても、美聖の心はこの上もなく満たされた。

美聖と息吹の熱愛報道はメディアも一日中取り上げるほどの話題となった。美聖も息吹も代表に言われた通り沈黙を貫き続けた。

「はあ、」

無意識のうちに溜息が零《こぼ》れる。手にしていたチケットを、天井の照明の下に翳《かざ》して眺める。

仕事の合間を縫ってパワースポットと呼ばれる名所に行き尽くし、願掛けし、当選を勝ち取った紅白歌合戦のチケットだ。

チケットに提示された開場時間は、すでに過ぎている。けれど都内に住む美聖であれば、今すぐ向かえばまだ間に合う時間だ。

代表の『接触禁止』の言葉が脳を掠《かす》める。その後に片平の言葉も続く。

美聖は、無意識に浅くなる呼吸を意図的に落ち着かせる。それからチケットをビリビリに破り捨てると、ゴミ箱の中へと落とした。

「……息吹」

目を閉じて呟《つぶや》く。服のポケットに忍ばせた四角い箱の感触を、手のひらで確かめながら。

紅白が始まっても心ここにあらずな美聖だったが、coc9tailのステージが始まった途端、美聖の視線はテレビ画面に張り付く。息吹はスキャンダルをものともせずメドレーを歌い上げていたが、その途中から、綺麗な顔に涙の粒が流れ落ちていた。

(今すぐにでもその涙を拭ってあげたいのに。)

もうすぐ紅白が終わる。現時刻は二十三時四十四分。今年が終わるまで残り十六分。

美聖はいてもたってもいられずソファーから立ち上がると、コートを羽織り、家を飛び出す。タクシーに乗り込み、運転手が驚いたような顔で美聖の顔を見たところで、自分が変装用のキャップもサングラスもマスクも忘れていたことに気がつく。かろうじて家で普段使いしている眼鏡をかけているぐらいだが、変装というにはあまりにも心許《こころもと》ない。

俳優として知名度を得てから、一度も忘れたことのない必需品を忘れるくらい、我も忘れるくらい、美聖は必死だったのだ。

紅白の会場となっている東京国際フォーラムを行き先として告げながら、タクシーに備え付けてあるデジタル時計を見やる。

刻一刻と流れる時間に歯痒《はがゆ》さを感じていれば、急に美聖のスマホが震えた。

【着信】女神　黛息吹様
画面に表示された名前に、美聖は慌てるあまりスマホを手から滑り落とす。

後部座席に座る人気俳優の挙動不審さに、タクシー運転手が訝《いぶか》しげな視線をバックミラー越しに寄越したのにも、美聖は気がつかない。

「もっ、もしもし？」

美聖は何とか着信が切れる前に電話に出る。そんな美聖の耳に真っ先に届いたのは、息吹の息を切らした呼吸だった。不安になった美聖は、スマホをきつく耳に押し当てて訊《たず》ねる。

「息吹、どうしたの？　なんかあった？」

「走ってるの！　今、有楽町《ゆうらくちょう》駅に向かってる！」

「タクシー捕まらないからっ」

息吹は息を上げながら言う。その声にはまだ涙の欠片《かけら》が残っていて、息吹の声を聞くだけで、美聖の心臓がひねりあげられたように苦しくなる。

まだ紅白が終わってすぐだ。本来なら帰宅するまでにもっと時間がかかるはずなのに、息吹はその全てを放棄したのだ。

「今日、会場で、ひと席だけ誰も座ってなかった……っ」

息吹は泣いていた。

「毎年、ステージからすぐ見つけられる姿が、今年はっ、なかった！」

苦しいだろうに泣きながら一生懸命声を繋《つな》いで、走って、息吹は美聖に想いを告げる。

「だから今度は私が美聖くんに会いに行くっ」

美聖の鼻の奥にツンと、泣く直前に到来する痛みが走る。

（……ああ、俺は何があっても息吹を手離したくない）

もうすぐ有楽町駅に着く。美聖はタクシー運転手に停《と》めてもらい、再び戻ってくると謝ってから待っていてもらう。

美聖も駅に向かって走りながら、電話の向こうの息吹へ問いかける。

「息吹、今どこにいる？」

「もうすぐ駅――」

次の瞬間、電話越しに何か硬いもの同士がぶつかる音がする。がやがやとした喧騒《けんそう》が続き、息吹の声が聞こえなくなってしまう。途端に、美聖の心臓は不安に駆られ、嫌な音を立てる。

美聖は必死で「息吹？」と声をかけながら、駅に向かって走る。

寒空の下、国際フォーラムから有楽町駅に続く道のりに多くの人が自然と列を成している。美聖はその中で、一箇所だけ大きな人だかりができているのを見つける。

その輪の真ん中に息吹がいると気がついた瞬間、美聖は脇目も振らず走り出していた。

「息吹っ」

息吹の存在に夢中になっていた人達が、美聖の存在にも気がつき、さらに騒がしくなる。

「すみません、通してください」

美聖は人の群れを割って突き進んでいく。その途中で息吹のスマホが地面に落ちているのに気がつき、急いで拾う。

誰もが息吹に気を取られ、スマホの存在に気づかず蹴飛ばされてここまで流されてきたのだろう。ダウンコートのフードを目深に被《かぶ》って、しゃがみこみスマホを捜す息吹を見つけると、真っ直《す》ぐに手を伸ばす。

「息吹」

騒がしい周りの声に一切反応しなかった息吹が、美聖の声には、はっきりと顔を上げた。

「美聖くん」

ステージと同じメイクに衣装姿に、ダウンコートを羽織っただけの息吹が、そこにいる。

「息吹、おいで」

美聖が差し出した手に、息吹が迷わず手を伸ばす。息吹の手が触れた瞬間、美聖はその手をしっかりと離さぬよう握りしめ、息吹の身体《からだ》ごと、ぐっと自分の方へ抱き寄せる。

そして、息吹の顔が誰にも見られないようにしながら、野次馬たちに笑いかける。

「これから一世一代の告白をする予定なので、このことはどうかみなさんの胸にしまっていただけないでしょうか」

美聖の甘い綿菓子のような、母性本能をくすぐるような笑みに、周りが惚《ほう》けている間に、美聖は息吹を連れてタクシーへと歩き出す。

ステージ用の衣装と高いヒールで、息吹の足元は覚束無《おぼつかな》い。この靴でここまで走り続けたのかと思うと、美聖はそんな健気で、どこか頑《かたく》なな息吹が愛おしくて泣きそうになる。

「ちょっとごめんね」

「え？　わっ」

美聖は息吹をお姫様抱っこすると、タクシーに向かって走り出す。

美聖と息吹に気がついて追いかけてくる周りを撒くためだとわかった息吹は、フードをさらに深く被って美聖にされるがままになった。

待っていてもらったタクシーにふたりで隠れるように乗り込み、車が走り出したところで、美聖も息吹もようやく安堵《あんど》の息がこぼれ落ちる。

「息吹、もう大丈夫だよ」

美聖は息吹のフードを外し、その顔を覗《のぞ》き込む。息を呑むほど美しい息吹と目が合う。

その綺麗《きれい》な瞳に吸い込まれそうになる。ふたりの中に堰《せ》き止めていた感情が渦を巻いて、今すぐにでも破裂してしまいそうになる。無意識のうちにふたりの距離が近づいた時、息吹の黒目が美聖を通り越して、その奥へ向けられる。息吹の真っ黒な美しい瞳に、デジタル時計特有の淡い光が映る。息吹は、美聖に視線を戻しては、アイドルの笑顔で応えた。

「……まだ、coc9tail の黛息吹です」

「ずっと、ファンです」

条件反射で返答した美聖に、息吹は、ふふ、と目を細めて笑う。美聖もそんな彼女に釣られて笑って、彼女から離れる。近づいた時に感じた息吹の熱が、名残惜しい。

タクシーのデジタル時計が示す時刻は二十三時五十八分。

まだ、今年は終わっていない。

息吹はまだ coc9tail の黛息吹だし、破りつつある美聖と息吹の接触禁止は解けていない。

紅白が終わってからの十五分は長いようで短い。

美聖はシートに身体を預けて、美聖の家へと戻るタクシーの車体に揺られながら言う。

「紅白のステージ、最高に感動しました」

タクシーのデジタル時計が二十三時五十九分になる。一秒一秒が果てしなく長く感じられる。隣の息吹も前を向いたまま、笑みを浮かべて答える。

「観《み》ててくれたんだ」

「ファンだからね」

「生粋のね」

「推しにそう言ってもらえるなんてファンとして何よりも嬉《うれ》しいな」

美聖は無意識のうちにポケットに手を突っ込み、その四角い箱の感触を確かめる。

他愛のない話でもしていないと、今すぐにでもふたりの気持ちは溢《あふ》れてしまいそうだった。敢《あ》えてアイドルとファンという言葉を紡ぐ。

まだ、今年は終わっていない。ふたりの約束は年が明けた一月一日だ。

息吹はお姫様のような美しい衣装を着こなし、それに一切引けを取らないほど完璧な笑顔で、言葉を紡いでいく。

「私ね、シンデレラは魔法が解けてよかったんだなって最近になってわかったの」

息吹の耳につけたピアスが、タクシーの揺れに合わせて、きらきらと輝く。

前触れもなく広げられた息吹の会話に、美聖は無意識に彼女へと顔を向ける。眼鏡のレンズ越しに見る息吹すら眩《まぶ》しくて、美聖は目を瞑《つむ》ってしまいそうになる。

「確かに魔法で綺麗になったからこそ王子様と出逢《であ》えたけど、シンデレラが魔法で綺麗に着飾ってなくても、ありのままの自分を王子様は見つけてくれたでしょう？」

息吹も美聖へと顔を向け、嬉しそうに微笑《ほほえ》んだ。

「美聖くんは、いつも私を見つけてくれる。……だから私にかかった魔法もここまで」

タクシーのデジタル時計が〇時〇分になる。

――魔法は、解けた。真実の愛が始まるのはこれから。

美聖は横目でデジタル時計を確認してから、隣の息吹の顔を覗き込んで、そっと囁《ささや》く。

「どこにいても息吹を見つけるよ。俺は息吹を愛してるからね」

驚いたように目を瞠《みは》る息吹の唇に、美聖は小さく笑ってから、口づけをする。初めて触れた息吹の唇があまりにも甘くて、美聖は嬉しいを通り越して切なくなる。

美聖はゆっくりと唇を離しかけて、一度、またいたずらに唇を深く奪ってから、ようやく離れる。そうして、熱の籠もった瞳で息吹を見つめる。

「――好きだよ。息吹が大好きです。これからも息吹をずっとそばで愛したい」

美聖がポケットから紺色の四角いリングケースを取り出す。

「息吹、俺と結婚してください」

緊張で微《かす》かに震える美聖の指が、その箱の中に隠されていた綺麗な指輪を手に取り、息吹の左手の薬指に通していく。息吹は美聖のプロポーズに応えようとしたのに、気がつけば息吹の指にぴったりなそれについて言及していた。

「サイズどうしてわかったの？」

息吹の純粋な問いに、真剣な顔で返事を待っていた美聖が「はぇっ？」と素っ頓狂な声を上げる。

それから美聖は、息吹の指に収まる高価な指輪を見下ろして、恥ずかしそうに呟《つぶや》いた。

「息吹さんが寝てる間に、その、ちょっと、測らせていただきました」

「いつ？」

「一緒に暮らし始めた翌朝」

「そんな早い段階で？」

「さすがにファン歴三日で買った指輪はサイズ大きかったから、改めて、」

（ファン歴三日で買った……？）

どこまでも予想外な美聖に、息吹は堪えきれず笑う。

返事も貰《もら》えず笑われるばかりの美聖は、所在なげにたじたじするばかり。

「美聖くん」

そんな美聖に、今度は息吹から近づく。

唇が触れ合う直前でぴたりと止まった息吹は、楽しそうに微笑んだまま、美聖が掛けている眼鏡をそっと外す。

「こうした方がキスしやすいよ」

「息吹、」

「美聖くんが好きだよ。ずっと一緒にいたい。私、美聖くんのお嫁さんになりたい」

息吹が美聖にキスをする。すぐに離れようとした息吹を、美聖が追いかけてその唇を再び塞ぐ。目を閉じて、何度も、何度も唇を合わせる。

ずっとずっと堪えてきた感情が、息吹に触れる度に収まるどころか溢れ出す。

美聖のマンションに到着し、帰り際のタクシーの運転手に「あけましておめでとうございます」と言われてから、ふたりはそこでようやく「あけましておめでとうございます」

と口にしたのだった。

「……ずっと考えてたんだけど、俺が息吹の願いを全部叶《かな》えるよ」

「え？」

「coc9tailの黛息吹もみんなに忘れさせないし、息吹の普通の幸せも叶える」

「そんなことできるの？　私はもうアイドルじゃないし、今日から一般人だよ」

「違うよ。俺の奥さんだよ」

「ムキになるところそこじゃないよ」

「大丈夫だから、俺に任せて、息吹は幸せになって」

──美聖のアカウントが動いたのは、一月三十一日だった。

応援してくださっている皆様
関係者の皆様

大寒の候、皆様にはますますご清祥のこととお慶び申し上げます。

平素より格別のお引き立てを賜り、心より御礼申し上げます。

私事で大変恐縮ではありますが、この度、一般の方という名の女神と結婚させて頂くことになりました。

それに伴いまして、誠に勝手ではありますが、私の芸名である「柊美聖」を「黛美聖」に変更する運びとなりました。

いつも応援してくださる皆様に感謝の気持ちをお伝えするとともに、愛おしい人と共に歩める人生を日々大切にしながら、より一層、俳優業に邁進《まいしん》して参ります。

今後ともご指導ご鞭撻《べんたつ》の程、よろしくお願い申し上げます。

ムーンプロダクション　黛　美聖

美聖の手書きと思《おぼ》しきその文書と共にアップされた画像には、純白のウエディング姿の息吹がいた。カメラ目線で飾らない笑顔を見せる息吹に、撮影者は夫の美聖なのだろうと、誰が見ても安易に想像できた。

なんの音沙汰もなかったふたりを心配して気を揉《も》んでいた国民が、祝福に沸く。

そんな中、美聖ファン界隈《かいわい》で名の通ったアカウント名『推し探偵』が呟いた投稿がバズった。

〈待って、今調べたら一月三十一日って息吹の誕生日な上に『愛妻の日』って意味があるらしい。はい。さすが重度の息吹オタクな美聖。推しが幸せならそれでOKです！〉

#

『俺の芸名を黛美聖にするよ』

『え？　どうして、』

『そしたら黛息吹の存在が薄れることも少しは減るし、俺がもっともっと有名になって注目されれば、その効果は大きくなるでしょ？』

『これ以上有名になるの？』

『まだまだだよ。俺、もっと頑張るからさ、ひとつだけワガママ言ってもいい？』

『うん。なに？』

『俺の芸名に息吹の苗字《みょうじ》を貰う代わりに、俺の苗字も息吹にあげたい。〝俺の息吹だあー〟って毎日浸りたい』

『ふふっ……うん』

『この先の人生、柊息吹になってくれる？』

『なんだか寒そうな名前だね』

『毎日あたためるから！　俺が息吹をぽかぽかにするから！』

『毎日ね。約束だよ』

『うん。約束』

　ふたりで小指を絡ませて、笑って、キスをした。

　そうしてふたりはいつまでも幸せに暮らしましたとさ。

特別書き下ろし短編①

#トップアイドルの心残り

「アイドルになりたい」と先に口に出したのは、息吹《いぶき》の方だった。

——そんな息吹に幼い頃から付いて回った代名詞は〝天才の兄を持つ妹〟。

たったそれだけだった。

四つ上の兄、黛周音《まゆずみあまね》は天性のアイドルだった。ダンスも歌もずば抜けたセンスで人を圧倒し、そのくせ人誑《ひとたら》しで温厚という性格は、まさに非の打ち所がない。周音と息吹が通うダンススクールにムーンプロダクションの人間がやってきた時も、真っ先に周音に声をかけた。

そんな彼らは、しばらくしてから息吹にも声をかけてきた。

『きみが周音くんの妹の、息吹ちゃんだね』

息吹は、事務所に入ってからも脇目も振らず、ただひたすらに努力を続けた。まるで兄への劣等感で空いた穴を埋めるように。

周音は、事務所が集めた選《え》りすぐりのメンバーですぐに『SH/KI《シキ》』としてデビューした。すぐさまあらゆる音楽賞を総なめにし、若手にもかかわらずアイドル界の第一線を担うようになった。

『息吹ちゃんのお兄ちゃんは相変わらずすごいね』

『SH/KIの周音がお兄ちゃんなんて羨ましい。それだけで色んな恩恵受けられるじゃん』

息吹はひとり事務所の練習室で、歌って踊って、足りないものを補おうと努力を重ねた。

完璧になるために。全ての言葉から耳を塞ぐように。小さな殻に閉じこもるように。いつかは兄を通しての息吹ではなく、息吹自身を見てもらえる日がくるのを信じて。

そうして実に六年という月日を経て、息吹はようやくガールズグループとしてのデビューの道を摑《つか》んだのだった。

「はいカット。美聖《みさと》くん大丈夫かな？　もっかい確認しようか」

デビュー曲のMV撮影のためにセットされた窓枠越しに、息吹は『美聖』と呼ばれた男を見つめる。

モデルのようなすらりとした長身の美青年。高い鼻梁《びりょう》も薄い唇も、その端麗さを際立たせている。その整った中でも一際目を引いたのが彼の瞳だった。二重の目は大きいだけでなく、海のように穏やかで優しげで、見るものを惹《ひ》きつけると同時に癒やすような力があった。

彼は人を圧倒させる天性のものを持っている。……持っているくせに。

「だったら帰れば？」

天性のものを持っておいて自信のなさを滲《にじ》ませる男に、息吹は苛立《いらだ》ったように言葉をぶつける。けれど、投げた言葉は全て何も持っていない息吹に返ってくる。アイドルとしてこれから自分はやっていけるのか。メンバーの邪魔になってしまわないか。この世界で生きる覚悟を、本当に自分は持てているのか。

……不意に、美聖という綺麗《きれい》な男の凪《な》いだ瞳が、泣きそうに揺れた。

そのことに気がついた息吹は、自分も思わず声を上げて泣き出してしまいそうで、逃げるように慌てて彼の前から去った。「言い過ぎた」と謝ることさえできずに。

――その後、完成したMVを観《み》て、息吹はひとり隠れて泣いた。

息吹以外のメンバーは気がついていなかったが、おそらく美聖のシーンであるエピローグの部分は差し替えられている。

美聖が穏やかな表情で未来を見つめる。バルコニーに吹き抜ける微風《そよかぜ》がふわりと彼の髪を揺らす。綺麗な顔が優しげに微笑《ほほえ》みを堪えた時、不意にその瞳から涙が零《こぼ》れ落ちた。

たったそれだけなのに、目が離せない。言葉も音もないのに、彼が過去に囚《とら》われた自身を解き放っていく変化が、小波《さざなみ》のように伝わってくる。

泣くのは完璧ではない弱さの証《あかし》だ。それでも、美聖に魅せられて泣いたあと、息吹の心はすっきりとしていた。デビューに揺らいでいた気持ちも涙で流れていた。

そして、ファンを笑顔にする為《ため》のアイドルでいる覚悟と決心がついた瞬間でもあった。


【ムーンプロダクションから超大型新人ガールズグループ『coc9tail《カクテル》』がデビュー！　メンバーには『SH/KI』周音の妹も！】

閲覧数稼ぎの謳《うた》い文句に兄の名を使われるたびに、息吹はさらに自分を追い込んで磨き上げた。自分の存在を認めてもらうためには、人よりもただひたむきに努力するしか他に道はない。覚悟の決まった息吹は、アイドルとして歌もダンスも美しく強く、日に日に完璧に近づいていった。

「はい息吹も笑ってー！」

撮影時とは違い無邪気に笑うメイが、インカメにしたスマホを手にやってくる。スマホに息吹とメイの姿が映る。反射的に笑顔を見せた息吹に、メイが唇を尖《とが》らせながら言う。

「これはインスタにあげるわけじゃないから普通に笑った息吹がいいのっ」

「……普通に？」

息吹が何度、普通の笑顔を試そうとしても、アイドルとしての笑顔しかできなかった。

〝天才の兄を持つ妹〟

息吹の努力は、あらゆる分野で活躍する、本物の芸能人である周音の真似事《まねごと》でしかない。

『日本アカデミー賞新人俳優賞は――……『罪人は笑う』柊《ひいらぎ》美聖さんです！』

テレビのニュース番組から聞こえてきた名前に、息吹は無意識のうちに顔を上げていた。

画面では、カメラのフラッシュにも負けない輝きを放ちながら、レッドカーペットの上を歩く美聖の映像が流れている。

『今、一番感謝を伝えたい相手は誰ですか？』

『……coc9tail の黛息吹さん、です』

ニュースキャスターの声は、息吹の耳には届かない。

柊美聖といえば若手俳優といえど今や知らない人間はいない。部門は違えど、事務所内で彼は第二の『SH/KI』と呼ばれていた。それほどまでに彼の快進撃は凄《すさ》まじい。

（そんな彼が、なぜ、自分の名前を）

テレビ画面を前に困惑する息吹など露知らず、美聖のインタビュー（のはずの）映像は続く。

『僕がただのファンなだけです。彼女ほど、真っ直《す》ぐでひたむきな方を僕は知りません。というよりも息吹さんは存在自体が唯一無二ですよね。黛息吹という名がすでにその美しさを物語っているように……すみません熱くなってしまって、息吹さんの尊さなんて皆さんがご存じの通りだっていうのについ、』

映画とも美聖自身とも全く関係のない息吹を饒舌《じょうぜつ》に語る美聖に、息吹は、思わず笑ってしまう。それから、まだ、自分がちゃんと普通の笑い方を覚えていたことに、安心する。

息吹が何ひとつ持っていないと思っていた、代わりの利かない唯一無二を、息吹に教えてくれたのは美聖だった。

天性の兄の妹でない、黛息吹という存在を、天賦の才を持った柊美聖が掬《すく》い上げてくれた。

息吹はまた、美聖という存在に救われていた。

「……もっと、話してみたいな」

画面の向こうで、王子様のように笑う美聖に届きもしない言葉を、息吹はひとり呟《つぶや》いた。

年内解散を発表したcoc9tailに、数えきれないほどのフラッシュが焚《た》かれる。その場にいる人間の全ての双眸《そうぼう》が息吹に向けられる。

もう彼女を周音という存在を通して見る者はいない。

『それは芸能界に心残りは何もないということですか？』

息吹は記者の質問に、完璧な笑みを浮かべたまま、マイクをそっと唇に寄せる。

息吹の脳内に、今まで応援してくれたファンの笑顔や、お世話になったマネージャーやスタッフ、全てを共にしたメンバーの顔――が浮かぶ。

『後悔をしないためにも全員で話し合って一年という時間を設けました。そこには私たちができることを全てやり切って、笑顔で皆さんに見送ってもらえるようにという思いがあります』

これから怒涛《どとう》の一年が始まる。

すでに一年の予定はびっしりと埋まっているが、解散を発表したcoc9tailにはさらなる予定がスケジュールに組み込まれるだろう。

(それでも最後まで完璧に、黛息吹としてやり遂げる)

その日も唐突に息吹単体に舞い込んだ仕事で、息吹は後からハイタッチ会の会場である幕張メッセに向かうことになっていた。

すぐさま事務所の外で待機しているタクシーへ行こうとしたが、記者の張り込みで思うように動けない。

どうしたものかと考えていれば、息吹の視界に美聖の後ろ姿が映る。

「……あ、」

生の美聖を見るのは、握手会で目元を真っ赤にして泣いていた時以来だった。

思い詰めたような表情の美聖は、自販機の前に佇《たたず》んでいる。国民の王子とは思えぬ哀愁漂う横顔に、息吹は隠れるように彼を見ながらも、首を傾《かし》げる。

『それは芸能界に心残りは何もないということですか?』

突然、記者の言葉が息吹の脳裏を過る。

瞼《まぶた》の裏に焼きついたフラッシュによって、その時の息吹の心境がフラッシュバックする。

ずっと夢だったアイドルとしての後悔はない。幼い頃から付いて回った代名詞も払拭した。自分の存在が誰かを笑顔にする。その仕事を精一杯やれたことを誇りに思う。

息吹の脳内に、今まで応援してくれたファンの笑顔や、お世話になったマネージャーや

スタッフ、全てを共にしたメンバーの顔、そして——、

『今、一番感謝を伝えたい相手は誰ですか？』

優しい顔で笑う美聖の姿が、浮かぶ。

(私だって、あなたに感謝してる)

気がつけば息吹は美聖の元に歩き出していた。考えるよりも先に身体《からだ》が動いていた。

「っ、」

それでも、美聖の身体に伸ばした指先を、なんとか、自販機のボタンに切り替える。

「え？」

美聖の驚いた声に、息吹も我に返り、突拍子もない自分の行動に内心焦る。

飲み物を自販機から取り出すまでに必死に平静を取り戻そうとする。美聖の顔を見上げるその瞬間には、息吹はアイドルの彼女として笑顔を作ることになんとか間に合う。

「疲れてる時には珈琲《コーヒー》よりホットレモンの方がいいですよ」

間に合ったはずなのに、美聖のその澄んだ瞳に映る自身は、どんなレンズ越しよりも等身大の息吹だった。

——心残りがあるとすれば、美聖《あなた》に謝ってお礼を言って、それからもっと色んな話をしてみたかった。そんなこと。

特別書き下ろし短編②

#ドキドキッ！　美聖くんはじめての文通！

「息吹《いぶき》、これ」

「え？」

いつも通り「いってらっしゃい」と美聖《みさと》を玄関先で見送る息吹に、美聖はジャケットの内ポケットから仰々しくそれを取り出して、息吹に差し出した。

「俺がいないうちに読んでね。それじゃ、いってきます」

いつもは「もう少し」「あとちょっとだけ息吹といたい」と愚図る美聖は、その日ばかりは逃げるように扉の向こうへと消えた。息吹は首を傾げながら手渡されたものを見下ろす。

上品な封筒には、〈柊《ひいらぎ》 息吹様〉と、美聖の達筆な文字が書かれている。

「手紙だ。うん。やっぱり手紙だ」

どこからどう見ても手紙だ。息吹は手の内にある手紙に、徐々に実感を持ち始めるや否や、心の奥底からじわじわと嬉《うれ》しさが込み上げてくる。しまいには玄関先から跳ねるようにリビングへ舞い戻り、ソファーに座ると丁寧にその封を開けた。中で折り畳まれた紙を広げる。

謹啓

灯火親しむ秋となりました。息吹様におかれましては益々《ますます》ご清祥のこととお慶《よろこ》び申し上げます。

さて日頃は何かといたらぬ私に、いろいろとお心遣いをいただき、言葉では言い表せないほど感謝しております。言葉で言い表せないといえば息吹のその美しさもですね。見ているだけで心が清められ、喩えるなら歩く万能薬。目の保養と昔の人はよく言ったものですが、息吹による保養は見る者の寿命を延ばすと私は固く信じております。先日、息吹が私のシャツをこっそりお召しになった時のくるおしいほどの愛《いと》しさたるや。ここで一句。

かわいいな　とってもとっても　かわいいな

お粗末様でした。

おかげさまで息吹と人生を共にして早一年。毎秒に愛おしさを更新する我が妻に、心が揺さぶられる日々でございます。実は不器用ながらも私なりに妻をデートに誘いたく、この手紙を書いております。息吹が以前から足を運びたいと話していたフラワーパークを貸し切りにしましたので、私とデートしていただけますと幸いです。

心ばかりの品を寝室のクローゼットに隠してありますので、どうぞ気兼ねなくご笑納ください。

日毎に秋冷の加わる頃、何卒《なにとぞ》ご自愛のほどを。

謹言

柊美聖

「…………」

とりあえず息吹はもう一度読むを五回繰り返した。美聖が言いたいことはわかるんだけれども、それ以上に息吹への神格化が文面の状態をややこしくする。

それなのに、それを凌駕《りょうが》する愛おしさに、最終的に息吹は手紙を胸に当てソファーの上に倒れ込んだ。

＃

「あ、美聖くん、これ」

「え？」

翌日、今度は美聖が驚く番だった。

玄関口で息吹に手渡されたそれに、美聖の思考は停止する。可愛《かわい》らしい封筒には息吹の字で〈旦那様へ〉と書かれている。

「息吹っ」

手紙の返事がきたことに美聖が思わず彼女の名前を呼べば、息吹はどこか照れを隠すような笑みで言う。

「いってきますしてから読んでね」

「好きだよ、息吹」

「はい、いってらっしゃい」

　手紙の返事はきたが、好きの返事は見事にスルーされる。

「えっ」と困惑する美聖に、息吹は噴き出すように笑いながら「私も大好きだよ」と一気に心臓を貫いてくる。

　美聖はるんるんで片平《かたひら》の運転する送迎車に乗り込み、早速手紙を開けようとする。が、緊張で震える手ではなかなか開けられず、ようやく便箋まで辿《たど》り着いた時、すでに車が走り出してから十五分経過していた。

美聖くんへ
　心のこもったお手紙、ありがとう。とても嬉しかったです。それこそ、言葉では表せないくらいに。私が言葉で表せないといえば、美聖くんへの気持ちです。本当は余すことなく私の気持ちを伝えたいのに、元々の口下手も相まって、「好き」というのが精一杯です。こんな私ですが、美聖くんの奥さんになれたことに毎日喜びと感謝を感じています。改めて、いつもありがとう。愛しています。
　さて、お手紙にてお誘いいただきましたデートの件ですが、私の旦那様のうっかりが出ていましたね。デートに大事な日時が書かれていませんでした。なので、もう一度、私をデートに誘ってください。ちなみに私の毎日は美聖くんと過ごすためにあります。毎日デートしてくれてもいいんですよ。おうちデートも可です。

毎日のお仕事、お疲れ様です。誰よりも美聖くんを応援していると共に、いつまでも美聖くんが健康でいてくれるようにとも願っています。私にだけはどうか甘えてください。そのための家族です。

美聖くん、いつもありがとう。これからもよろしくね。

追伸、素敵な洋服ありがとう。お返しに心ばかりですが、美聖くんのバッグの中にとある物を忍ばせました。ぜひ、今度のデートで一緒につけましょう。

息吹より

「……ここは、現実ですか」

ずっと無言だった美聖の、突然の意味不明な発言に「頭大丈夫ですか」と片平の声が運転席から飛んでくる。

美聖は半ば本気の声で「だめかもしれない」と返しながら、息吹からの手紙を七十三回繰り返して読んだ。内、音読も含めたせいで、片平までもがその内容を暗記してしまう。

そうしてようやく鞄の中を漁《あさ》ると、奥底に見覚えのない小さな箱を見つける。

「美聖さんもうすぐ着きますよ」

「うん。ありがと」

美聖は箱の中のものを見つめ、思わず笑みが溢《あふ》れた。

デートの時まで大事に取っておこうと再び鞄へしまい、今日も怒濤《どとう》のスケジュールをこなすために停止した車から降りた。

「美聖さんご機嫌中のご機嫌ですね」

片平の言葉に、美聖は「うん」と屈託のない笑顔を見せる。

「やっぱり、俺の奥さんって万能薬だね」

「ちょっと何言ってるかわかんないですね」

#

後日、柊夫婦はフラワーパーク貸切《かしきり》デートという記事で週刊誌に記事を抜かれた。

その際、ふたりがお揃《そろ》いで身につけていた腕時計は、その記事が出た直後に即刻完売となるのであった。

特別書き下ろし短編③

#ありふれた普通の、

身体《からだ》にあたたかなものが被《かぶ》せられた気配がする。ぼんやりと夢と現を彷徨《さまよ》っていた息吹《いぶき》は、幸せな感覚に口元を綻ばせて微睡《まどろ》みを続ける。その刹那、息吹の唇に、熱のこもった柔らかなものが触れる。その優しい感触に、息吹はもう一度とねだりたいのに、夢の中だからか、ふわふわとした感覚が抜けない。

「息吹、好きだよ」

甘い囁《ささや》きが零《こぼ》されて、息吹の頭を撫《な》でる大きな手が、息吹の眠りをさらに深く誘う。

（ああ、私もあなたに好きだと言いたいのに）

陽だまりを集めたようなあたたかな手は、息吹の髪を梳《す》くように何度も何度も飽くことなく撫でる。その手から、向けられているであろう眼差《まなざ》しから、息吹への愛を感じる。

（私も、あなたに愛を返したいのに）

きっと、もう一度、彼が口づけをしてくれれば、私は目を覚ませる。だって、目を閉じた先にいるのは息吹の王子様なのだから。息吹は声もなく、彼の名前をその唇で象《かたど》る。

「……うん、俺はここにいるよ」

どんな些細《ささい》なことでさえ、彼は気づいて拾い上げてくれる。息吹の唇が、再び声のないまま動く。彼女の四文字の言葉に、美聖が嬉しそうに柔らかな笑い声を立てて、それから。

美聖《みさと》の唇が、息吹の唇に重なる。

わずかに触れただけの時とは違い、何度も、何度も、角度も長さも変えて。

「ん……」

息吹が薄い瞼《まぶた》を持ち上げた先には、美聖。もう一度、息吹に口づけをしようとしていた美聖は息吹と目があうと、少し照れたようにはにかんで。

「ごめん、起こしちゃったね」

そう言いながらも、息吹の唇を啄《ついば》むキスは止めない。息吹も美聖の唇に溺れるように目を閉じる。その首に腕を回して、ようやく唇が離れた先で、小さく笑う。美聖も一緒に笑いながら、息吹の下唇を不意に食《は》むようにキスをしてくる。愛おしさが募って溢れ出す。

「美聖くん」

「ん？」

息吹が目を覚ました先でも、美聖の眼差しも触れる手も、あたたかさに満ちていて、眠っている時と変わらない。この眼差しには何年経《た》っても胸がどきどきと高鳴りをみせる。

「美聖くんが大好きだよ」

息吹が精一杯紡ぐのは、世界中にありふれた、誰でも知っている、普通の言葉。

「ありがとう、息吹。俺もね、息吹が大好きだよ、すごく」

それでも、美聖がこんなにも幸せな顔で笑ってくれるのならば、息吹は、この言葉をずっと繰り返すだろう。そう、愛を込めて、何度でも。

お便りはこちらまで

〒一〇二―八一七七
富士見L文庫編集部　気付
常世かくり（様）宛
猪狩そよ子（様）宛

本作は魔法のiらんどに掲載された「SWEETEST THING」を改題、加筆修正したものです。

内容はフィクションであり、実在の人物や団体などとは関係ありません。

富士見Ｌ文庫

#推《お》しが幸《しあわ》せならOK《オッケー》です

常世《とこよ》かくり

2022年10月15日　初版発行

発行者　青柳昌行
発　行　株式会社 KADOKAWA
〒102-8177　東京都千代田区富士見2-13-3
電話　0570-002-301（ナビダイヤル）

印刷所　株式会社暁印刷
製本所　本間製本株式会社
装丁者　西村弘美

ISBN 978-4-04-074642-5 C0193

青薔薇アンティークの小公女

著／**道草家守**　イラスト／沙月

少女は絶望のふちで銀の貴公子に救われ、
聡明さと美しさを取り戻す。

身寄りを亡くし全てを奪われた少女ローザ。手を差し伸べてくれたのが銀の貴公子アルヴィンだった。彼らは妖精とアンティークにまつわる謎から真実を見出して……。この出会いが孤独を抱えた二人の魂を救う福音だった。

富士見L文庫